LA PROMESA DE MERCER

BUTLER RANCH

LIBRO IV

HEATHER SLADE

Traducido por

CRISTINA MORILLO BERRAL

Tektime

.

LA PROMESA DE MERCER

Desde el frenético mundo de la ciudad de Nueva York hasta los viñedos de la costa central de California, el deber y el deseo se entrelazan mientras los secretos amenazan con desvelarlo todo. ¿Podrá el amor de Mercer y Quinn sobrevivir a la tormenta de revelaciones?

MERCER

He dedicado mi vida a proteger a los demás, pero Quinn Hess pone en duda todo lo que creía saber. Mi misión era sencilla: mantenerla a salvo. Nunca esperé enamorarme de ella. A medida que resurgen los peligros del pasado y los secretos salen a la luz, me encuentro atrapado entre el deber y el deseo. La presencia de Quinn despierta en mí algo que no sabía que existía. Pero ¿puedo confiar en mi corazón cuando cada momento puede traer nuevos peligros? Entre las viñas soleadas, estoy decidido a protegerla de cualquier daño. Sin embargo, a medida que se revelan las verdades, me pregunto: ¿podrá nuestro amor soportar el peso de décadas de secretos?

QUINN

Creía que me conocía, pero todo cambió cuando descubrí la verdad sobre mi pasado. De repente, mi mundo se llenó de guardaespaldas, amenazas ocultas y una familia que no sabía que existía. Mercer Bryant debía ser mi protector, pero se convirtió en mucho más que eso. Mientras vivo esta nueva realidad, me siento atraída por él de una manera que nunca había imaginado. Con el peligro acechando y mi identidad en entredicho, ¿puedo confiar en la innegable conexión que compartimos? En medio de las viñas de mi herencia, debo decidir si nuestro amor es lo suficientemente fuerte como para capear la tormenta de revelaciones que amenaza con separarnos.

PRÓLOGO

QUINN

Nochevieja

Sin duda, esta semana pasaría a la historia como la peor de la vida de Quinn. En lugar de irse a casa, continuaba con su festival de miseria pasando las mejores fiestas del año de Nueva York en la costa opuesta y sola, igual que había pasado la Navidad.

La última vez que Quinn habló con su madre, le dijo que se iba de la ciudad y que no estaría localizable hasta Acción de Gracias. Quizás más tiempo. Esa festividad llegó y pasó sin una sola palabra.

Quinn mantuvo la esperanza durante todo diciembre, pensando que su madre la llamaría seguro, o le enviaría un mensaje, o algo, pero no lo hizo. Los innumerables mensajes, SMS y correos electrónicos que Quinn le envió quedaron sin respuesta.

Se quedó de pie en la cocina de la casa alquilada, mirando el océano oscuro, lúgubre y gélido, deseando más que nada no estar sola. Aunque entendía por qué lo estaba.

En lugar de compadecerse de sí misma, decidió salir a correr. Quizás se sentiría mejor. Y si no mejor, al menos no tan patética.

Se cambió de ropa y fue en busca de uno de los guardaespaldas que estaba de servicio ese día para informarle de sus planes. Se llamaba Monk y solo hablaba cuando era absolutamente necesario. Sin embargo, ella sabía que estaba allí.

Ambos hombres la seguían de cerca después de que ella hiciera estiramientos y comenzara a correr lentamente. Una vez que entró en calor y cogió el ritmo, aceleró el paso. Normalmente, se detenía en el parque, pero hoy le apetecía ir más lejos. Bajó los escalones de madera del paseo marítimo hasta la arena y continuó corriendo.

La playa estaba más concurrida de lo que esperaba, teniendo en cuenta que hacía un frío que pelaba.

Cuando llegó a los acantilados al final de la playa, se detuvo y miró su teléfono, sin esperar realmente un mensaje de Mercer, pero eso no significaba que pudiera evitar mirar.

Quinn se dio la vuelta para correr en dirección contraria, cuando chocó con una mujer que acababa de salir de detrás de una de las grandes rocas.

—Mierda. Lo siento mucho. No miraba por dónde iba —tartamudeó Quinn.

—No pasa nada. Probablemente sea culpa mía. Yo tampoco miraba —respondió la mujer.

Había algo en ella que le hacía pensar que se conocían de antes. Miró hacia atrás y vio a Monk y al otro chico merodeando cerca.

—Me resultas familiar —dijo la mujer, y Quinn se rio.

—Justo estaba pensando lo mismo.

—¿En serio? Qué curioso. ¿Vives en Cambria?

—No, solo estoy de visita.

—Soy Ainsley Butler. Encantada de conocerte...

¿Qué probabilidades había de que se encontrara con un Butler precisamente hoy?

—Y tú eres...

—Oh, lo siento... Soy Quinn. Quinn Hess.

Ainsley le cogió la mano, pero no la soltó.

—Hola, Ains. ¿Qué pasa? —preguntó un hombre increíblemente atractivo—. ¿Quién es esta? —añadió, al darse cuenta de que Ainsley aún sostenía la mano de Quinn.

—Cris, ella es...

—Soy Quinn —respondió.

—Cris Avila, encantado de conocerte... Espera un momento. ¿Quinn? —Miró a Ainsley, que les había cogido del brazo.

—Quinn, puede que esto te parezca una locura, pero hay una familia que quiero que conozcas.

Coger del brazo a una persona que acababa de conocer probablemente no era lo más educado que Quinn había hecho nunca, pero fue un acto reflejo. Estaba tan acostumbrada a que la mantuvieran en secreto que el hecho de que alguien supiera quién era la dejó tan atónita que se sintió mareada.

—Lo siento, no quería dejarte marcas de uñas en el brazo. —Quinn soltó su mano, sacudió la cabeza y miró al océano—. ¿Cómo lo sabías?

—Mi hermano Naughton me dijo que lo visitaste.

—¿En serio?

Ainsley le apretó la mano.

—También me dijo que eres la hija de mi hermano mayor, Kade.

—¿Has dicho *hija*? —Quinn se sintió mareada.

—Lo siento. Pensaba que lo sabías.

—Lo sabía. Quiero decir, su nombre aparece en mi certificado de nacimiento.

—¿Qué estás haciendo ahora?

—No mucho. —Se contuvo para no decir que era como cualquier otro día de su vida.

—Hay una carta que quiero enseñarte.

I

QUINN

EL JUNIO ANTERIOR

Había cosas peores que pasar tu veintiún cumpleaños en Nueva York con tus cuatro mejores amigas, pero también había cosas mejores. Lo único que Quinn había deseado ese año había sido tener noticias de su madre. No importaba si llamaba, enviaba un mensaje de texto, un correo electrónico, una carta por paloma mensajera o aparecía en su puerta; Quinn solo quería que este fuera el año en que su madre recordaba su cumpleaños.

La última vez que habían hablado había sido hacía casi un mes, cuando Quinn se graduó en Barnard. Habían discutido después de una cena de celebración con esas mismas amigas, que también acababan de graduarse. Su madre se había comportado de forma grosera durante toda la cena y Quinn se había enfrentado a ella.

—Las conoces desde hace años, al menos podrías haber sido educada —le había dicho.

Ahora era evidente que su provocación había sido una pérdida de tiempo. Su madre no le había dado ninguna explicación por su comportamiento, y mucho menos una disculpa.

—Me gustaría visitarte este verano —había dicho Quinn a la mañana siguiente, con la esperanza de calmar las cosas antes de que su madre volara de regreso a California.

—No es un buen momento —respondió su madre.

—Nunca lo es —murmuró, pero su madre pareció no haberla escuchado.

Se había sentido herida, pero no debería; nunca habían tenido una relación cercana. ¿Cómo podrían haberla tenido? Su madre la había enviado a un internado de la costa este, donde Quinn había conocido a sus amigas, cuando tenía siete años.

Hasta entonces, había asistido a la elegante escuela San Ysidro Day School de Montecito. Quinn aún no estaba segura de por qué su madre decidió enviarla lejos, pero suponía que no la quería cerca entonces más de lo que la quiere ahora.

—Tienes mucha suerte de no tener que aguantar la misma mierda que nosotras —había escuchado decir más de una vez a sus amigas, a las que ella llamaba su tribu.

¿Suerte? Ella no lo veía de esa manera. El padre de Quinn había muerto antes de que ella naciera, así que nunca tuvo que lidiar con el drama interminable que sus amigas habían vivido con los desagradables divorcios de sus padres.

Tampoco había echado en falta nada. No se había escatimado en gastos en lo que respecta a su educación o su nivel de vida. Lo único que deseaba y que nadie había podido darle era una familia.

La noche anterior, su tribu la llevó a celebrar su veintiún cumpleaños.

Quinn llegó a casa poco después de las cuatro de la madrugada y no se levantó de la cama hasta después de la una. Habría dormido todo el día, pero esa noche había otra fiesta en Southampton, en parte en su honor. Si no quería parecer un cadáver, tenía que levantarse, comer y quizá incluso tomar un poco el sol antes de salir.

Comprobó su teléfono, pero no había ningún mensaje nuevo desde la última vez que lo miró, y, desde luego, ninguno de su madre.

Cuando oyó llamar a la puerta de su apartamento, Quinn casi derrama su taza de té de manzanilla y miel sobre su camisola, fina como el papel. La dejó en la encimera de la cocina y esperó, sin esperar que volvieran a llamar. Los porteros del edificio eran inflexibles a la hora de no permitir la entrada a personas que no vivían allí, y como ella no conocía al único otro inquilino de su planta, salvo de saludarlo con la mano en las raras ocasiones en que lo veía de lejos, quienquiera que estuviera llamando tenía que haberse equivocado de lugar.

—¿Señorita Sullivan? —oyó una voz vagamente familiar —. Tiene un paquete.

—Un momento. —Quinn bajó la mirada hacia el pijama que llevaba puesto, que apenas cubría su delgada figura.

—Se lo dejaré aquí —oyó decir a la voz.

—Gracias, pero... eh... espere. —Miró por la mirilla, pero no había nadie. Abrió un poco la puerta y miró hacia abajo, donde había un jarrón de rosas blancas al otro lado del umbral. Lo cogió y lo dejó sobre la consola del vestíbulo.

Tres horas más tarde, Quinn se acordó de las rosas. En ese momento, se había puesto al día con sus dos amigas, Aine y Ava, que eran gemelas, sobre las aventuras de la noche anterior y qué se iban a poner para la fiesta de esa noche. Se había duchado y luego se había tumbado en la cama. Los cinco minutos que había planeado descansar los ojos se habían convertido en una siesta de dos horas.

A regañadientes, se levantó y caminó por el pasillo para leer la tarjeta que acompañaba el inesperado paquete.

—Feliz 21 cumpleaños, preciosa.

Un escalofrío le recorrió la espalda al ver que no había firma, sobre todo teniendo en cuenta que su madre nunca, jamás, ni una sola vez, la había llamado «preciosa».

La idea de beber más chupitos cargados de alcohol y bailar junto a la bahía con un centenar de personas que no eran realmente sus amigas le daba náuseas a Quinn. Estaba aburrida, tan aburrida que estaba considerando pagar los 500 $ que le costaría volver a Manhattan por su cuenta.

Ir a la fiesta a la casa de un presentador de televisión que ya no estaba en la cresta de la ola le parecía atractivo, pero la realidad era una mezcla entre incómoda y repugnante.

Durante la última media hora, había estado sentada en un banco cerca de la arena, observando la luz de la luna sobre el agua y preguntándose quién le había enviado veintiuna rosas blancas.

Si hubieran sido Aine o Ava, ninguna hubiera sido capaz de mantenerlo en secreto. Lo primero que le habrían preguntado al entrar en su apartamento esa tarde era si había recibido algo interesante por su cumpleaños. Penelope o Tara podrían haber sido más sutiles, pero, una vez más, nunca había oído a ninguna de sus amigas usar la palabra *preciosa*.

Quinn se levantó, estiró las piernas y decidió avisar a sus amigas de que se marchaba. Cuando se alejó del agua, vislumbró a alguien que le resultaba familiar, pero no conseguía ubicarlo.

El camino de grava por el que caminaba no estaba bien iluminado, por lo que podía ver al hombre de pie con el hombro apoyado contra el arco de piedra que separaba el hormigón que rodeaba la piscina de la casa de sus jardines mejor de lo que él podía verla a ella.

A medida que se acercaba, estaba segura de que lo reconocía de su edificio, pero ¿qué demonios hacía el señor Bryant aquí?

Recordó el día en que se mudó. Ella dio por hecho que trabaja en una empresa de mudanzas. Descubrió que no era así cuando se subió en el ascensor con el resto de los trabajadores al final del día.

—Aún no conozco a mi nuevo vecino —había dicho—. Espero que no les haya hecho trabajar demasiado duro hoy.

—No, señora —respondió uno de los hombres—. El señor Bryant nos ha ayudado.

Después de verlo ese día, aunque fuera desde lejos, le sorprendió que la junta hubiera aprobado la venta. Parecía alguien que podría aparecer en la portada de una novela romántica sobre los SEAL; no es que ella las leyera, pero aun así; su aspecto gritaba *militar*.

Acercándose sigilosamente, Quinn se abanicó la cara ante el contorno marcado de su musculosa espalda. ¿Era necesario que llevara una camiseta tan ajustada?

Parecía como si estuviera buscando a alguien, pero en lugar de abrirse paso entre la multitud, se quedó en la periferia.

No había decidido si saludarlo o no cuando él se giró y la vio.

—Hola —murmuró ella.

Él entrecerró los ojos y luego los abrió como platos al reconocerla.

—Hola.

A la luz de la fiesta, Quinn se fijó en que su pelo, que ella creía castaño, era más bien de color arena y, al acercarse, vio que sus ojos eran de un tono avellana claro, como el tofe.

—Señor Bryant... —¿Qué podía decir para no ofenderlo? Su primera reacción fue preguntarle qué hacía allí.

—Mercer.

Quinn se sonrojó.

—Lo siento, señor Mercer.

—Solo Mercer.

Oh. Mercer era guapo. Muy guapo, de hecho, con un cuerpo que le aceleraba el pulso. La camisa ajustada negra con cuello de pico le resaltaba los músculos del pecho y la espalda y sus brazos eran duros como piedras.

Su primera impresión de que era militar se mantuvo. Llevaba el pelo bien cortado, pero su barba de tres días bien cuidada descartaba que estuviera en servicio activo. ¿O no?

Sacudió la cabeza al recordar algo que no sabía que llevaba consigo. Habían pasado años desde que pasaba tiempo con sus abuelos, desde que se fue al internado, pero le quedaba un recuerdo de su abuelo hablando de sus días en los marines.

Ella le había preguntado qué significaba *cabeza bote* y él le había dicho que no tenía nada que ver con el corte de pelo alto y apretado que aún lucía, sino más bien con la disposición de un marine a seguir órdenes sin cuestionarlas.

—Tenemos la cabeza dura, pero a veces vacía —bromeó.

Ese día también hablaron de barbas, porque su abuela se burló de que la de su abuelo apenas pasaba la inspección.

—¿Qué haces aquí? —La pregunta se le escapó, aunque un minuto antes había decidido que sería descortés preguntarlo.

—He quedado con unos amigos —respondió casi demasiado rápido, como si hubiera visto venir la pregunta—. ¿Y tú? —añadió.

—Con amigas, aunque... —A Quinn le gustó que mantuviera la mirada fija y no terminara la frase cuando ella dudó—. Estaba pensando en irme.

—Yo también —murmuró.

—Estaba a punto de llamar a un taxi, si quieres lo compartimos —ofreció.

—Tengo coche.

Oh. ¿Significaba eso que le estaba ofreciendo llevarla o que rechazaba la invitación de compartir un taxi?

Se giró para marcharse, pero miró hacia atrás cuando Quinn no le siguió.

—¿Vienes? —le preguntó.

—Creo que debería avisar a mis amigas... —De nuevo, él no terminó su frase —. Supongo que puedo simplemente enviarles un mensaje.

Él asintió y le indicó que lo siguiera.

—Aquí estamos —dijo, deteniéndose junto a un elegante descapotable que a Quinn le recordó a una bala.

—Bonito coche —dijo antes de que él le abriera la puerta, espera a que se sentara y la cerrara detrás de ella.

—Gracias. No es mío.

—¿No? —Interesante. Quizá el apartamento tampoco lo era, aunque Quinn no había visto a nadie más entrar o salir—. ¿De quién es?

—De un amigo.

—Qué bien que tu amigo te lo preste. —Quinn pasó la mano por el suave cuero oscuro—. ¿Qué es?

—Un Jaguar E-Type Serie 1. Eh... del sesenta y dos.

Respondió como si esperara que ella supiera lo que eso significaba. Jaguar era lo único que le resultaba familiar. Habiendo vivido en Nueva York y sus alrededores durante los últimos catorce años, los coches no eran algo sobre lo que tuviera motivos para aprender mucho. Ni siquiera había aprendido a conducir.

Quinn se relajó en el cómodo asiento y desvió su atención del hombre que tenía al lado hacia la cálida brisa veraniega que le acariciaba el rostro.

—¿Tienes frío? —preguntó él cuando llegaron a la autovía.

—Se está bien. Aunque... quizá un poco.

Mercer se estiró por detrás de su asiento y sacó una manta.

—¿Te importa si dejo la capota bajada?

Quinn se acurrucó debajo de ella.

—No. Está bien. ¿Y tú? ¿Tienes una chaqueta?

—Yo no tengo frío —respondió.

—¿Nunca?

—No en verano.

—Ajam.

Mercer se giró y la miró cuando ella no continuó.

—¿Sí?

—Nada.

Cuando él pareció divertirse, ella se dio cuenta de que era la primera vez que lo veía hacer algo que no fuera fruncir el ceño.

—Tienes una bonita sonrisa.

Él apartó la mirada, como si no estuviera acostumbrado a los cumplidos.

—Tú también —murmuró él.

Ella lo observó más tiempo del que debería. Aunque era probable que él sintiera su mirada persistente, hizo como que no se daba cuenta. ¿Quién era ese hombre? ¿Y cómo alguien que parecía tener menos de treinta años, y que probablemente había servido en alguna rama del ejército, podía permitirse un apartamento de dos millones de dólares en el centro de Manhattan? Quinn supuso que podría ser un niño de papá, como ella, pero tampoco parecía encajar en ese perfil.

2
MERCER

Cuando Quinn se quedó dormida, Mercer soltó el aire que parecía haber estado conteniendo desde que se subieron al coche.

Su preocupación por lo que había hecho ese mismo día le había hecho descuidarse. Y esa noche, en lugar de encontrarla sin que ella supiera que la estaba buscando, ella lo había encontrado a él. Sin embargo, se alegraba de que lo hubiera hecho. De lo contrario, quién sabe cómo habría llegado a casa. Southampton estaba a dos horas de su edificio, con muchas zonas desiertas por el camino. Se estremeció al pensar en el peligro al que podría haberse expuesto.

La miró varias veces mientras dormía. La luz de la luna brillaba sobre su cabello rubio casi blanco y proyectaba un resplandor sobre sus mejillas sonrosadas, probablemente por pasar demasiado tiempo al sol. Cada día se volvía más hermosa mientras la veía pasar de adolescente a mujer joven.

Mercer sacudió la cabeza y maldijo en silencio a su antiguo jefe, el responsable de la tentación a la que se enfrentaba cada día.

Cuando aparcó en su plaza asignada en el aparcamiento del edificio, Quinn no se movió.

—Ya hemos llegado —dijo en voz baja, sintiendo la tentación de acariciarle la mejilla con el dedo.

Ella se incorporó sobresaltada.

—Oh, lo siento. ¿De verdad he estado durmiendo todo el camino de vuelta? Qué poca consideración de mi parte —balbuceó.

—Estabas cansada.

Estiró los brazos por encima de la cabeza y la camiseta se le subió, dejando al descubierto la piel de su vientre. Cuando Mercer alzó la vista y se encontró con la suya, ella sonrió como si lo hubiera pillado mirándola a escondidas.

Cuando ella no pestañeó ni salió del coche, él cedió a la tentación que se había vuelto demasiado difícil de resistir, se inclinó hacia adelante, la acercó hacia él y la besó. Quinn apoyó la palma de la mano sobre su muslo y abrió su dulce boca a la de él. Él la abrazó con más fuerza y profundizó el beso, hasta que el gemido de ella lo sacó de su ensimismamiento y le impidió hacer algo que sabía que no debía hacer. No era una fantasía; sus labios realmente estaban sobre los de ella, y el fruto que había probado seguía siendo prohibido.

Se apartó, sin atreverse a mirarla a los ojos. Si lo hacía, perdería la poca determinación que le quedaba. En cambio, abrió su puerta, dio la vuelta y abrió la de ella.

—Gracias —susurró ella mientras salía del coche, tocándose los labios con la punta de los dedos.

—De nada.

—Has sido mi salvador esta noche, señor Mercer. —Se alejó del coche para que él pudiera cerrar la puerta.

—Solo Mercer —respondió distraídamente.

No tenía ni idea de lo acertada que había sido su observación. Quizá *salvador* no era la palabra más adecuada. Más bien *protector*.

Esperó a que él pulsara el botón de llamada cuando llegaron al ascensor, como si hubiera esperado a que le abriera la puerta. Era una mujer a la que habían enseñado que no había nada de malo en dejar que un hombre tomara la iniciativa. Sus modales eran impecables; él lo había comprobado en numerosas ocasiones. Como de costumbre, se sintió orgulloso, aunque él no tuviera nada que ver con su educación.

Cuando llegaron a la undécima planta, Mercer no acompañó a Quinn a su puerta. Desde la esquina redondeada en la que se apoyaba, pudo ver que entraba sana y salva a su apartamento sin posibilidad de que lo invitara a pasar.

Ella le dijo adiós con la mano antes de cerrar la puerta.

—Que duermas bien, señor Mercer —dijo y le lanzó un beso.

—Solo Mercer —se dijo a sí mismo después de oír el clic de la cerradura.

La puerta de su casa estaba a solo unos pasos. Cuando llegó, introdujo el código en el teclado y apoyó el pulgar en el lector de huellas hasta que la puerta se abrió.

Entró, se colocó de frente a la pared, apoyó la cabeza contra ella, cerró los ojos, respiró hondo y en silencio repitió la promesa que había hecho.

Mercer había prometido velar por ella, protegerla y mantenerla a ella y su familia a salvo. Hablar con ella, tocarla, besarla o soñar con ella no formaban parte de esa promesa. Los sueños no podía controlarlos, pero el resto... él sabía lo que debía hacer.

. . .

MERCER DESCONECTÓ SU CORREO ELECTRÓNICO Y CERRÓ EL portátil. Todavía estaba demasiado nervioso por el viaje de vuelta a casa como para dormir. En lugar de eso, empezó a dar vuelta por la habitación, pensando en todas las reglas morales y éticas que se había impuesto y que había roto en las últimas horas.

No habría vuelta atrás sin que Quinn supiera quién era él. Había luchado contra la idea de mudarse a este edificio, consciente de que sería una pendiente resbaladiza, y había acertado. Una cosa era que coincidieran en la misma fiesta esa noche. Pero la próxima vez que apareciera donde ella estuviera, sería extraño. Después, sería espeluznante.

Ni siquiera había arañado la superficie del beso. Era todo lo que había fantaseado que sería. Si ella no hubiera hecho ningún ruido, es posible que sus labios siguieran unidos, en el asiento delantero de un coche en un aparcamiento. *Dios.*

Tenía que hacer algunos cambios drásticos, y pronto. Mercer miró la hora. Era casi medianoche en la costa oeste, por lo que la llamada tendría que esperar hasta la mañana siguiente. Mientras tanto, tenía tiempo para decidir cuánto de lo que había pasado esa noche iba a contar.

Cogió la tableta que estaba junto a la cama y abrió el libro que había empezado la noche anterior. Nada como una novela de espías escrita por alguien que no tenía ni idea de cómo funcionaban las cosas realmente para aburrirlo hasta dormirlo.

3

QUINN

Quinn inhaló el aroma de las rosas que le habían regalado por su cumpleaños al pasar junto a ellas en el vestíbulo. Estaba segura de que Mercer era el tipo de hombre que enviaría un regalo así a una mujer con la que tuviera una relación.

Aún no podía creer que se hubiera dormido todo el camino a casa. Él debía de pensar que era muy grosera, aunque no había dado muestras de que le importara. «Estabas cansada», le había dicho.

No era propio de ella confiar en alguien a quien apenas conocía, pero se sentía inexplicablemente segura con él, como si realmente se preocupara por ella.

Quinn puso los ojos en blanco y se le llenaron de lágrimas. Era patética. Estaba tan falta de amor y atención que se decía a sí misma que su vecino, con quien solo había tenido una conversación, se preocupaba por ella. No miró el teléfono hasta que se metió en la cama. No habría ningún mensaje de su madre, Quinn lo sabía, pero no podía evitar esperar estar equivocada.

El sueño la venció rápido una vez que cerró los ojos, solo porque se permitió fantasear con el señor Mercer y el beso que se habían dado.

El sueño que estaba teniendo, en el que su teléfono no dejaba de vibrar, parecía demasiado real. Quinn se incorporó de un salto y cogió su móvil de la mesita de noche. En la pantalla apareció *Aine*.

—Hola —respondió.

—¿Dónde demonios estás? —gritó su amiga por encima del ruido de la fiesta que se oía de fondo.

Mierda. Había olvidado enviar un mensaje diciendo que se marchaba.

—Lo siento. Estoy en casa.

—¿Qué? No te oigo bien.

—Estoy en casa —gritó al teléfono.

—¿Dónde estás? Me ha parecido que decías que estás en casa.

—Estoy en casa —gritó de nuevo.

—¿Qué demonios? —Quinn oyó un ruido de fondo y a Aine decir que estaba en casa. Más ruido y luego:

—Espera un momento.

Esperó mientras el ruido de la fiesta se iba haciendo más lejano.

—Has desaparecido. ¿En qué piensas, Quinn?

Aine parecía borracha, lo que significaba que la conversación seguiría en bucle.

—Escucha —comenzó Quinn— me encontré con alguien que conocía que regresaba a la ciudad y me trajo en coche. Siento mucho no haberte avisado. Hablamos mañana, ¿vale?

—Has desaparecido —dijo Aine de nuevo.

—Buenas noches, cariño. Hablamos mañana por la mañana. —Quinn colgó y apagó el teléfono. Ahora que sus amigas sabían que estaba en casa, nadie más intentaría localizarla esa noche.

4
MERCER

Mercer entró en el gimnasio del edificio a las seis, como cada mañana, y se puso a entrenar con intensidad. Había estado toda la noche dando vueltas en la cama, recordando el tiempo que había pasado con Quinn y todo lo que debería haber hecho de otra manera.

Cuando corría, se encontraba en su zona, ese equilibrio perfecto entre velocidad y comodidad. Tenía las piernas sueltas y el corazón le latía con fuerza, así que cuando la puerta del gimnasio se abrió, solo lo oyó en lo más profundo de su subconsciente. Casi todas las mañanas estaba solo allí y nunca había visto a la mujer cuyos ojos se encontraron con los suyos en el espejo. ¿Qué demonios estaba tramando Quinn?

Ella le saludó con la mano, igual que la noche anterior antes de lanzarle un beso, y luego se acercó a una de las máquinas elípticas que había al otro lado del gimnasio.

Él respondió con un gesto de asentimiento y luego centró su atención en la televisión que nunca veía, intentando escuchar las noticias que nunca le habían importado. Fue demasiado para su controlado ritmo cardíaco. Como la máquina elíptica estaba orientada en dirección opuesta a su cinta de correr, podía ver en el espejo el reflejo de su firme trasero, resaltado por los pantalones de correr demasiado cortos. La camiseta de tirantes que llevaba apenas le cubría el sujetador deportivo, casi inútil.

No era el único que miraba donde no debía. Quinn se quedó mirando el espejo frente a la elíptica hasta que sus ojos se encontraron por segunda vez. Mercer detuvo la cinta, se bajó y se secó el sudor de la cara con la toalla de entrenamiento. A continuación, sacó el teléfono de la bolsa de deporte, fingió mirarlo y luego lo guardó junto con la toalla.

—Que tengas un buen día — dijo mientras abría la puerta para marcharse.

—Espera. —Ella detuvo la máquina y caminó hacia él—. No tienes que irte por mi culpa.

—He terminado —refunfuñó mientras dejaba que la puerta se cerrara detrás de él. Se sintió como un idiota por hablarle así, pero no podía permitirse que la situación con Quinn se complicara.

La siguiente vez que Mercer se encontró con ella fue en el ascensor, más de una semana después.

—Hola —dijo ella, sin apenas mirarlo y haciéndolo sentir como un idiota.

Él asintió con la cabeza, de nuevo reacio a entablar conversación.

—Me alegro de verte, señor Mercer —dijo ella cuando se abrió la puerta al vestíbulo. Salió, pero no lo suficientemente rápido como para ocultar el dolor grabado en su rostro.

Él sabía que estaba sola; lo había estado durante la mayor parte de su vida. Aparte de las chicas con las que tenía una relación estrecha desde sus días en el internado, Quinn no socializaba mucho. Tenía citas ocasionales, que le disparaban la presión arterial, pero las segundas citas eran poco frecuentes.

Sin embargo, lo más difícil era que Quinn nunca había perdido la esperanza de que, algún día, tendría relación con su madre, algo que Mercer sabía que nunca ocurriría.

—HOLA, PAPS —MERCER RESPONDIÓ A LA LLAMADA QUE recibió más tarde esa noche de uno de sus socios.

—Te necesitamos aquí. Haz los preparativos necesarios y coge el avión mañana por la mañana.

—¿Qué ocurre?

—Razor y yo te pondremos al corriente cuando llegues.

Menos de cinco minutos después, cuando recibió otra llamada, a Mercer no le sorprendió ver «Barbie» , el nombre en clave de Lena Hess, en el identificador de llamadas.

—¿Qué puedo hacer por ti, Lena?

—¿Cómo está mi hija?

¿Qué podría decir que no se hubiera dicho ya? Expresar en voz alta lo que Lena ya sabía no cambiaría nada.

—Está como era de esperar.

—¿Has hablado con Paps antes?

—Sí.

Por mucho que quisiera saber qué estaba pasando, Lena era la última persona a la que le preguntaría.

—¿Hay algo más? —preguntó en su lugar.

—No.

—Entonces, mañana hablamos —dijo antes de colgar.

CUANDO TERMINÓ DE HACER «LOS PREPARATIVOS NECESARIOS», era la una de la madrugada. Estaba a punto de dar por terminada la noche cuando oyó que el ascensor se detenía en su planta. No oyó pasos en el pasillo, así que llamó al piso de abajo. Sabía que Vinnie estaba de guardia; había sido una de las llamadas que había hecho antes.

—Señor Bryant. Justo estaba marcando su número. La señora Skipper está a punto de abandonar el edificio.

—Entreténgala.

—Sí, señor.

¿Adónde demonios creía que iba en mitad de la noche?

Cuando salió del ascensor, Quinn le daba la espalda y estaba absorta en una conversación con Vinnie. Mercer desactivó primero la puerta de emergencia y luego salió por ella. Rodeó el callejón hasta la entrada principal, donde tenía dos opciones: podía esperar y seguirla o podía entrar y enfrentarse él mismo a la señorita Skipper.

Cuando vio la señal de Vinnie, supo que ya había tomado una decisión.

—Buenas noches, señor —le saludó Vinnie—. ¿Ha pasado una buena noche?

Mercer asintió y miró a Quinn como si le sorprendiera verla.

—¿Puedo acompañarte? —Le tocó el codo con la punta de los dedos y ella se tambaleó.

—Voy a salir —balbuceó.

Si su poco equilibrio no le había dado una pista, su aliento sin duda lo habría hecho. Había estado bebiendo, y no poco.

Él levantó una ceja intencionadamente y ella se sonrojó.

—¿Vas a desayunar temprano? —preguntó.

Se inclinó hacia él.

—Algo así. ¿Tienes hambre, señor Mercer?

Ni lo más mínimo, pero si aceptaba acompañarla, sabría dónde estaba y podría llevarla de vuelta sana y salva.

—Me muero de hambre.

Vinnie se les adelantó.

—Mmm. Hace meses que no pruebo el pollo y los gofres de Sarge's. —Se frotó la barbilla—. Suena bien, ¿verdad?

Sarge's Diner estaba a un corto paseo, pero de todos modos cogerían el taxi que había aparecido milagrosamente en la puerta principal.

Mercer le rodeó la cintura con el brazo y la acompañó al vehículo que los esperaba. Cuando se subió después que ella, Quinn apoyó la cabeza en su hombro.

—No podía dormir... —murmuró.

Él asintió.

Cuando ella cerró los ojos, él hizo un gesto con el dedo índice, y Tom, que también formaba parte de su equipo habitual, supo que no debía parar en la cafetería. En su lugar, condujo por Manhattan, desde Midtown hasta el Lower East Side, y luego los llevó a casa.

—Ya estamos de vuelta —dijo en voz baja cuando Tom se detuvo en la entrada del edificio, esta vez sin poder resistirse a acariciarle la mejilla con el dedo.

Como ya había hecho antes, se despertó sobresaltada.

—¿Me he quedado dormida otra vez?

Él sonrió.

—Sí.

—Siempre me duermo contigo. —Quinn se sonrojó—. Eso no ha sonado muy bien, ¿verdad?

Mercer salió del coche y le tendió la mano.

—Entremos.

—No hemos comido y tú estabas muerto de hambre.

—Me hare un sándwich. —La guio hasta el ascensor, asintiendo con la cabeza al guiño de Vinnie al pasar junto a él.

Cuando llegaron a la undécima planta, él la acompañó hasta su puerta y esperó mientras ella introducía el código en el teclado.

—¿Quieres pasar?

Mercer empujó la puerta y la guio al interior.

—Puedo prepararte algo de comer.

—No hace falta —murmuró, siguiéndola por el vestíbulo y por el pasillo—. Vamos a acostarte.

Quinn se quitó los zapatos y esperó mientras Mercer retiraba las sábanas. Como una niña somnolienta, se metió en la cama y él la arropó.

—¿Te quedas? —susurró.

Cuando ella cerró los ojos, él se inclinó y le besó la frente.

—Esta noche no, preciosa. Duerme un poco.

—Mmm, me has dicho *preciosa*, señor Mercer —dijo ella antes de volver a quedarse dormida.

Mierda. Lo había hecho. ¿Lo recordaría por la mañana o sería todo un recuerdo borroso que ella supondría que había sido un sueño?

5
MERCER

Mercer deslizó una nota bajo la puerta de Quinn antes de cambiar de opinión.

Me voy fuera unos días. ¿Desayunamos cuando vuelva? — Mercer

En su cabeza añadió: «Por favor, no hagas otra locura como la de anoche mientras estoy fuera».

Solo habían pasado cuatro horas desde que la había acostado. Dormiría al menos otras cinco o seis horas, si no más.

Se preguntó, de nuevo, cuánto recordaría de la noche anterior. Quizá no había sido una buena idea mencionar el desayuno en su nota. Sería otro indicio más para convencerla de que no había sido un sueño. Sin embargo, ya era demasiado tarde. Besó dos dedos y los posó momentáneamente sobre la puerta, esperando que su vida transcurriera sin incidentes mientras él estaba fuera.

La noche anterior, cuando le besó la frente, sintió el cambio. No era solo una idea; era una reacción física que reconocía que las cosas estaban cambiando. Aunque Quinn había formado para de su vida durante bastante tiempo, ahora él también era parte de la de ella.

LAS CONSECUENCIAS DE SUS ACTOS DURANTE LOS ÚLTIMOS DÍAS le golpearon con fuerza cuando el avión aterrizó. Había cruzado una línea con Quinn. Varias, de hecho, y al hacerlo, muchas cosas tendrían que cambiar. Cerró los ojos y deseó, como solía hacer a menudo, poder consultar esa situación con su antiguo jefe.

Doc Butler había sido más que un jefe para él. Había sido su profesor, su mentor y, en cierto modo, su hermano mayor.

Se conocieron cuando Mercer estudiaba Relaciones Internacionales y Lenguas Extranjeras en la Universidad de Stanford. La hermana pequeña de Doc, que tenía la misma edad que Mercer, también estudiaba en esa prestigiosa institución.

Dado que también estaba matriculado como estudiante del ROTC de la Marina con opción a la Infantería de Marina, había llamado la atención de Doc.

Una vez que obtuvo su título universitario, la vida de Mercer tomó un rumbo que nunca hubiera imaginado. En lugar de convertirse en subteniente con un compromiso de servicio de cuatro años, se dirigió directamente a Camp Lejeune, en Carolina del Norte, para completar nueve meses de entrenamiento en las fuerzas especiales.

A los veintidós años, Mercer se convirtió en el miembro más joven de un equipo de élite compuesto por militares en servicio activo y agentes de la CIA, denominado División de Actividades Especiales del Servicio Clandestino Nacional (NCS) de la agencia.

Cuatro años más tarde, Mercer aceptó un trabajo en una organización de inteligencia privada llamada K19 Security Solutions, que Doc había fundado junto con Paps y Razor, otros dos miembros del equipo. El trabajo se convirtió en algo más cuando le ofrecieron una participación en la empresa. Ahora, dos años después, Mercer era más rico de lo que jamás había soñado y realizaba un trabajo que incluía la protección de activos, así como la influencia encubierta y los interrogatorios rigurosos (o peor) cuando era necesario.

MERCER ENCENDIÓ SU TELÉFONO Y ENVIÓ UN MENSAJE DE texto a Paps. *Aterrizado.*

El espacio donde solía estar aparcado su vehículo estaba vacío. Ese debería haber sido el primer indicio de que algo pasaba. Sacó el móvil y envió otro mensaje. *Falta transporte.*

Situación L4P23.

Subió las escaleras hasta el cuarto piso y caminó hasta la plaza veintitrés, donde, en lugar de un coche, encontró una moto esperándole.

—Joder, sí —murmuró, sonriendo mientras cogía el casco que había sobre la Ducati Monster 1200.

No era la situación. Era un regalo de Paps y Razor.

Gracias, chicos.

Mercer arrancó la moto, intentando decidir cuál de las muchas carreteras secundarias tomaría desde el aeródromo privado cerca de San Luis Obispo a través de las colinas hasta Harmony, un pequeño pueblo en la costa central de California, donde K19 tenía una casa. No era la única propiedad que poseían. Tenían muchas, incluido el apartamento de Mercer en el edifico de Quinn.

Habían decidido comprar en Harmony por su ubicación relativamente remota, la ausencia de distrito comercial y la proximidad a Paso Robles.

Movió los hombros al salir del aparcamiento. Eso era lo que necesitaba. Incluso quince minutos en la carretera, lejos del calor y el ruido opresivos de la ciudad de Nueva York, le ayudarían a afrontar cualquier mierda que se le echara encima.

—Gracias por el paseo, chicos —dijo Mercer a Razor y Paps cuando entró en la casa desde la cochera en la que había aparcado la moto.

—Hola, Ochenta y ocho. —Paps tenía aspecto de no haber dormido en varios días.

—¿Qué ocurre?

—Tenemos que reforzar la seguridad de Skipper —respondió Razor.

—¿Por qué?

—¿Qué te dice el nombre Rory Calder?

Mucho. La primera vez que lo había oído fue cuatro años antes, cuando pasó por delante de la oficina de su jefe y lo vio golpear el teléfono contra el escritorio con tanta fuerza que lo rompió. —¡Por Dios! —había gritado.

—¿Qué pasa, Doc? —preguntó Mercer, asomando la cabeza por la puerta.

—Esa mierda nunca pasa de moda —espetó Doc.

—Lo siento, señor —murmuró Mercer.

—Cierra la maldita puerta.

Menos de quince minutos después, Mercer había sido informado de un caso que se remontaba a dieciocho años atrás, en el que estaban involucrados un marine convertido en espía ruso llamado Rory Calder, una violación, un matrimonio secreto y un bebé.

El certificado de nacimiento del bebé, proporcionado por el NCS, indicaba que su nombre era Quinn Analise Sullivan.

La historia oficial era que el padre de Quinn, Angus Sullivan, un oficial de los marines, había muerto en combate antes de que ella naciera. Su madre, Lena Hess, que provenía de una familia prominente de California, nunca adoptó el apellido del padre de Quinn.

En realidad, la identidad Sullivan se había creado para garantizar que nadie supiera la conexión del bebé con su madre o su padre.

La razón por la que Doc había colgado el teléfono y había llamado a Mercer era que Quinn, nombre en código Skipper, había iniciado los trámites para cambiar legalmente su apellido de Sullivan a Hess. Era Lena quien había llamado para pedirle a Doc que lo impidiera. Esa tarea había recaído en Mercer.

La siguiente vez que oyó el nombre de Calder fue justo después de una reunión matutina de K19, cuando Doc pidió a Mercer que fuera a su despacho.

—He aceptado una misión, y es la más peligrosa de mi carrera —empezó Doc.

Le explicó que la misión consistía en encontrar a un antiguo agente que se había pasado al bando enemigo. Sin que él lo dijera, Mercer supo que el agente al que se refería Doc era John «Leech» Hess, el padre de Lena Hess y abuelo de Quinn.

La información se había compartimentado y tardaba en llegar, pero, según Doc, el agente retirado desde hacía mucho tiempo estaba en una misión suicida. Su intención era infiltrarse en la inteligencia rusa y asesinar al espía que no solo había traicionado a su país, sino al propio Leech, junto con docenas de otros agentes que habían sido asesinados cuando se descubrió su identidad. Ese espía era Rory Calder.

—Necesito que me prometas una cosa, Ochenta y ocho —dijo Doc.

—Lo que sea, jefe.

—Quinn.

Una palabra, un nombre, y Mercer sabía lo que Doc esperaba de él; había prometido protegerla hasta el día en que regresara su jefe.

MENOS DE UN MES DESPUÉS, RECIBIERON LA NOTICIA DE QUE Doc había muerto en combate.

Ni siquiera Mercer estaba seguro de si estaba realmente muerto o si estaba tan metido en el ajo que nadie podía estar seguro.

Doc, Paps, Razor y Mercer, los cuatro hombres que eran propietarios a partes iguales de K19 Security Solutions, tenían cada uno una caja de seguridad que los otros tres debían abrir en caso de que uno falleciera.

Desde ese día, Mercer había seguido cumpliendo su promesa original y había llevado a cabo meticulosamente las demás instrucciones que Doc le había dejado en la caja de seguridad.

En los cuatro años transcurridos desde que oyó su nombre, Quinn había pasado de ser una adolescente que solo requería una vigilancia periférica a una joven que se encontraría en grave peligro si el hombre del que hablaban descubría su verdadera identidad.

. . .

—CUÉNTAME —DIJO MERCER A PAPS.

—Ha reaparecido, y el momento no podría ser más preocupante.

—Eso significa que Leech no ha podido con él—añadió Razor—. Tampoco Doc.

Dado que ambos hombres estaban desaparecidos, presuntamente muertos o declarados muertos, lo lógico era suponer que Calder había podido primero con ellos.

—¿Qué hace aquí? —preguntó Mercer.

—Ahora mismo, haciendo de hijo pródigo resucitado y metido de lleno en el negocio vinícola de su familia.

—¿Cuánto tiempo hace que ha vuelto?

—Nadie lo sabe —respondió Razor.

Esa noticia era aún más preocupante, ya que significaba que había estado actuando en secreto, haciendo Dios sabe qué o durante quién sabe cuánto tiempo.

—¿Dónde está Lena? —preguntó Mercer a Paps. Sabía que estaba allí; su Mercedes CLS400 Coupe blanco perla estaba aparcado en la misma cochera en la que había dejado la Ducati.

Paps gruñó y negó con la cabeza.

Sí, no había ningún tipo de afecto entre él y su activo. Se odiaban desde el día en que a él lo asignaron como jefe de su equipo de seguridad. Mercer tenía que admitirlo, si le hubiera tocado a él, probablemente ya la habría matado.

—Está durmiendo —gruñó Razor.

Ya había pasado el mediodía, pero a Mercer no le sorprendió saber que aún no se había levantado esa mañana. La noticia de que Calder había reaparecido debía de haberla asustado, ya que había estado los últimos veintiún años de su vida esperando a que lo hiciera. La mujer vivía bajo protección constante, los siete días de la semana, las veinticuatro horas del día. No tenía ni pizca de privacidad, no podía escaparse sola de vacaciones y no pasaba tiempo de verdad con su hija.

Razor se giró en su silla.

—Entonces, Skipper...

Mercer se encogió de hombros.

—Hola —dijo una voz desde el pasillo.

Razor y Paps se levantaron cuando Lena entró, pero ella no ocupó ninguno de sus asientos. En lugar de eso, se quedó de pie con los brazos cruzados.

Si no hubiera conocido a Quinn, Mercer no habría podido adivinar el color natural del pelo de su madre. Al igual que el de su hija, su melena hasta los hombros era casi blanca, aunque se preguntó si se daba cuenta de que parecía más gris que rubia. También al igual que su hija, Lena era alta y delgada, pero su cuerpo había perdido el atletismo natural que poseía Quinn. El tono bronceado de su piel no parecía más natural que su cabello, y el pintalabios naranja brillante y las uñas a juego la hacían parecer un personaje de dibujos animados.

—¿Qué vais a hacer? —preguntó.

—Tenemos un plan, Barbie, y como te he dicho muchas veces, no es algo de lo que debas preocuparte, solo tienes que llevarlo a cabo.

Lena miró a Paps con ojos de asesina y luego se giró hacia Mercer.

—¿Podemos hablar en privado?

La condujo a otra habitación que habían habilitado como salón y sala de reuniones.

—Yo fui quien descubrió que había vuelto —dijo ella.

—¿Cómo?

—Vino a ver la propiedad.

Lena había puesto recientemente a la venta la mitad de la finca de su familia y, por lo que había oído decir a Paps, el interés era mucho mayor de lo que habían previsto.

—¿Quién firmó el acuerdo de confidencialidad?

—Ha habido tanto interés en la propiedad que ha sido imposible estar al tanto de todas las visitas.

Estaba a punto de estrangularla.

—¿*Quién* firmó el acuerdo de confidencialidad, Lena?

—Alguien llamado Trey Deveux, por eso no me sonaba.

El nombre tampoco le decía nada a él, pero no había duda de que Paps y Razor se lo habían pasado a su equipo para que investigara la conexión.

—Cuéntame cómo descubriste a Calder —insistió Mercer.

—Ayer, cuando estaba dando un paseo por el viñedo, vi a alguien salir de las bodegas. Sabía que era él, pero me convencí de que mis ojos me engañaban. Después se me acercó. —Lena se estremeció —. Podría haberme matado si hubiera querido.

Mercer lo dudaba; ella nunca estaba sin protección.

—No podría haberlo hecho. Paps estaba ahí.

—Hay algo más que deberías saber.

Mercer asintió con la cabeza, indicándole que continuara.

—Enzo Avila ha estado almacenando vino en nuestras bodegas.

—¿Por qué? —¿Y qué demonios tenía eso que ver con todo lo demás?

—Hay un problema con los bonos. Han producido en exceso y no han pagado los impuestos correspondientes.

—Entonces lo está escondiendo.

—Lena asintió.

Lo que significaba que la Oficina de Impuestos sobre el Alcohol y las Bebidas Alcohólicas estaba implicada, o lo estaría si se enteraban. Cuando terminara la conversación con Lena, Mercer preguntaría a Paps lo que sabía, porque, obviamente, él sabría más que ella.

—¿Qué tiene que ver esto con Calder?

—No estoy segura.

Mercer suspiró.

—¿Qué más debo saber ahora mismo, Lena?

—¿Cómo está Quinn?

—Está a salvo.

—¿Cómo puedes estar seguro si estás aquí?

Mercer sintió que se le tensaban los hombros, como siempre que ella le hacía preguntas.

—Eso no es asunto tuyo.

—Es mi hija.

Mercer sabía que la discusión que Lena quería tener con él no iría a ninguna parte. Aparte de tranquilizarla diciéndole que su hija estaba a salvo, como había hecho miles de veces antes, no había nada más que hablar.

—¿Ha habido alguna oferta por la propiedad? —preguntó.

—Aún no, pero espero que haya pronto.

Se alegró de saber que aún no había llegado nada. Algo sobre la presencia de Calder en las bodegas le inquietaba. ¿Qué motivo tendría para husmear por ahí?

Cuando se alejó, se sintió aliviado de que ella no lo siguiera.

—¿Es posible cancelar el contrato de la propiedad de Old Creek Road? —preguntó a sus dos compañeros.

—¿Por qué? —quiso saber Razor.

—Porque tiene que haber una razón por la que Calder estaba en esas bodegas —respondió Paps.

—Estoy de acuerdo —añadió Mercer.

—Es fácil, dijo Razor, cogiendo el teléfono.

Unos minutos más tarde, terminó la llamada.

—Hecho. Wendt se encargará.

Peter Wendt había sido el abogado de la familia Butler durante años, pero lo más importante era que era un antiguo agente de la CIA.

—¿Quién se lo va a decir a Barbie? —preguntó Razor a continuación.

Mercer suspiró.

—Yo lo haré.

Paps tenía que lidiar con ella todos los días de una forma u otra, incluso cuando era otra persona la que se encargaba de su seguridad. Lo menos que Mercer podía hacer era darle un respiro hoy. Mientras se alejaba para averiguar adónde había ido, no oyó las protestas de Paps.

La reacción de Lena fue tal y como él esperaba.

—Necesito vender esa propiedad —argumentó—. Necesito el dinero.

—No, no lo necesitas —replicó Mercer.

—Parece que los tres habéis olvidado que el hombre que me violó y me dio por muerta hace veinte años ha vuelto. Si pensáis que me voy a quedar de brazos cruzados esperando a que termine el trabajo, os equivocáis. Me voy de aquí tan pronto como pueda hacer los preparativos necesarios.

Mercer tuvo que esforzarse para no poner los ojos en blanco. Aunque Lena fuera capaz de hacer los preparativos necesarios para desaparecer, no habría forma de que se saliera con la suya. Cualquier cosa que hiciera a continuación, cualquier lugar al que fuera, estaría planeado y orquestado hasta el último detalle por K19.

—Estoy de acuerdo en que no deberías estar aquí, y cuando sea el momento, haremos lo necesario. Lo sabes. También sabes que hay dinero más que suficiente para que puedas vivir cómodamente dondequiera que vayas, durante el tiempo que estés allí.

Mercer no tenía ni idea de qué había llevado a Lena a querer vender el resto de la finca, en primer lugar, pero cuando decidió hacerlo, él, Paps y Razor no vieron ninguna razón para detenerla. Sin embargo, las cosas habían cambiado y ahora tenían que averiguar por qué Calder estaba husmeando en la bodega.

—Pero...

Mercer no la interrumpió con palabras; solo negó con la cabeza.

—Nunca me has caído bien —dijo ella con desdén.

Eso había quedado claro cuatro años atrás, cuando, en lugar de Doc, había sido él quien había frustrado el intento de cambio de nombre de Quinn. Aunque su preocupación estaba justificada, Mercer se preguntó si Lena también esperaba usarlo como excusa para pasar tiempo con su exmarido.

Por entonces, Doc ya estaba saliendo con otra mujer, Peyton Wolf, una madre soltera con dos hijos. Incluso si no hubiera sido así, Mercer dudaba que él compartiera el interés de Lena.

—Sigo sin entender por qué te puso a ti a cargo de mi hija. Supongo que eres mejor que ese par de inútiles de ahí dentro. —Señaló hacia la otra habitación.

Él se negó a tener esta conversación con ella. Ella no tenía ni idea de lo mucho que los dos hombres a los que acababa de menospreciar habían hecho para proteger a su familia, y nunca lo sabría. Aunque Mercer también se había preguntado por qué Doc lo había elegido cuando lo llamó a su despacho, hacia año y medio, y lo había puesto al frente de la seguridad de Quinn.

—¿Qué coño...? —oyeron desde la otra habitación.

Lena se adelantó a Mercer, quien vio que, cuando entraron en la habitación, las pantallas estaban apagadas.

—No me gustáis ninguno de los dos —murmuró mientras daba media vuelta para salir.

Mercer la siguió.

—El viernes voy a cenar con Maddox Butler —dijo antes de cerrar de un portazo la puerta del dormitorio.

Bien. Para entonces él ya sabría lo del terreno que Doc le había dejado. Mercer regresó a la oficina para ver cuál era el motivo de las maldiciones de Paps.

—Tiremos una moneda al aire y veamos quién le va a dar una paliza —oyó decir a Razor.

—¿A quién? —preguntó Mercer.

—Lang Becker. El ex de Peyton está intentando conseguir la custodia de sus hijos.

Al final, decidieron que Paps debía ser quien entrara en el bar y hablara con Lang, ya que se parecía más a Doc que Razor. Dado que Lang solía estar medio borracho a esa hora del día, no sería difícil convencerlo de que estaba recibiendo la visita del fantasma de Kade Butler o del propio hombre. En cualquier caso, el plan era asustarlo lo suficiente como para que retirara su petición de custodia.

Paps se frotaba el pecho cuando salió del bar y volvió a la furgoneta.

—Sería divertido si no doliera tanto, joder.

Mercer sabía exactamente a qué se refería Paps. Fueran o no socios en igualdad de condiciones, Doc había sido el líder y su pérdida les había afectado mucho a todos.

6
QUINN

El señor Mercer la había llamado «preciosa». Aunque todo lo demás de la noche anterior estaba borroso, esa palabra, pronunciada con su voz, estaba muy clara. No había sido un sueño; él había estado en su apartamento.

Quinn se dirigió a la cocina, prácticamente flotando en el aire, pero se detuvo cuando vio un trozo de papel en el suelo cerca de la puerta principal.

—Señor Mercer —susurró.

Mientras pasaba los dedos por las palabras que había escrito, se le ocurrió algo. Llevó la nota a la cocina y la colocó sobre la mesa de comedor, donde había puesto el jarrón con las rosas. Se habían marchitado, pero no se había atrevido a tirarlas.

Al sacar la tarjeta de entre los tallos espinosos y sostenerla junto a la nota, se dio cuenta de que la letra coincidía perfectamente. Quinn se preguntó cómo había sabido que era su cumpleaños, y además su vigésimo primer cumpleaños.

Pero eso no importa. Un hombre guapo le había regalado flores, la había besado y la había llamado «preciosa». También le había dejado una nota y la había invitado a desayunar. No era alguien a quien hubiera conocido en una fiesta o en un bar. No era un mujeriego; vivía en su edificio.

A PESAR DE LO EMOCIONADA QUE QUINN HABÍA ESTADO AL principio por contarle a su tribu lo de Mercer, algo le hizo contenerse. Incluso cuando ellas no paraban de hablar de los chicos que habían conocido, se dio cuenta de que quería guardar a su chico para ella sola.

En lugar de eso, repasaba mentalmente cada minuto que había estado con él, hasta que incluso eso se le hizo aburrido. Entonces, imaginaba cómo sería cuando él regresara. Al fin y al cabo, la había invitado a desayunar.

En su nota decía que estaría fuera de la ciudad unos días. ¿Qué significaba eso? Más de dos, ¿verdad? Pero menos de cinco. Cinco serían demasiados, ¿no?

Pensó en preguntarle a uno de los porteros si sabía cuándo volvería, pero él se enteraría y entonces sabría exactamente lo inmadura que era su vecina de veintiún años recién cumplidos.

En lugar de eso, había declinado la invitación para salir, porque prefería quedarse en casa, cerrar los ojos y pensar en él, mejor que ir a una fiesta ruidosa y abarrotada, donde no podría oír sus propios pensamientos.

—¿Qué te pasa? —preguntó Aine durante el desayuno para el que había obligado a Quinn a salir.

De sus cuatro amigas, ella y su gemela, Ava, eran las más cercanas a Quinn.

—¿Es por tu madre? —preguntó.

Esa era la segunda mejor cosa de Mercer, después de lo increíblemente atractivo que era: cuando pensaba en él, no pensaba en su madre, al menos no tanto.

—No sé —mintió—. Simplemente no la siento.

—¿Sentir qué?

—La vida.

Esa parte era cierta. Se había graduado en la universidad en mayo y, desde entonces, no había hecho nada productivo. Aunque desde el punto de vista económico no lo necesitaba, mentalmente, sí.

Se dijo a sí misma que el motivo de su inactividad era que no sabía dónde estaba su madre, pero, si lo supiera, ¿cambiaría algo?

¿Y qué hay de Mercer? Lo único en lo que había podido pensar era en su regreso. ¿Y si la rechazaba de nuevo como había hecho cuando ella entró al gimnasio? ¿Qué le quedaría entonces que esperar?

—Necesito un trabajo —soltó.

—¿Un trabajo?

—Dios, Aine. No pongas esa cara de horror. —Sí, un trabajo. Algo significativo que hacer con su vida, para que no fuera un vasto páramo de nada.

—No estoy horrorizada.

Quinn rio.

—Sí, lo estás.

Aine rio también.

—¿Qué quieres hacer?

Con un grado en Estudios Urbanos, Quinn tenía opciones. Durante el último año, había hecho las prácticas en un grupo de conservación histórica financiado con fondos privados; incluso le habían ofrecido un puesto a jornada completa. Debería llamarlos. Cuando les preguntó cuándo querían que empezara, le dijeron que en otoño. Quizá aún no habían cubierto el puesto.

—¿Quinn?

—Lo siento, Aine. Estaba pensando.

—Lo sé, pero me preocupo por ti. Mucho.

Forzó una sonrisa.

—No te preocupes. Estaré bien.

—Esta noche iremos a Amity Hall.

—No sé.

—Te recogeré a las nueve. Te llevaré a rastras si es necesario.

Quizá salir le vendría bien. Era mejor que no hacer nada un miércoles por la noche.

7
MERCER

Mercer tenía un día muy ajetreado por delante. Una vez que entregara los documentos necesarios al abogado, habría que mover una gran suma de dinero. Él, Paps y Razor lo habían hablado la noche anterior y el plan era que Lena desapareciera en los próximos días. Para ello, necesitaba efectivo.

Alguien llamó a la puerta del dormitorio, que Mercer usaba como despacho cuando estaba en la costa oeste. En lugar de levantarse, giró la silla del escritorio y abrió la puerta de un empujón. Paps y Razor estaban en el umbral.

—¿Podemos ayudar en algo? —preguntó Paps.

—Necesitamos que Lena se vaya lo antes posible.

—Estoy de acuerdo —dijo Razor—. Estamos trabajando en ello.

Mercer decidió que ese era un buen momento para contarles lo suyo con *Skipper*.

—Tengo que contaros algo sobre Quinn y yo...

—Te cubrimos las espaldas, Ochenta y ocho —dijo Paps.

Mercer negó con la cabeza. Por supuesto que ya lo sabían.

—Mirad —dijo Razor, sosteniendo su ordenador portátil—. Skipper ha decidido que es hora de madurar.

—Déjame ver. —Mercer cogió el ordenador portátil cuando Razor se lo pasó.

Efectivamente, Quinn había aceptado una oferta de trabajo en el mismo sitio donde habían acordado que hiciera las prácticas antes de graduarse.

—Me toca. —Razor cogió el portátil cuando Mercer se lo devolvió, lo cerró y lo metió en una bolsa que luego se colgó al hombro— Tabon Sharp tiene que hacer una entrevista. —Se miró las uñas—. Quizá varias. No me importaría conocer un poco mejor a Quinn.

Paps puso la mano sobre el hombro de Razor.

—Déjalo ya, *Tabon*.

Mercer no recordaba haberle oído nunca dirigirse a Razor por su nombre de pila ni con ese tono.

Aunque él y Razor tenían más o menos la misma edad, había sido Paps quien había asumido el liderazgo, o el papel de figura paterna, después de recibir la noticia de la muerte de Doc. Sin embargo, no fue entonces cuando obtuvo su nombre en clave.

Cuando Doc lo conoció, Gunner Gadot tenía la costumbre de levantar las manos en el aire como si fueran pistolas y gritar «pap-pap», imitando el sonido de los disparos.

—Era muy molesto —le había dicho Doc a Mercer poco después de unirse al equipo—. Llamarlo «Paps» lo curó de ese hábito.

Lo que había comenzado como una operación de cuatro hombres, ahora contaba con más de cincuenta contratistas en nómina en cualquier momento dado.

Echaba de menos aquellos días sencillos. Ahora, parecía que su único propósito era atar cabos de cosas que habían ocurrido años antes. Como clavijas sueltas en un montón de granadas, y todas eran minas terrestres en potencia. Un ejemplo claro: Rory Calder.

La misión de Doc no había terminado cuando se le declaró muerto en combate: había cambiado y ahora era su misión, la de él, Paps y Razor. En lugar de buscar a un agente desaparecido, buscaban a dos. Quedaba por ver si los encontraban vivos o muertos, pero, pasara lo que pasara, tenían que encontrarlos.

La repentina reaparición de Calder intensificó la urgencia de la búsqueda. Si existía la más mínima posibilidad de que alguno de los dos hombres siguiera con vida, el equipo tenía que averiguar por qué Rory estaba allí, qué estaba buscando y quién más trabajaba con él.

Lena salió del lugar donde se había escondido, sosteniendo su teléfono para que lo vieran.

—Ha contactado.

El móvil acabó en el suelo, donde lo había tirado. Unos segundos más tarde, oyeron un portazo.

Mercer recogió el dispositivo abandonado y miró la pantalla.

—Calder le pide que se reúna con él.

—Dios mío —siseó Paps—. Tiene su número.

—Espera un momento —dijo Razor—. Déjame verlo.

Mercer le dio el teléfono.

—Típica reacción exagerada de Barbie. Este no es su teléfono desechable, es su número habitual.

—Debería haberlo visto —murmuró Mercer, tan irritado consigo mismo por haber reaccionado de forma exagerada como con Lena.

—Culpa mía también —añadió Paps—. Estamos todos nerviosos y esto tiene que acabar ya.

Mercer y Razor asintieron.

—Dejemos de hacer el tonto y centrémonos. —Paps señaló a Razor—. Tienes que irte.

—Sí, señor. ¿Alguno de vosotros tiene tiempo para buscarme un sitio para dormir en Nueva York?

—Yo me encargo —respondió Mercer.

Cuando acordaron la compra del apartamento en el edificio de Quinn, su intención inicial era utilizarlo como base en la costa este, al igual que la casa de Harmony cuando estaban en la costa oeste. Sin embargo, con la nueva relación de Mercer con Quinn y su próxima entrevista con Tabon, Razor tendría que alojarse en otro lugar.

—Necesito un descanso —dijo Paps después de que Razor se marchara—. Me estoy haciendo demasiado viejo para estas mierdas.

Mercer era diez años más joven que Paps, pero también estaba harto de tanta mierda. El último año y medio había sido un infierno para todos ellos, y la reaparición de Calder lo había empeorado exponencialmente.

—REAGRUPÉMONOS— DIJO PAPS A LA TARDE SIGUIENTE, mientras sacaba una cerveza del frigorífico—. ¿Queréis una?

Mercer asintió y bebió un trago de la botella que Paps le había dado.

—Lena se reunirá con Maddox Butler mañana —dijo Mercer—. ¿Qué hacemos con la petición de Calder?

—Lo lógico es que lo ignore. No tiene ningún motivo para aceptar hablar con él.

—Cierto. Entonces, esperamos.

—Más o menos —murmuró Paps. Se puso de pie, miró por la ventana de la cocina y se rascó la barbilla—. Vete —dijo.

—¿Qué quieres decir?

—Vuelve a la ciudad.

Mercer no sabía qué responder. No era propio de Paps tomar las decisiones, sobre todo con él y Razor.

—Cuando las cosas se compliquen, te traeremos de vuelta aquí. Mientras tanto, estás perdiendo el tiempo.

Quería discutir, pero Paps tenía razón. No había nada que deseara más que volver con Quinn.

—Lo he visto.

—¿El qué? —preguntó Mercer.

—Has sonreído.

—Anda ya. Estás imaginado cosas.

Si Nueva York no estuviera al otro lado del país, Mercer iría hasta allí en la Ducati. En su lugar, compraría una cuando volviera. Conducirla en Manhattan sería un auténtico rollo, pero una vez fuera de la ciudad, habría un montón de carreteras secundarias por las que podría correr.

No pudo dormir durante el vuelo, lo cual era raro. Las amenazas, aunque seguían ahí, estaban contenidas en el cielo, por lo que normalmente aprovechaba el tiempo de inactividad.

Sin embargo, ese día la ansiedad lo mantenía despierto. La vida de Quinn había estado bastante tranquila mientras él estaba fuera.

—Está distraída —le dijo Tom cuando llamó para informarle de que estaba a salvo en su apartamento.

Eso era su culpa, pero no hacía falta decirlo. Tom lo sabía tan bien como él. Había estado fuera tres días, pero le pareció el doble.

Había perdido cinco horas de su día, viajando desde un huso horario a través de otros tres, pero estaba de vuelta en Manhattan y casi en su apartamento.

No tenía ningún plan, pero de alguna manera vería a Quinn esa noche, aunque eso significara acampar en el pasillo para fingir un encuentro casual. Mercer siempre se sentía mejor cuando podía verla con sus propios ojos en lugar de depender de que alguien le informara.

8

QUINN

Día cuatro. Dios, esto era una agonía. Quinn había pasado de esperar ansiosamente el regreso de Mercer a estar segura de que, una vez de vuelta, él no recordaría nada de ella ni de su nota.

Aún no les había hablado de él a sus amigas. Si resultaba estar menos interesado en ella de lo que había imaginado, se sentiría humillada y avergonzada.

La otra cuestión era... ¿cómo lo describiría? Por supuesto, Aine, Ava, Penelope y Tara le preguntarían primero qué aspecto tenía, seguido de a qué se dedicaba, a quién conocía y quién lo conocía a él, cosas de las que ella no sabía nada.

Se había mudado hacía más de dos meses y las pocas indagaciones que había intentado hacer con la junta no habían dado ningún resultado.

—Respetamos la privacidad de nuestros residentes, señorita Sullivan. Ya lo sabe —le había dicho el día anterior la señora Markham, la miembro más propensa a los chismes.

Siguió insistiendo.

—Sí, lo entiendo, pero, dado que vive en la misma planta que yo, me gustaría saber más sobre su pasado. Estoy segura de que comprende mi preocupación.

La señora Markham le dio una palmadita en la mano y luego se abanicó la cara.

—Es un chico guapo, ¿verdad? ¡Y qué físico!

—No me he fijado.

—Si tú no te has fijado, yo celebré mi trigésimo cumpleaños la semana pasada. Vamos, no hay que avergonzarse de admirar a un hombre guapo, querida. Intenta conocerlo y quizá entonces encuentres las respuestas a tus preguntas.

La señora Markham debía de tener ochenta años, o casi, y Quinn supuso que tenía razón. La mejor manera de averiguar todo lo que quería saber sobre aquel hombre era preguntárselo ella misma. Esperaba tener la oportunidad de hacerlo.

9
MERCER

Mercer miró a su alrededor, como hacía siempre que salía del ascensor en la undécima planta, y allí estaba ella, apoyada contra el marco de la puerta.

No se dio tiempo para pensar. Dejó la bolsa en el suelo del pasillo y se acercó a ella con paso firme.

—Hola —murmuró ella justo antes de que él la abrazara y la apretara contra él, buscando sus labios con los suyos mientras le acariciaba el pelo con los dedos.

—Hola —respondió, separándose lo justo para mirarla a los ojos antes de volver a besarla apasionadamente.

Con la frente apoyada en la de ella, intentó encontrar una forma de explicarle su comportamiento impetuoso.

—Quinn...

Ella le puso los dedos en los labios.

—Te he echado de menos, señor Mercer.

Él sonrió.

—Yo también te he echado de menos, señorita Quinn.

—Solo Quinn.

Él se rio, pasando el dedo desde la línea del cabello, bajando por la mejilla, hasta la boca. Le agarró la cara por un lado y volvió a posar la boca sobre la de ella. ¿Cuántas veces había soñado con besarla, sintiéndose cada vez un traidor por hacerlo? Pero ahora no podía parar. Quinn no era su pupila ni su responsabilidad ni su activo. En los últimos dieciocho meses, se había colado en su corazón, donde pensaba mantenerla para siempre, aunque eso significara dejar K19.

Ella le cogió la mano y lo llevó al interior de su apartamento.

—Espera —dijo—. Tu bolsa.

Prefería dejarla en el pasillo antes que llevarla al apartamento, pero ambas opciones eran irresponsables.

—Dame un momento. —Antes de que pudiera protestar, la besó de nuevo—. Ahora vuelvo.

Mercer dejó a Quinn esperando en el vestíbulo de su apartamento, cogió la bolsa y dobló la esquina hacia la puerta de su casa. Introdujo el código, escaneó su huella dactilar y empujó la puerta cuando se abrió. Estaba a punto de dejar la bolsa en el suelo cuando le invadió una extraña sensación. No había nada malo; no había señales de que hubieran forzado la entrada, pero algo no cuadraba.

Si Razor hubiera estado en el apartamento mientras él estaba fuera, lo sabría. Una guerra se libró en su interior. Todos sus instintos le decían que revisara las imágenes de la cámara de vigilancia, pero una hermosa mujer lo estaba esperando, una mujer insegura y tan cautelosa como él, aunque por razones completamente diferentes.

Este era el ejemplo perfecto de lo peligrosas y descuidadas que habían sido sus acciones durante la última semana y una ilustración de las consecuencias de su imprudencia.

—¿Mercer? —oyó su voz desde fuera de la puerta.

Soltó la bolsa que aún sostenía, se giró, salió y cerró la puerta tras de sí.

—¿Va todo bien?

—Sí. —Alejó a Quinn de su apartamento.

—¿Me lo dirías si no lo fuera?

Sonrió, algo que incluso él reconocía que hacía poco, pero que con ella le resultaba fácil.

—No.

—¿Qué estás tramando, señor Mercer?

—Ahora mismo, tengo pensado llevar a cenar a una mujer preciosa.

Lo estudió, mirándolo primero a los ojos y luego de arriba abajo.

—Dime qué estás pensando, Quinn.

—Me muero de hambre.

—¿Qué te parece la comida india? —preguntó.

—¿Ajento?

Reconoció el nombre del restaurante. Quinn solía cenar allí a menudo con sus cuatro mejores amigas.

—Déjame... eh... Cámbiate.

Le indicó que se adelantara y cerró la puerta tras de sí.

—Ve —le dijo cuando ella se quedó en el vestíbulo como si esperara a que le diera permiso.

Ella dio un paso adelante.

—Bésame otra vez.

En lugar de besarla en los labios, Mercer la besó en la frente y la giró para que quedara de cara a su dormitorio. Sonrió y ella cruzó los brazos y resoplo.

—Ve, pequeña. Me muero de hambre.

Ella se alejó, pero miró por encima del hombro.

—Prefiero que me llames preciosa a pequeña.

Mercer negó con la cabeza y entró en la cocina, donde encontró tanto la nota que le había dejado hacía un par de días como la tarjeta que incluyó con las rosas. Ahí estaba, toda la prueba que ella necesitaba para confirmar que él había sido quien le había enviado las flores de cumpleaños. Se preguntó cómo se habría sentido al darse cuenta. ¿Se sintió incómoda? También se preguntó qué tipo de preguntas le haría durante la cena.

Mientras se cambiaba, Mercer envió un mensaje a Razor para pedirle que revisara las imágenes de la cámara de vigilancia del edificio, la undécima planta y el apartamento. No necesitaba explicarle el motivo ni pedirle que revisara todas y cada una de las habitaciones, ni tampoco necesitaba pedirle que revisara el apartamento de Quinn.

—¿Vamos a coger el coche de lujo de tu amigo? —preguntó ella cuando estaban en el ascensor.

—Vayamos andando —respondió.

Cuando se detuvo, Mercer dio un paso adelante, se apoyó contra la puerta abierta y le hizo un gesto para que pasara por delante de él.

—¿Va todo bien? —preguntó de nuevo cuando salieron del edificio.

Él asintió.

—Sí, ¿por qué?

—No se te escapa nada, ¿verdad? —reflexionó.

—¿A qué te refieres?

—¿Estás evitando a alguien, señor Mercer? ¿Quizá una exnovia que vive en el vecindario?

—No seas tonta —respondió, cogiéndole la mano y apretándola ligeramente.

—O es eso o eres un espía en algún tipo de misión secreta.

—Eso es aún más tonto. —Se detuvo en el paso de peatones, la rodeó con los brazos por los hombros y acercó la boca a su oído—. Tienes mucha imaginación, señorita Quinn.

Ella se estiró y le besó en la mejilla.

—El semáforo está en verde —dijo, tirando de él hacia la calle.

Sin embargo, Mercer se quedó parado, esperando a que los demás peatones se alejaran de la acera y luego miró a izquierda y derecha para ver si venían coches.

Quinn se estremeció.

—¿Qué ha sido eso? —preguntó él.

—Has sido muy paternal por un momento —ella se rio mientras cruzaban a la acera de enfrente.

—¿Sí? Bueno, esto no lo es. —La alejó de la concurrida acera, dentro del estrecho recinto de un edificio sin ascensor, y la besó apasionadamente.

—Ha funcionado —dijo, respirando hondo—. No volveré a pensar en ti de esa manera.

Él acercó la boca a su oreja.

—¿Sabes lo que me haces, Quinn?

—Lo mismo que tú a mí.

Cuando la acompañó a la acera y recorrieron otra media manzana hasta el restaurante, el aroma le hizo rugir el estómago. De no ser por eso, se habría sentido tentado de volver al apartamento.

—¿HAS ESTADO EN LA INDIA? —PREGUNTÓ ELLA UNA VEZ QUE se sentaron en la parte trasera del comedor, donde Mercer podía ver a cualquiera que entrara o saliera.

—Sí.

—Yo no. Aunque siempre he querido ir —dijo mientras miraba el menú.

—¿Te importa? —le preguntó cuando el camarero se acercó a la mesa.

Quinn dejó el menú sobre la mesa y juntó las manos sobre él.

—En absoluto.

—Dos Kingfishers. —La miró y ella asintió.

Pidió los que sabía que eran sus platos favoritos, mezclados con algunos de los suyos, y pidió que mantuvieran un nivel de picante medio.

—¿Por qué creo que hubieras pedido más picante si no estuviera contigo?

Más picante. ¿Tenía que usar esas palabras? El cuerpo de Mercer ya estaba picante por el paseo lleno de besos. En lugar de responder, se inclinó sobre la mesa y le cogió la mano.

—Cuéntame cómo te ha ido la semana.

—Bueno —empezó—. He resuelto el misterio de quién me envió flores por mi cumpleaños.

Mercer asintió.

—¿Y qué más?

—He intentado averiguar cómo lo sabías.

—¿Y?

—No tengo ninguna teoría. Aunque he decidido dejarlo estar.

—¿Por qué? —Dios, cómo estaba disfrutando con esto.

—Con tantos misterios sobre Mercer, he pensado que no es tan importante como otros.

Le rozó el dorso de la mano con los dedos, luego le dio la vuelta y le acarició la palma con delicadeza. Sabía que no debía decirlo, pero lo hizo de todos modos.

—Si tuvieras una pregunta, ¿cuál sería?

—La cuestión es, señor Mercer, que sin conocerte en absoluto, sé que no tienes intención de responder a ninguna pregunta.

—Te daré una.

—Mmm... me gusta esto. ¿Una pregunta y responderás con sinceridad?

—En la medida de mis posibilidades.

—Me esperaba esa salvedad.

Mercer sintió las llamas que lo rodeaban. Pronto, se vería envuelto en el fuego que él mismo había provocado. Había tirado la cerilla cuando le dio las flores, echó leña al fuego cuando la besó y ahora estaba rociando sus vidas con líquido inflamable. Se inclinó hacia delante y la miró a los ojos.

—Que sea buena, Quinn.

—Has estado fuera un par de días. ¿Adónde has ido?

—A la costa oeste. Por trabajo.

El camarero les trajo la cerveza, junto con papadums con chutney de menta y cilantro, samosas de verduras con chutney de tamarindo y bhajis de cebolla crujientes.

—Mis favoritos —comentó Quinn—. No me va a quedar hueco para la cena, por no hablar del naan; siempre ha sido mi debilidad. —Hizo una pausa—. Por cierto, te he preguntado dónde has estado, pero esa no era mi pregunta.

—Lo sabía—respondió, sosteniendo los platos para que ella se sirviera.

—Claro que lo sabías, señor Mercer. ¿Hay algo que no sepas sobre mí? —Sonrió—. No respondas a eso.

Una vez que ella probó un poco de cada aperitivo, Mercer se sirvió.

—Cuéntame más sobre tu semana —dijo él, esperando a que ella empezara a comer antes de hacerlo él.

Ella mojó el papadum en el chutney de tamarindo.

—El lunes tengo una entrevista de trabajo.

Mercer se llevó un pequeño trozo de bhaji a la boca y cerró los ojos mientras lo masticaba.

—Es lo mejor, ¿verdad? —dijo Quinn.

—¿Este lugar? Sí. Uno de mis favoritos fuera de la India.

Quinn lo observó.

—¿Qué dirías si te pidiera que me llevaras a la India?

—Sí.

—¿Así de sencillo?

Mercer tomó un sorbo de su cerveza y la miró. Ella tenía los ojos clavados en los suyos y no había respirado.

—Te llevaré a cualquier lugar, Quinn.

Ella sonrió y se sonrojó, tal vez por el picante de la comida, pero más probablemente por la intensidad de la conversación.

—¿Quién eres? —murmuró.

—¿Quién crees que soy?

Lo pensó un momento.

—No tengo ni idea.

—¿Eso te asusta?

—¿Debería?

—Responde a la pregunta, Quinn.

Dejó el tenedor en el plato, lo apartó a un lado, apoyó los antebrazos en el borde de la mesa y juntó las manos.

—No, Mercer. Nada de ti me asusta. Así que te lo preguntaré de nuevo. ¿Debería?

—Confía en tu instinto.

Ella extendió las manos, las dejó abiertas sobre la mesa y él apoyó las palmas sobre las de ella.

—Ya no tengo hambre —dijo ella.

—Yo sí.

Quinn intentó retirar las manos de debajo de las de él, pero él las sujetó con fuerza.

—No para comer —dijo él, echando leña al fuego que se estaba encendiendo entre ellos.

—¿Para qué?

Llamó al camarero.

—Nos llevaremos el resto, por favor.

—¿Mercer?

—No te preocupes, Quinn. Nos tomaremos nuestro tiempo y veremos adónde nos lleva esto.

Ella se sonrojó y apartó la mirada.

—¿Vale?

—Sí —respondió y se levantó—. Disculpa.

—Claro —dijo y se levantó también.

MERCER HABÍA RECIBIDO EL VISTO BUENO VEINTE MINUTOS antes. Si Razor hubiera tenido alguna sospecha de que alguien hubiera estado en su apartamento, lo habría dicho. El hecho de que no hubiera dado ninguna alerta adicional significaba que no había encontrado nada, aunque eso no tranquilizaba a Mercer.

Confiar en su instinto, tal y como le había dicho a Quinn que hiciera, le había mantenido con vida.

—¿Lista? —le preguntó cuando volvió a la mesa.

Cuando asintió, le puso la mano libre en la cintura y la llevó hasta la puerta principal.

—¿Necesitas ayuda? —preguntó, mirando la bolsa sobrecargada que llevaba en la otra mano.

Él sonrió.

—No hace falta.

Mercer no se apresuró, y Quinn tampoco. Cuando le preguntó de nuevo por la entrevista que tenía programada, ella le contó todo lo que él ya sabía sobre el grupo de preservación histórica. Le encantaba su entusiasmo, verla tan animada. No había duda de que conseguiría el trabajo, pero saber que lo haría con tanta pasión lo llenaba de orgullo.

No tenía ni idea de lo que pasaría entre ellos cuando llegaran al apartamento, pero fuera lo que fuera, no sería porque él lo hubiera planeado.

En ese momento, no la estaba vigilando ni organizando la seguridad de su vida sin que ella lo supiera. En cambio, era un hombre tan atraído por una mujer que no podía pensar en otra cosa que no fuera tenerla en sus brazos.

Cuando el ascensor llegó a su planta, Quinn dudó. Le puso la mano en la parte baja de la espalda y la guio hacia la puerta.

Ella se detuvo y se apoyó contra la pared fuera de su apartamento.

—Dime que vas a entrar, señor Mercer.

—Voy a entrar.

Ella suspiró.

—¿Y te quedarás?

Dejó la bolsa de la comida india en el suelo, junto a los pies de ella, y se inclinó, atrapándola entre su cuerpo y la pared. Primero le besó la frente, luego cada párpado, las mejillas y la punta de la nariz.

—Despacio, preciosa. Así es como va a ser.

Cuando su boca se posó sobre la de ella, ella jadeó y se abrió a él. Él le acarició la cara y profundizó el beso, manteniéndolo suave y saboreando la sensación de su lengua acariciando la suya.

Sintió que Quinn se acercaba y tecleaba su código en el teclado de la puerta. Cuando oyó el clic de la puerta al abrirse, la giró hacia dentro y la atrapó una vez más, esta vez entre la pared del vestíbulo y su cuerpo.

—Podría pasarme horas besándote —murmuró, apartándose para mirarla a los ojos vidriosos.

—Ojalá lo hicieras —suspiró.

—Invítame a entrar.

Ella sonrió.

—Estás dentro.

—Más adentro.

Quinn se escabulló de debajo de su brazo y le tendió la mano.

—Por favor, pasa, señor Mercer.

—Me encantaría.

La siguió hasta la cocina, donde dejó la comida india sobre la encimera.

—Lo mejor es lo bueno que estará más tarde —dijo ella, oliendo el pollo tandoori que él había pedido.

—¿Seguro que no tienes hambre ahora? —preguntó él.

—No para comer —repitió lo que él había dicho en el restaurante, luego le cogió la mano y lo sacó de la cocina para ir al salón, que se parecía mucho al suyo.

Las paredes acristaladas ofrecían una vista de las vibrantes luces de la ciudad, impresionantes justo después de la puesta de sol. A un lado había un piano, que sabía que tocaba muy bien, y las paredes estaban adornadas con bonitas obras de arte. Lo único que no vio fueron fotos. Aunque sabía que no había ninguna, le sorprendió. Ni siquiera había una foto de su tribu de cinco.

Mercer tampoco tenía fotos en su apartamento, pero era diferente. No era su casa, y aunque lo hubiera sido, no habría sido lo suyo. Tenía fotos digitales de las personas que le importaban, como Quinn, que podía mirar cuando le apetecía.

Su falta de recuerdos fotográficos no le molestaba, pero la de ella sí.

—¿En qué piensas? —preguntó ella, llevándolo hacia el sofá frente a la vista de la ciudad.

Mercer se sentó lo más cerca posible de ella y le rodeó los hombros con el brazo.

—En ti.

—¿Piensas mucho en mí? —preguntó.

—Sí. —Más de lo que ella podía imaginar.

—Yo también pienso en ti.

Se sentaron en silencio, tocándose pero sin hablar, acariciándose pero sin besarse. Quinn le pasó la mano por el pecho y luego le acarició el antebrazo con los dedos. Cuando se desplazó hacia su muslo, él le atrapó la mano con la suya.

—Cuidado, preciosa —le advirtió.

Se sonrojó e intentó apartarse, pero él la sujetó con fuerza.

Mercer no podía precisar el día ni la hora exactos en que empezó a ver a Quinn como una mujer en lugar de como una adolescente. No había sentido que la tierra girara sobre su eje ni la necesidad de analizar el cambio. Había sucedido lentamente, de forma natural, igual que sucedían las cosas entre ellos.

La enorme responsabilidad que sentía por cada aspecto de la vida de esa mujer estaba siempre presente, pero no era agobiante. Simplemente estaba ahí. Nadie podía conocerla como él, y por muy inquietante que eso pudiera resultar para algunos, Quinn decía que no le daba miedo. No es que ella supiera hasta qué punto la conocía.

—¿Mercer?

—¿Sí?

—Esto está bien, ¿verdad? Tú también lo sientes, ¿no?

—No está bien, preciosa. Es perfecto. No busques algo negativo donde no lo hay.

Ella apoyó la cabeza en su hombro y suspiró.

—Esto es lo que hace la gente, ¿no? Si algo parece demasiado perfecto, dudan de su autenticidad.

Él asintió.

—Lo que tenga que pasar entre nosotros, pasará. —Era la segunda vez, o quizá la tercera, que le decía esas palabras, pero no había nada más importante que pudiera decirle. Quería que confiara en él y, como apenas lo conocía, solo podía confiar en sus instintos.

—Hay algo que me preocupa, pero no es esto —empezó ella.

Cuando no continuó, él giró su cuerpo para estar frente a ella.

—Cuéntame qué te preocupa, preciosa.

—No sé dónde está mi madre.

Si había algo que pudiera resultar incómodo entre ellos, era ese tema. La escucharía, pero no podría comentar nada. Si confiaba en su instinto, como él le había dicho que hiciera, percibiría su incomodidad.

—Llevo desde mayo sin hablar con ella, cuando vino para mi graduación.

Mercer la miró a los ojos, centrándose únicamente en cómo se sentía ella por la ausencia de su madre, en lugar de en lo que él sabía al respecto.

—Nunca hemos tenido una relación cercana...

—No hay fotos. —Miró alrededor, comentando lo que ya sabía.

—No.

—¿Por qué?

Ella pensó durante un rato antes de responder y él esperó, sin prisa.

—No sé muy bien cómo decirlo...

Él ladeó la cabeza.

—Ya conoces mi respuesta, ¿no? —preguntó después de un momento.

—No.

—Siempre he estado sola —dijo después de respirar hondo—. Ver fotos en las que no estoy parece una mentira.

Nunca ha estado sola, y quizá algún día pueda contárselo. Mercer cogió su teléfono e hizo algo tan poco habitual en él que se echó a reír. La atrajo hacia él e hizo una foto de los dos juntos.

—Enséñamela —dijo ella, estirando el brazo hacia él.

Sin mirar, le mostró el teléfono.

—Vaya. Creo que es la mejor foto que he visto de mí misma.—Soltó una risita nerviosa—. Tú también sales muy bien.

Él giró el teléfono para verla. Tenía razón, ella salía genial en la foto. De todos modos, era fotogénica, pero en esta foto parecía feliz y, por desgracia, eso era algo poco habitual.

—¿Me la enviarás?

—Mercer negó con la cabeza.

Se alejó de él, pero no lo suficiente como para que sus cuerpos dejaran de tocarse.

—¿Por qué no?

—Pronto tendrás la prueba de que esto no es una mentira, preciosa.

—Rezo para que no lo sea —susurró, apoyando la cabeza contra él de nuevo.

Era casi medianoche cuando el estómago de Mercer empezó a rugir. Apenas había comido en la cena y, antes de eso, no tenía ni idea de cuándo había comido por última vez. Respiró hondo, sin querer molestarla.

—Te vas, ¿verdad?

Negó con la cabeza, se levantó y le tendió la mano, pero ella se cruzó de brazos e hizo un mohín.

—Vale, si es así como quieres jugar —bromeó él, cruzando también los brazos y caminando hacia la cocina—. No puedo prometerte que te vaya a dejar mucho.

Quinn se levantó del sofá de un salto, corrió por el pasillo y entró en la cocina por la otra puerta.

—Oh, no, ni lo sueñes. Ese pollo makhani es mío.

Mercer negó con la cabeza y rio entre dientes.

—¿Qué?

La atrajo hacia él.

—Me gusta verte feliz, Quinn.

La sonrisa desapareció de su rostro.

—¿Cómo sabes la diferencia?

—Porque la sé. —Le agarró la cara con la mano y la besó.

Cuando ella pasó la lengua por su labio inferior, murmuró:

—Mmm, picante. —Mientras saboreaba el papadum que se acababa de comer.

Él se movió para acercar su cuerpo al de ella, presionando su dureza contra ella, y luego se recordó a sí mismo que le había dicho a Quinn que irían despacio.

Cuando se alejó, ella suspiró y él le pellizcó la nariz.

—Tengo hambre —refunfuñó él.

—Para comer —dijo ella y él asintió—. Yo también.

Calentaron las sobras y se sentaron a la mesa de la cocina, hablando tranquilamente de trivialidades. Ella hablaba más que él, pero dudaba que eso fuera a cambiar alguna vez.

No quería bajar al pasillo y doblar la esquina hacia su apartamento, pero debía hacerlo. Eran casi las dos de la madrugada y sabía que, si no se marchaba ahora, acabaría en su cama, hundido profundamente en ella.

—Sé que parece una tontería...

—Sigue —dijo él cuando ella se mordió el labio inferior.

—Esta ha sido una de las mejores noches de mi vida.

—Para mí también, preciosa.

CUANDO MERCER CRUZÓ EL UMBRAL DE SU APARTAMENTO, SU inquietud volvió. Miró las mismas grabaciones de vigilancia que Razor y, al igual que su compañero, no vio nada. Nadie había estado en el apartamento, ni en la planta ni en el apartamento de Quinn. La única explicación lógica era que su presentimiento no tenía nada que ver con las paredes que lo rodeaban, sino con algo dentro de él.

Se encogió de hombros, deseando poder sacudirse el escalofrío que le erizaba el vello de la nuca.

Antes de darle un beso de buenas noches, Mercer apuntó su número de móvil en el teléfono de ella y le pidió que lo llamara por la mañana cuando estuviera lista para su cita para desayunar. Ella se frotó el vientre y le dijo que no podía imaginar volver a tener hambre en varios días.

—Entonces, un café —había dicho él y ella había sonreído.

—Dejaré que me lleves a cualquier parte, señor Mercer. ¿O era a todas partes? Desayuno, café, India.

Cerró los ojos, recordando lo que bien que se sentía su cuerpo junto al suyo. Ella era todo lo que él había soñado que sería. Había existido una remota posibilidad de que la Quinn que él creía conocer no fuera la versión auténtica de ella, que la realidad de ella no pudiera competir con su fantasía. En todo caso, era más divertida, inteligente, dulce e incluso más guapa de lo que había imaginado.

Habría sido fácil quedarse con ella esa noche, y ella se lo habría permitido. Pero eso no era lo que quería. No con Quinn.

Su teléfono vibró al recibir un mensaje de Paps, que le informaba de que no había noticias importantes desde California y le decía que disfrutara del fin de semana.

Si pudiera sacudirse su temor, haría exactamente eso. Pero estaba nervioso y, probablemente, ni siquiera una buena noche de sueño lo cambiaría.

10
QUINN

Quinn estaba en las nubes. Durante años, había escuchado a sus amigas, sobre todo a Tara, hablar de cómo se habían «enamorado» de algún chico al que acababan de conocer. Pero ahora lo entendía.

Mercer era en lo único que podía pensar. Quería estar con él todo el tiempo y odiaba que se hubiera marchado la noche anterior, aunque entendía por qué lo había hecho.

Lo que no entendía era por qué tenía tanta fe en él. Era como si, en lo más profundo de su ser, supiera que podía confiarle no solo sus sueños, sino también sus pesadillas.

Le envió un mensaje diciéndole que estaba despierta y lista para desayunar cuando él quisiera. Miró para ver si aparecían los tres puntos en movimiento que indicaban que estaba respondiendo, pero no apareció ninguno. Unos minutos más tarde, oyó llamar a la puerta.

Abrió la puerta y se apoyó en el marco.

—Pensé que quizá habías cambiado de opinión.

—Invítame a entrar —dijo.

Se hizo a un lado y le indicó que entrara.

—Tú primero —dijo, poniéndole la mano en la parte baja de la espalda. La dirigió a través del vestíbulo hacia el salón, donde se quedaron de pie, contemplando la vista matutina de la ciudad.

—Sé que te cuesta confiar en mí —empezó, haciendo una pausa para ponerle las manos en la cintura y girándola para que la mirara —. Puede que te resulte difícil de creer, pero no voy a abandonarte, Quinn. Tal vez tenga que viajar, es parte de mi trabajo, pero cuando lo haga, intentaré avistarte con la mayor antelación posible.

—¿Por qué me estás diciendo esto? —susurró, con lágrimas en los ojos.

—Porque no quiero que pierdas tiempo ni energía preocupándote por eso. Estoy aquí y no me voy a ir a ninguna parte. Como he dicho, si lo hago, te avisaré.

—Debes pensar...

Mercer le puso los dedos en los labios. Era la primera vez que no esperaba a que ella terminara la frase y eso la desconcertó.

—No decidas lo que pienso. Céntrate en lo que piensas tú, en lo que sientes.

Ella asintió y levantó las manos para apoyarlas sobre su pecho duro como una roca, luego las desplazó hacia sus hombros y después hacia su rostro.

—Me gusta cuando me besas así, Mercer.

Le sujetó las mejillas, se estiró y rozó los labios con los suyos. Cuando él también le acarició el rostro con la mano y ladeó la cabeza. Quinn sintió que se le doblaban las rodillas. Él le puso las manos en el trasero y la atrajo hacia sí. Aún no estaba lo suficientemente cerca.

Ella dejó que se alejara de la ventana y la empujara contra la pared que separaba el salón de la cocina. Cuando inclinó instintivamente la pelvis, sintió su erección y gimió.

Mercer deslizó la mano bajo su camiseta y el sujetador y acarició el duro pezón.

Al mismo tiempo, deslizó los labios desde los de ella hasta su cuello. Con ambas manos, le subió la camiseta por la cabeza y la tiró a un lado. Mientras la miraba a los ojos, le desabrochó el sujetador de encaje rosa, se lo quitó y lo tiró al mismo lugar que la camiseta.

Sus dedos jugueteaban con el pezón derecho mientras cubría el izquierdo con la boca. Quinn entrelazó los dedos en su cabello y tiraba de él mientras él lamía su piel sensible. Estaba perdida en él y cada parte de su cuerpo palpitaba de deseo. Luego pasó al otro pezón, deslizando la lengua sobre su piel.

Ella se tensó, consciente de repente de que no tenía ni idea de lo que vendría después. Mercer se puso de pie y la miró a los ojos.

—¿Por qué has parado? —gimió ella, cubriéndose los pechos con las palmas de las manos.

Él le sujetó las muñecas con las manos y se las apartó.

—Déjame mirarte.

Ella se sonrojó. Cerró los ojos y se encogió tanto como le permitieron las manos.

—Abre los ojos, Quinn.

Con ellos entreabiertos, lo miró.

—Me da vergüenza... Nunca he... Pensarías que... pero...

—Eres tan hermosa —murmuró, recorriendo con la mirada desde sus ojos hasta sus pechos desnudos, deteniéndose antes de volver a sus labios—. Anoche te dije que podría besarte durante horas. Podría pasar el mismo tiempo mirándote, preciosa.

—No lo entiendes...

Volvió a esperar, y cuando ella no pudo continuar, respiró hondo.

—Esto es lo que entiendo. Me encanta que nadie más te haya visto así. Me encanta que ningún otro labio haya estado donde acaban de estar los míos. Te dije que íbamos a tomárnoslo con calma, lo que significa que voy a prestar atención a todo lo que me digas, ya sea con los ojos —se detuvo para besar ambos párpados —, con la boca —le besó los labios con delicadeza— o con cualquier otra parte de tu cuerpo. —Deslizó la lengua hacia abajo para lamer cada pezón, luego se arrodilló frente a ella y apoyó la mejilla en su vientre. Le puso las manos en el trasero y la atrajo—. No sientas vergüenza ni incomodidad conmigo, Quinn.

—¿Quién eres? —susurró—. ¿Cómo me conoces tan bien? Por Dios, ¿esto es real?

—¿Esto te parece real? —Le rodeó el ombligo con la lengua.

—Sí —gimió ella.

Cuando él retiró los labios y se incorporó, ella intuyó que iba a detenerse. Le cogió el rostro con las manos y la besó con pasión. No fue un beso rápido. Se demoró, colmándola con su lengua, explorando su boca del mismo modo en que exploraba su cuerpo.

—Me apetece pollo y gofres —le susurró al oído.

Ella abrió los ojos como platos.

—¿Qué has dicho?

—El desayuno, preciosa. —Cogió el sujetador y le subió los tirantes por los brazos, luego se colocó detrás de ella para abrochárselo una vez que las copas estuvieron en su sitio—. Quédate quieta —le dijo cuando ella fue a coger la camiseta—. Déjame hacerlo.

Se la bajó por la cabeza. Cuando ella metió los brazos por las mangas, él le bajó la tela de algodón hasta la cintura.

—¿Mercer?

—¿Sí?

—¿He hecho algo mal?

—Nunca. Déjate llevar por tus sentimientos, Quinn. Sabrás lo que te hace sentir bien.

Dejó que la sacara del apartamento, la llevara al ascensor, al vestíbulo y al calor sofocante de la ciudad.

Su tacto nunca la abandonaba, ya fueran sus dedos en la parte baja de la espalda o su mano sosteniendo la de ella. Cada vez que se detenían en un cruce, Mercer le rodeaba el hombro con el brazo, la atraía hacia él y le besaba la frente o los labios.

Nunca cruzaba el primero, sino que esperaba a que la multitud pasara y entonces miraba antes de guiarla al otro lado de la calle.

Mientras caminaban, de vez en cuando, ella veía su reflejo en los escaparates por los que pasaban. La camisa que llevaba hoy era otra con cuello de pico, pero blanca en lugar de negra. Sus pantalones cortos eran de rayas azules y blancas y llevaba zapatos sin cordones y sin calcetines. Tenía las piernas ridículamente fibrosas, como el resto del cuerpo.

Era seguro y, sin embargo, tan peligroso. La cuidaba, la tranquilizaba, la quería, y todo parecía demasiado bueno para ser verdad.

¿Cómo era posible que tuvieran una conexión tan fuerte? No tenía sentido, pero él le había dicho que no buscara nada negativo, que se dejara llevar por sus sentimientos y sabría lo que era correcto. Él parecía tan correcto.

Tuvieron que esperar cuando llegaron a Sarge's Diner, pero solo un poco. No hablaron mientras permanecían de pie cerca de la entrada, apartados de la concurrida acera. Mercer apoyó la espalda contra el frío ladrillo del edificio y la atrajo hacia él. Ella colocó las manos justo por encima de la cintura de sus pantalones cortos y deslizó los dedos bajo su camiseta. Le oyó jadear y le encantó que el efecto que tenía sobre él fuera tan evidente.

Quinn se inclinó hacia delante y le besó la piel, justo sobre el pico de su camiseta, donde podía ver los bordes de un tatuaje en su pecho, pero no lo suficiente como para saber qué era. En los brazos y las piernas no tenía tatuajes, lo que avivó su curiosidad por saber qué ocultaba.

—Cuidado, preciosa —le advirtió, como había hecho la noche anterior cuando le había apoyado la mano sobre el muslo.

El avisador que llevaba en el bolsillo sonó para avisarles de que su mesa estaba lista. No sabía si estaba contenta, porque tenía mucha hambre, o decepcionada, porque ya no podría apoyarse en él y sentir su cuerpo tocando el suyo.

Después de sentarse cerca del fondo del restaurante, Mercer se sentó junto a ella en el lado de la mesa que quedaba de frente a la entrada.

—Qué acogedor —sonrió ella.

—Me gusta sentirte a mi lado.

Quinn miró el menú, aunque ya sabía lo que quería.

—Mierda —murmuró cuando alzó la vista al mismo tiempo que se abría la puerta principal.

Mercer también miró, pero no dijo nada.

Sus cuatro mejores amigas acababan de entrar. Penelope iba delante y Tara, Aine y Ava estaban detrás de ella. Ninguna la había visto aún, pero no tardarían en hacerlo, ya que estaba en su línea de visión directa. Ahora deseaba haberse sentado de espaldas a la puerta.

No es que se avergonzara de estar con Mercer, era prácticamente una deidad. Pero todavía no estaba preparada para compartirlo.

La mirada de Mercer se dirigió hacia la puerta principal y volvió a ella, pero seguía sin decir nada.

—Mis amigas... —Quinn no sabía qué decir. Lo que él hacía, no terminar sus frases, estaba bien a veces, pero otras, como ahora, desearía que lo hiciera.

Nunca se había dado cuenta de lo a menudo que lo hacían las cuatro mujeres con las que pasaba la mayor parte del tiempo. ¿Cuántas veces se había quedado sin palabras ante algo hasta que una de ellas decía lo que a ella no se le ocurría?

Tara fue la primera en verla y la saludó con la mano por detrás de Penelope, que estaba absorta en una conversación con la anfitriona. Quinn la vio girarse y hablar con las gemelas, luego abrirse paso entre la multitud que se agolpaba en la entrada y caminar hacia ellos, escoltada por Aine y Ava.

—Hola —dijo Tara, mirando a Quinn y a Mercer.

—Hola —respondió Quinn.

—Por eso no hemos podido localizarte esta mañana —dijo Ava con una sonrisa—. Te dije que estaba tramando algo —le dijo a Aine.

Tara se inclinó sobre la mesa y se presentó a sí misma y a las otras tres, ya que Penelope acababa de llegar.

—Soy Mercer —dijo él, estrechándoles la mano a cada una mientras se apartaban para que las demás pudieran verlo bien.

Quinn sabía que todas la miraban, pero no se atrevía a mirar a ninguna de ellas.

Finalmente, Aine empujó a las otras tres y se sentó frente a ellos.

—Así que nos lo has estado ocultado, ¿eh?

Quinn levantó la vista, temerosa de lo que vería en el rostro de Aine, pero se sintió aliviada al ver la sonrisa de su amiga.

—Yo también te lo ocultaría —añadió, guiñándole un ojo a Mercer.

—¿Cómo os habéis conocido? —preguntó Ava.

Ahora empezaría el interrogatorio, pensó Quinn. Un sinfín de preguntas sobre quién era y qué hacía.

—Viven en el mismo edificio. Y en la misma planta, si no me equivoco —respondió Aine por ella.

Quinn asintió, mirando a los ojos sonrientes de su amiga. No vio juicio, solo amor.

—Bueno, entonces —dijo Aine, poniéndose de pie —os dejamos desayunar y nos vemos más tarde. ¿De acuerdo?

Quinn asintió, tan sorprendida como las demás por el atípico autoritarismo de Aine mientras las acompañaba hacia la recepción.

—Esas eran... Bueno, supongo que ya sabes quiénes son, puesto que se te han presentado. Son mis cuatro mejores amigas, que probablemente saldrán a hablar de nosotros.

—Porque no saben nada de mí.

No era una pregunta, pero respondió como si lo fuera.

—Aún no estaba preparada para compartirte. Espero que no... ya sabes, que no haya herido tus sentimientos.

—¿Por no compartirme? Nunca, preciosa.

Miró a Mercer a los ojos, maravillada por la forma en que él la aceptaba tal y como era, tomándose las cosas de la mejor manera posible en lugar de la peor.

Aunque ella nunca había tenido una relación, sus cuatro amigas sí, y ninguno de los chicos con los que habían estado se parecían en nada a él.

—No me avergüenzo de ti —dijo, y luego deseó no haberlo hecho —. No ha sonado bien. Lo siento.

—Nunca he pensado que lo hicieras. —Mercer hizo un gesto con la cabeza para que la camarera se acercara—. ¿Qué te apetece esta mañana?

—Pollo y gofres. Ah, y té.

—¿Puedo? —preguntó y ella asintió.

—Dos de pollo y gofres, extracrujientes, un té, un café y agua, por favor.

—¿Gofres crujientes o pollo crujiente? —preguntó la camarera.

—Ambos, por favor —respondió.

Probablemente no era tan raro que a alguien le gustaran el pollo o los gofres crujientes, ¿verdad? ¿O acaso él, una vez más, se había fijado en cómo le gustaban las cosas a ella?

—Extra de mantequilla y sirope caliente —añadió él.

La camarera le sonrió, pero ¿quién no lo haría, con sus cálidos ojos y su rostro casi infantil bajo la barba descuidada que le daba un aspecto tan duro como su cuerpo, en lugar de desaliñado?

—¿Quién eres? —murmuró Quinn de nuevo.

Cuando la camarera se alejó, Mercer se inclinó hacia ella y le susurró al oído:

—Confía en esto, preciosa. Confía en mí.

Ella sintió que se le humedecieron los ojos y se le cortaba la respiración ante el calor puro se sus palabras.

—Lo hago —se oyó decir, aunque no era su intención.

—¿Te gustaría pasar tiempo con tus amigas esta tarde?

—Eh, no. Quiero decir, si tienes otras cosas que hacer. Claro que tienes otras cosas que hacer. Así que sí, claro. Puedo quedarme cuando terminemos de desayunar si tienes que irte —balbuceó.

—No, gracias.

—Espera. ¿Qué?

Mercer sonrió.

—He dicho que no, gracias. No quiero que te quedes mientras yo me voy.

—¿Por qué no? —Una vez más sonó mucho peor de lo que ella pretendía.

—Porque les resultará más fácil conocerme si pasamos tiempo con ellas.

—Ah, vale. —A Quinn le daba vueltas la cabeza. ¿Quién era ese chico y cómo podía ser tan perfecto?

—Confía —murmuró, casi en un susurro.

11
MERCER

No era la primera vez que veía a Quinn con sus amigas, pero observar su reacción ante la actitud de ellas hacia él era fascinante. Mercer vio su nerviosismo y luego observó cómo empezaba a desaparecer. Sus amigas fueron educadas, no le hicieron preguntas directas, sino que conversaron sobre la ciudad y sus vidas para ver qué aportaba él.

Fueron al mercado de agricultores de Union Square y luego se detuvieron en una tienda de delicatessen italiana para comprar comida para más tarde. De vez en cuando, él se alejaba para dejarles hablar sin escucharlas. Al cabo de unos minutos, ella iba a buscarlo y él sonreía.

Por mucho que deseara que fuera diferente, la inseguridad de Quinn era de esperar, dada la forma en que había crecido. Mercer no podía hacer nada para cambiar las circunstancias de su vida hasta ese momento, pero sin duda podía ayudarla a desarrollar la confianza que una mujer tan brillante y guapa como ella debería tener.

Se excusó cuando pasaron por su tienda de vinos favorita, feliz de que se ofrecieran a esperar fuera. Mientras examinaba las estanterías de vinos raros, por el rabillo del ojo veía dónde estaban las cinco mujeres. Tenían una conversación animada y, de vez en cuando, una de ellas se protegía los ojos del resplandor y miraba por la ventana, aunque él sabía que no podían verlo.

Sin duda, sus amigas estaban interrogando a Quinn, pero después de pasar tanto tiempo con ellas ese día, estaba seguro de que podría manejar el interrogatorio. Él sabía mucho sobre las cuatro, todo, en realidad, pero el detalle más importante era que se protegían ferozmente unas a otras.

Se habían conocido en el internado y después fueron juntas a Barnard. Algunas de ellas habían tenido una infancia más difícil que la de Quinn, pero eso se debía a que, sin que ella lo supiera, la habían protegido de las personas que podrían haberla destruido.

Había crecido pensando que estaba sola en el mundo, con la excepción de sus abuelos y su madre, que habían estado mucho más ausentes en su vida que presentes. Su aparente reclusión no era lo que ella creía, pero aún no podía descubrirlo, si es que lo hacía alguna vez.

—Este fin de semana vamos a celebrar una pequeña reunión en la casa de mi padre en Fire Island —dijo Penelope cuando se reunió con ellas fuera—. Nos encantaría que tú y Quinn vinierais. Hay mucho espacio y una casa de invitados detrás de la casa principal.

No necesitó mirarla para saber que Quinn estaba esperanzada.

—Suena genial —respondió él.

—Oh, bien —Penelope respiró aliviada, ya que aparentemente esperaba que él rechazara la invitación.

—Podéis venir esta noche o mañana por la mañana, como prefiráis —le dijo.

—Creo que mañana sería mejor —respondió Quinn cuando él la miró.

Mercer recogió las bolsas de la compra que había dejado en la acera y esperó.

—¿Listo? —preguntó ella y él asintió, sin saber muy bien qué iban a hacer a continuación, pero no importaba, estaba feliz de hacer lo que ella quisiera.

PRONTO, LAS CHICAS SE DESPIDIERON Y ÉL VOLVIÓ A DEJAR LAS bolsas en el suelo mientras, una por una, lo abrazaban y le decían lo genial que era conocer al «nuevo novio de Quinn». Ella se sonrojó ante sus palabras y él le guiñó un ojo, lo que la hizo bajar la mirada y sonreír.

—Espera, ¿dónde está el vino? —preguntó Ava—. ¿No has encontrado nada?

Él le dijo que lo estaban enviando y miró las bolsas de la compra como explicación.

—Bueno, que tengáis una cena *fantabulosa* o lo que sea —dijo Aine y le dio un beso en la mejilla—. Eres bueno para ella —le susurró.

—¿CÓMO ESTÁS? —PREGUNTÓ QUINN UNA VEZ QUE SE alejaron más de una manzana de sus amigas.

—Bien. ¿Y tú?

Ella sacudió las manos como si intentara quitarse algo.

—Soy un manojo de nervios.

Él sonrió.

—Les caigo bien.

—No, no les caes bien. Te adoran.

Él sonrió de nuevo y la atrajo hacia él con el brazo libre.

—Entonces... cuando volvamos...

—¿Qué quieres hacer, preciosa?

—¿Yo? A mí me da igual, pero seguro que tú tienes cosas... eh, ya sabes... cosas que hacer.

Se detuvo a media manzana de su edificio.

—Si tuviera que hacer algo, te lo diría. —Esperaba que no sonara como si le estuviera regañando, pero era hora de ser más directo.

—Vale. Lo siento —murmuró—. Es que nunca...

Mercer la calló con un beso.

—¿No sabes lo mucho que quiero estar contigo? —preguntó después de besarla con pasión—. Confía, Quinn.

—Pero...

Esperó. Ya la había interrumpido una vez. Esta vez, esperaría a ver qué decía.

—Ahora mismo no tengo muchas cosas que hacer en mi vida y me siento... aburrida. Tú has estado en la India, ¿verdad? ¿Quién sabe en qué otros sitios? Yo no he viajado a ningún sitio. Fui al colegio, tengo amigas, pero eso es todo. Lo que ves es lo que hay.

Mercer la miró de arriba abajo.

—Me encanta lo que veo, preciosa. Eres fascinante. Eres inteligente, divertida y guapa y me haces feliz. —También le había hecho hablar más en un día que en toda la semana anterior.

—¿De verdad? —preguntó, sonriendo también.

La atrajo hacia sí de nuevo y le besó la frente.

—Sí, de verdad. Ahora, volvamos a tu apartamento y decidamos qué vamos a hacer esta noche.

12
QUINN

Hablaron de ir a ver una obra de Shakespear al parque, pero decidieron quedarse en casa y preparar la cena juntos. Tenían mucha comida, entre lo que habían comprado en la tienda de delicatessen y en el mercado de agricultores, sobre todo porque por la mañana se iban a Fire Island.

Quinn quiso preguntarle al menos diez veces si estaba seguro de querer ir, pero se contuvo, ya que sabía que le diría otra vez que confiara en él.

—Enciente tu teléfono —dijo él mientras preparaba un plato de aperitivo.

Ella lo cogió, sin haberse dado cuenta de que estaba apagado.

—¿Por qué?

—Porque te van a llamar cuando llegue el vino.

—Ah. —Debía de saber entonces, cuando lo compró, que volverían a casa de ella. Cuando levantó la vista, él la estaba mirando—. Sí, lo sé —se adelantó ella—. Confía.

. . .

DESPUÉS DE QUE LLEGARA EL VINO Y HUBIERAN COMIDO, SE sentaron en el salón y se quedaron dormidos abrazados en el sofá. Quinn se despertó antes que Mercer y lo observó mientras dormía.

Sus rasgos parecían tallados en piedra. ¿Y su cuerpo? Dios, no sabía por dónde empezar. Ojalá pudiera meter las manos bajo su camisa y echar un vistazo al tatuaje que sabía que le ocupaba todo el pecho. Su mente divagó, imaginando cómo estaría sin ropa. Cerró los ojos y se estremeció al pensarlo.

—Yo siento lo mismo por ti —dijo él, lo que la sobresaltó.

—Me has asustado.

Después de moverla para que se pusiera de pie, él se deslizó hacia abajo hasta quedar tumbado en el sofá.

—¿Qué? —preguntó ella cuando la atrajo hacia sí.

—Ven aquí y túmbate encima de mí.

—No estoy segura de lo que me estás pidiendo que haga.

—Dame las manos —dijo. Cuando lo hizo, le sujetó los brazos—. Ahora pon la rodilla derecha ahí —le indicó con la cabeza que la apoyara en el espacio libre cerca de su cadera—. Vale, ahora coloca la rodilla izquierda al otro lado de mí.

Quinn hizo lo que le pidió, manteniendo su cuerpo alejado del suyo sujetándose en sus manos. Cuando él las soltó, ella cayó sobre él, primero con un grito ahogado, pero luego se echó a reír.

—Lo has hecho a propósito.

—Por supuesto. —La rodeó con los brazos por la cintura para que sus cuerpos quedaran pegados y ella notó su erección.

—Esto no es ir despacio, señor Mercer.

Movió las manos de su cintura a sus mejillas.

—Mírame. —Sus rostros estaban tan cerca que sus narices casi se tocaban—. Si algo te hace sentir incómoda, solo tienes que decírmelo.

—Lo sé. —Intentó apartar la mirada, pero él no se lo permitió.

—No te meteré prisa, pero tampoco voy a dejar de avanzar en lo que hay entre nosotros. Nos tomaremos nuestro tiempo, y eso no se mide. Se basa en cómo nos sentimos ambos, en lo que ambos queremos.

Ella sintió que se sonrojaba.

—Vale.

Él sonrió.

—¿Cómo te sientes, Quinn?

—¿Sinceramente?

—Siempre.

—Me gustaría que no hubiera ropa entre nosotros.

Gimiendo, él le agarró el trasero con una mano mientras le acariciaba el pelo con la otra.

Quinn suspiró y apoyó la cabeza en su pecho.

—No son las hormonas, preciosa. Esto es real y está bien, siempre y cuando los dos queramos.

—Nunca me había sentido así, pero, sobre todo, nunca había estado tan cerca de nadie. Estoy segura de que ya lo sabes.

Mercer pasó la lengua por su labio inferior y luego lo mordisqueó.

—Bésame —dijo. Le puso los dedos en la barbilla y le levantó la cara para que lo mirara—. Adelante, preciosa. Como tú quieras.

Quinn cedió y lo besó tal y como había imaginado mientras lo observaba dormir, pasando la lengua por sus labios y luego dentro de su boca cuando él la abrió para recibirla. Se apretó con fuerza contra él, luego se relajó y se volvió lenta y suave.

Deslizó la lengua por su cuello y por la parte superior de donde sabía que comenzaba su tatuaje.

—Quiero quitarte la camiseta. Espera, ¿te estoy haciendo daño? —preguntó cuando él gimió.

—Oh, sí.

—¿Quieres que pare?

—Ni hablar.

—No quiero esperar —susurró, deslizando su cuerpo por el de él.

Cuando ella puso las manos debajo de la camiseta, él se la quitó por la cabeza y la tiró al suelo.

Ella recorrió con la mirada el tatuaje de su pecho, estudiando con detalle las dos alas que brotaban de su esternón. Con la lengua, siguió el contorno de la izquierda desde la parte inferior, donde los extremos de cada pluma eran irregulares, hasta la parte superior, suave y fluida. Cuando terminó, comenzó con la parte superior del ala derecha, hasta que hubo trazado el contorno de ambas.

—¿Mercer?

—Dime, preciosa —gimió de nuevo, como si no se permitiera respirar.

—¿Qué significa el tatuaje? ¿Son alas de ángel?

Su lengua volvió a trazar cada línea, esta vez en el intrincado dibujo del interior del ala, pero Mercer no respondió. Se detuvo, levantó la vista y vio que él hacia una mueca.

—¿Estás bien?

Respiró hondo tres o cuatro veces y bajó las manos hasta los costados de ella, para empujarla más hacia él.

—¿Sabes lo que me estás haciendo?

Lo sabía. Lo sentía tan duro que casi le dolía donde su cuerpo se presionaba contra él.

Quinn se giró y se recostó entre él y el respaldo del sofá. Sus dedos trazaron la tinta de su pecho del mismo modo en que lo habían hecho sus labios.

—Cuéntame qué significa, Mercer.

13
MERCER

Mercer respiró hondo. Esa pregunta podía ser la que había prometido responder con sinceridad; así de profunda era.

Se hizo el tatuaje poco después de que se informara de la muerte de Doc y sabía que, durante el resto de su vida, sería el protector de Quinn. Eso era lo que significaban las alas para él: protegía a los demás, pero, sobre todo, la protegía a ella.

No era algo sobre lo que pudiera hablar a la ligera, ni podía darle una respuesta que no fuera sincera. Sin saber qué más hacer, se incorporó, apoyó los pies en el suelo y se llevó las manos a la cabeza.

—Si es demasiado personal, lo entiendo —dijo ella detrás de él.

—No es eso.

Ella se deslizó a su alrededor y fue a la cocina.

—Ven aquí —dijo, siguiéndola, pero ella se apartó cuando intentó ponerle la mano en el brazo.

—A veces es duro recordar que en realidad no nos conocemos —comentó ella—. Siento que tú me conoces muy bien y yo también quiero conocerte a ti. Siento haber sido tan entrometida. No volveré a serlo.

—Quinn... —Cada vez que él intentaba acercarse, ella se alejaba.

—Creo que deberíamos dar por terminada la noche —dijo mientras se giraba para mirar por la ventana.

—¿Estás segura?

Asintió.

Él sabía que había herido sus sentimientos, pero no estaba preparado para contarle la historia de su tatuaje, lo que significaba que no tenía forma de calmar su inquietud.

—¿A qué hora quieres que salgamos por la mañana? —preguntó él.

—Ha sido muy amable por parte de Penelope invitarnos, pero...

—Prefieres no ir... Corrección, prefieres que yo no vaya.

Ella se encogió de hombros y él asintió. Quinn estaba volviendo a colocar los ladrillos en su muro y retirándose a un lugar donde no era tan vulnerable, con sus cuatro mejores amigas. No tenía más remedio que dejarla.

—Buenas noches, Mercer —dijo, manteniendo la puerta abierta para él.

—No quería hacerte daño. —Intentó acariciarle la mejilla con el dedo, pero ella se apartó.

—Nadie lo hace nunca —le oyó decir antes de cerrar la puerta tras él.

. . .

Una vez en su apartamento, Mercer pensó detenidamente en lo que estaba haciendo.

Su primer paso, regalarle flores para su cumpleaños, había abierto una puerta que no debería haber tocado nunca. Besarla fue el segundo error y dejarle una nota diciéndole que se iba de la ciudad fue el tercero.

Durante los últimos meses, desde que recibió la noticia de la muerte de Doc, había hecho todo lo posible por ignorar la profunda atracción que sentía hacia la mujer que tenía que proteger. Al principio, había intentado convencerse de que era demasiado joven para él, pero no lo era. Era una mujer de veintiún años, no una niña ni una adolescente. Era imposible ignorar unos sentimientos tan fuertes y la respuesta visceral de ella no había hecho más que animarlo.

Sin embargo, Quinn no era una marioneta que pudiera manipular y, a veces, sentía que eso era lo que estaba haciendo. Le ocultaba secretos, y eso era un hecho ineludible. Cuando ella descubriera cómo había comenzado su «relación», se sentiría traicionada. Confesarle la verdad en ese momento tampoco era una opción.

Si ella iba a Fire Island, Mercer se retiraría de su equipo de seguridad y traería a otra persona del equipo K19. Era la única forma de continuar. Por el momento, él no podía ser el jefe de su vigilancia.

—Necesito refuerzos —dijo Mercer cuando llamó a Razor.

Este rio.

—¿Sí? ¿Skipper te está sacando de quicio?

Para él no era una broma.

—Oye, lo entiendo, ¿vale? —dijo Razor al interpretar el silencio —. No es lo mismo que enamorarse de la fuente, y desde luego no es lo mismo que enamorarse del objetivo, pero enamorarse del activo a veces puede parecer igual de incorrecto.

Razor tenía razón. Había fallado a la misión, al equipo, al activo, a Doc y a sí mismo. Había infringido todas las reglas, excepto acostarse con ella, y había estado a punto de hacerlo esa misma noche. Si un empleado hubiera hecho lo que él había hecho, lo habrían despedido.

Mercer respiró hondo.

—Lo entiendo. La he cagado. La única solución es poner a otra persona a cargo de su seguridad. De forma permanente.

—Estás siendo demasiado duro contigo mismo, Ochenta y ocho.

—Doc me eligió. Confió en mí para mantenerla a salvo, no para enamorarme de ella.

—No estés tan seguro —respondió Razor.

—¿Qué quieres decir? —preguntó Mercer.

—La historia tiene una forma interesante de repetirse.

No estaba de humor para acertijos, ni en ese momento ni nunca. Era el tipo de persona que decía lo que pensaba, a menos que no pudiera decir nada en absoluto.

Razor habló de nuevo antes de que él lo hiciera.

—Nos vemos en Paddy Murphy's en quince minutos.

Mercer no podía negarse. Eran más hermanos que socios. Él, Paps, Razor y Doc habían pasado juntos por un infierno. Si uno pedía a otro que se reuniera con él, negarse no era una opción.

YA CASI HABÍAN TERMINADO SU SEGUNDA RONDA DE CERVEZAS Y

Razor estaba a punto de contarle lo que había querido decir antes, sobre que la historia se repite. En lugar de eso, se echó a reír.

—¿Quién está a cargo de quién?

—Mierda —dijo Mercer, siguiendo la mirada de Razor justo a tiempo para ver a Quinn entrar por la puerta giratoria.

—Al menos tú has llegado primero. Espera. Mierda.

Su única opción era que uno de ellos intentara escabullirse antes de que ella los viera. No había forma de explicar por qué Mercer estaba tomando una cerveza con el director general del grupo de preservación histórica para el que ella trabajaría.

—¿Tú o yo? —preguntó Razor.

—Tú.

—Lo suponía. —Razor se dio la vuelta y logró salir sin que Quinn lo viera, principalmente porque tenía los ojos clavados en Mercer mientras se acercaba a la barra.

14
QUINN

Quinn oyó cerrarse la puerta de Mercer y luego el ascensor, cosas en las que nunca antes se había fijado.

Había estado esperando a que llamara a la puerta y se negara a dejarla alejarse de él. Pero, en lugar de eso, había actuado como un adulto. Se había marchado cuando ella se lo pidió y no había vuelto.

¿Dónde estás? ¿Vas a la isla? Le escribió a Aine.

No. Mañana. Ahora voy a Paddy Murphy's a tomar unas copas con la tribu.

Voy con vosotras.

¿Y tu cita apasionante?

Se ha enfriado pronto.

Lo siento, cariño. Ahora nos vemos.

Paddy Murphy's era uno de los lugares favoritos de la tribu, especialmente de ella. A diferencia de otros bares, parecía haber una regla no escrita que decía que si una mujer no expresaba interés primero, los chicos la dejaban en paz. Si un hombre no seguía esa regla, rápidamente se le mostraba la puerta. Dado su estado de ánimo, agradecería no tener que preocuparse de que alguien intentara ligar con ella.

CUANDO ENTRÓ, SUS OJOS SE POSARON DIRECTAMENTE EN EL hombre que estaba sentado en la barra.

—Te preguntaría qué haces aquí, pero supongo que este lugar es más de tu estilo que del mío.

Mercer levantó su vaso.

—¿Te invito a una cerveza?

—Claro. —Quinn se sentó en el taburete junto a él y se fijó en el vaso vacío que Mercer había apartado—. ¿Interrumpo algo?

—No. Estaba tomando una cerveza con un amigo, pero se ha ido. ¿Qué quieres tomar?

—Una Harp, por favor.

El camarero le solicitó el carné a Quinn cuando Mercer pidió, así que ella lo sacó del bolso y se lo entregó. Él lo miró, se dio la vuelta y tocó la campana que había detrás de él.

—Lo siento —se disculpó—. Es una costumbre irlandesa. Cada vez que aparece el apellido Sullivan, hay que tocar la campana.

Mercer asintió y observó cómo el camarero sonreía y colocaba una jarra helada delante de ella.

—Gracias por la cerveza. —Quinn señaló una mesa vacía—. He quedado con mis amigas. Hasta luego, señor Mercer.

Él le puso la mano en el brazo.

—Siento lo de antes, Quinn. No estaba preparado para hablar de mi tatuaje. No era nada personal. Simplemente lo he gestionado mal.

—Soy yo quien tiene que pedir perdón.

—¿Qué pasa aquí? No esperaba encontraros juntos —dijo Aine, colocándose de pie entre ellos.

—Coincidencia —respondió Quinn y señaló con la cabeza la mesa libre—. Voy enseguida.

—Entendido. Me alegra verte de nuevo, Mercer —comentó Aine antes de alejarse.

—Bueno, como he dicho, lo siento. No debería haberme entrometido.

Cuando él levantó la mano y le colocó el pelo detrás de la oreja, ella se inclinó hacia su mano y cerró los ojos. Sus labios rozaron los de ella y se sintió como si estuviera en el cielo.

Ella suspiró cuando él se apartó.

—Entonces lo he empeorado.

Él negó con la cabeza y sonrió.

—Estabas reaccionando ante mí, preciosa. Soy yo quien he herido tus sentimientos.

—Lo siento, pero debería irme... Le he dicho a Aine que iba enseguida.

—Entendido.

—¿Te marchas?

Mercer levantó su vaso casi vacío.

—¿Camarero? —dijo ella antes de que pudiera responder—. Me gustaría invitar a este caballero a otra ronda.

Mercer sonrió.

—Supongo que no. Y gracias.

—¿Me das un momento?

Cuando se giró para mirar de nuevo, el taburete de Mercer estaba vacío, pero había un posavasos sobre su cerveza, así que debía de haberse alejado. Quinn odiaba el pánico momentáneo que había sentido cuando levantó la vista y él no estaba allí.

No se sentía ella misma cuando se trataba de él, y eso la enfurecía. Era una mujer hecha y derecha, graduada en Barnard y miembro de la tribu de las cinco, que nunca lloriqueaba. Y eso era justo lo que había estado haciendo. Mercer hacía que cada una de sus terminaciones nerviosa se pusiera en alerta y, por eso, ella respondía a él como la inocente que era. *Pero eso se acabó*. Nunca se disculparía por su falta de experiencia, aunque tampoco es que él se lo pidiera. Ella era la que se había metido en el hueco que dejaba la inseguridad y ahora ella sola saldría de ahí. Le dio la espalda a la barra, enderezó los hombros y miró a Aine, que la estaba observando.

—Ni siquiera quiero preguntar —comentó.

—No quiero ser esa chica.

Aine asintió y esperó a que Quinn continuara.

—Soy como un cachorro dependiente, y lo odio. Estoy pendiente de cada palabra que dice. No quiero alejarme de él ni un minuto porque tengo mucho miedo de que nunca vuelva.

—Hablando de volver, viene hacia aquí.

Quinn se giró en su silla y esperó a que se acercara a la mesa.

—¿Puedo hablar contigo un momento? —preguntó él.

Quinn estaba a punto de decirle que podía contarle lo que fuera delante de Aine, pero su amiga se había levantado de la mesa y se dirigía al baño. Ella apartó la silla que tenía al lado y él se sentó.

—Tengo que salir de la ciudad. No esperaba marcharme de nuevo tan pronto.

—No hay problema. Nos vemos cuando regreses, Mercer. —Tuvo que hacer un gran esfuerzo para no preguntarle cuándo sería eso.

—No me voy hasta mañana por la mañana.

Se encontraba en una encrucijada. ¿Haría lo que había decidido y dejaría de lloriquear o lo invitaría a ir a su casa? Respiró hondo y se mordió el labio antes de hablar. Mercer, por supuesto, esperó.

—He hecho otros planes, pensando que habíamos acabado nuestra breve noche.

Él asintió y ella juraría que vio una leve sonrisa.

—Bien hecho —respondió y se inclinó para besarle la frente antes de levantarse.

Estaba a punto de reprenderlo por su condescendencia, pero se contuvo. No había necesidad de pasar de un extremo al otro.

—¿Me acompañas a la puerta?

¿Cómo podía decir que no sin parecer una completa zorra?

—Claro —suspiró.

Él le cogió la mano cuando se levantó y la llevó afuera.

—Me pondré en contacto contigo tan pronto como pueda —dijo y ella asintió—. ¿Quinn?

Se negó a mirarlo a los ojos, hasta que le puso los dedos en la barbilla.

—No sé qué quieres que diga, Mercer.

En lugar de responder, se inclinó y la besó. Toda la determinación que creía tener se desvaneció cuando su lengua acarició la de ella. Ella le rodeó el cuello con los brazos mientras él le rodeaba la cintura.

—No puedo —dijo, apartándose.

—¿No puedes qué?

—Cambiar mis planes con Aine y volver al apartamento contigo.

—No espero que lo hagas.

—Ah. —Quería darse una bofetada a sí misma y sabía que su rostro estaba ardiendo de vergüenza.

Él le acarició la mejilla con la palma de la mano.

—Me encantaría que lo hicieras, Quinn, pero no lo espero. Conoces la diferencia.

Intentó apartarse, pero él la mantuvo cerca.

—No quiero sentirme así.

Él sonrió.

—¿Así cómo?

—No seas obtuso. —Quinn volvió a intentar zafarse de su brazo, pero él no la dejaría—. De repente no sabes lo que siento, pero antes siempre lo sabías.

Le besó la frente de nuevo, la soltó y la sujetó antes de que ella pudiera tambalearse hacia atrás.

—Estaré en contacto —dijo antes de dar media vuelta y alejarse, dejando a Quinn a punto de gritar y correr tras él. En lugar de eso, volvió al interior del bar.

—ESTO ES UNA MIERDA —COMENTÓ MIENTRAS SE DEJABA DE caer en la silla, con ganas de tirarse de los pelos—. Hola, Pen —dijo al darse cuenta de que su amiga había llegado.

—¿Cuánto tiempo lleváis saliendo? —preguntó Penelope.

—No estoy saliendo con él. —Se rio al ver la expresión de Pen y Aine—. No sé. Un par de días.

—Ajá.

—¿Qué?

—No te ofendas, Quinn —empezó Aine—. Pero es agradable verte así.

—¿Te estás riendo de mí? ¿Agradable? No hay nada agradable en cómo me siento.

—Enamorarse siempre es agradable —dijo Pen.

—Yo no me estoy enamorando.

Aine le dio una palmadita en la mano.

—Tienes razón. Tú ya estás enamorada.

Quinn las miró con ira, deseando borrarles las sonrisas de las caras con el dorso de la mano.

—Esto no tiene gracia.

—¿Qué no tiene gracia? —preguntó Ava mientras se acercaba a la mesa.

—Quinn está enamorada —respondió Aine.

Ava aplaudió.

—Ah, qué bien.

—Y Ava no —añadió Aine.

—¿Podemos pasar una noche sin hablar de hombres? —suplicó Ava.

Primero se echó a reír Penelope, luego Aine. Pronto, Quinn y Ava también se estaban riendo. Así fue como Tara las encontró: dobladas de la risa y con lágrimas que les corrían por las mejillas.

—¿Qué es tan divertido? —preguntó.

—Esta noche no vamos a hablar de hombres—respondió Pen entre carcajadas. Se reía tanto que hasta resoplaba.

Tara miró a Quinn y puso los ojos en blanco.

—Tú sueles ser la sensata.

—Esos días han terminado —dijo Aine—. Está enamorada de Mercer.

—Deja de decir eso —respondió Quinn mientras se secaba las lágrimas—. No estoy enamorada de él.

—Sí, claro —dijo Tara—. ¿Quién está lista para unos chupitos?

Cuando las cuatro levantaron la mano, Tara fue a la barra a pedirlos.

15
MERCER

—Tómate el tiempo que quieras. No voy a ir a ninguna parte —le había dicho cuando ella lo dejó solo en la barra, intentando ignorar el teléfono que vibraba en el bolsillo de su chaqueta.

Mercer puso el posavasos sobre su cerveza y fue al aseo. Una vez dentro, revisó su teléfono, esperando ver un mensaje sobre el paradero de Quinn. En cambio, había uno de Paps.

Necesito que vuelvas.

¿Esta noche?

Mañana. Lo siento.

Del mismo modo que Paps sabía que no debía disculparse, Mercer sabía que no debía reconocerlo. Era la vida que habían elegido, y cuando se les necesitaba, acudían.

Aunque Mercer no había previsto el comportamiento anterior de Quinn, se alegró de verlo. Ella nunca se había dejado pisotear y no quería que lo hiciera con él. Su autodeterminación le excitaba; sacudió la cabeza y sonrió. Por un momento, pensó que lo golpearía cuando le dijo que era una buena chica. A veces le recordaba a Doc. Especialmente su sentido del humor, cuando lo mostraba. Quinn podía parecerse físicamente a su madre, pero, según Mercer, no se parecía en nada a Lena.

—Hola, Ochenta y ocho —respondió Paps cuando llamó.

—¿Qué ocurre?

—Calder apareció en el restaurante donde Barbie estaba cenando con Maddox.

Mercer odiaba la forma en que Paps alargaba las cosas.

—¿Y?

—Nada más que informar, salvo que Butler lo ha invitado a quedarse en el rancho esta noche.

Abrió la boca, sorprendido.

—¿Qué? ¿Te estás quedando conmigo?

—Por suerte, ocurrió algo entre Maddox y Alex y Calder se fue por su cuenta.

Mercer ladeó la cabeza.

—¿Por qué le propuso eso?

—Calder fingió que no tenía donde quedarse. No sé cuál era su motivación. En un momento dado, pensé que era para ver si Alex lo invitaba a su casa.

—Eso habría resuelto nuestro problema —dijo Mercer.

—¿Cómo?

—Maddox Butler lo habría matado.

Paps se rio, pero sabía tan bien como Mercer que no había nada de divertido en que ese cabrón hubiera vuelto a Estados Unidos.

Sabían que Calder se alojaba en una de las casas de invitados de las bodegas Tablas Creek. La propiedad estaba en proceso de venta y, en breve, Calder Wines sería su nueva propietaria, por lo que supusieron que los actuales propietarios le habían permitido quedarse allí mientras tanto.

—Barbie está muy alterada.

No era ninguna sorpresa, pero eso solo complicaba las cosas para Paps. No podía controlarla sin revelar su identidad como protector si ella perdía el control.

Que alguien que la había golpeado hasta casi matarla apareciera donde ella estaba debía de aterrorizarla. Lo entendía, al igual que la necesidad de sacarla de California lo antes posible.

Por otro lado, si desaparecía de repente, como habían planeado, ¿cómo reaccionaría Calder?

Mercer preferiría que ocurriera algo lo suficientemente significativo entre ellos como para que ese pedazo de mierda se atribuyera el mérito de haberla obligado a marcharse.

—¿Le dijo algo más sobre querer reunirse con ella? —preguntó Mercer.

—No tuvo oportunidad, aunque parecía que estaba intentando quedarse a solas con ella.

—Quiere ese terreno.

Paps asintió.

—Estoy seguro de que es eso. La primera vez que la contactó fue poco después de que Wendt dispusiera que se retirara del mercado.

—¿Por qué lo quiere tanto? Tiene que haber algo ahí.

—No lo sé, pero mi instinto me dice que, sea lo que sea, es algo que debemos encontrar antes que él.

Mercer no estaba de acuerdo y así lo dijo. Quizá, una vez que encontrara lo que estaba buscando, se largaría de Estados Unidos o haría algo que les permitiera detenerlo.

—Tienes razón. Ese podría ser un resultado más útil —dijo Paps —. Hasta mañana, Ochenta y ocho.

Mercer terminó la llamada, fue a la cocina, abrió una botella de vino y se sentó en la encimera. Era uno de sus favoritos, un Butler Ranch Vin 22 Syrah de 2015. Lo había probado tantas veces que sabía mucho sobre él. El suelo del viñedo 22 era rico en caliza, por lo que producía uvas que mantenían una buena acidez durante toda la temporada de cultivo.

A través de Doc, Mercer había aprendido que Maddox empezó a experimentar con ese viñedo en particular hacía varios años, despalillando y prensando la fruta directamente en barricas nuevas de roble francés utilizando las duelas de madera unidas para fermentar y envejecer el mosto.

Como resultado, el vino tenía cuerpo, con un tono vibrante y aromas de ciruelas maduras y frutos silvestres. Su riqueza en el paladar y sus sabores a frutos negros, junto con su estructura firme y sus taninos sedosos, proporcionaban un final largo y delicioso.

Pensó en Quinn, deseando poder compartirlo con ella, pero era demasiado pronto para eso. Como tantas otras cosas, aún no podía hablar con ella sobre la bodega de su familia.

Dado que en el apartamento apenas tenía vino que no fuera Butler Ranch, había tenido que parar antes para abastecerse de diferentes marcas.

Paps y Razor eran expertos en cerveza artesanal, pero él y Doc siempre habían preferido el vino. Mercer había aprendido mucho sobre las complejidades de la cata mientras viajaban juntos por todo el mundo. Sentarse al borde de un viñedo toscano con la brisa acariciándoles el rostro mientras una *signorina* les servía una copa tras otra les había proporcionado un breve respiro de los horrores a los que se enfrentaban casi a diario en su trabajo.

Una vez Doc le había contado que su familia pensaba que él tenía poco interés en el rancho o la bodega. Se equivocaban. No era que no le interesara, sino que tenía otra vocación.

—Algún día, Maddox será uno de los mejores enólogos de todos los tiempos —le había dicho Doc—. Y Naughton, es como si el jugo de la vid corriera por sus venas en lugar de sangre.

Lo que Naughton aún no sabía era que Doc había llegado a un acuerdo con sus padres que lo convertiría en el heredero de Butler Ranch.

Su padre, Laird, había sido hijo único, así que cuando sus padres fallecieron, el rancho pasó a ser suyo. Con siete hermanos, Doc temía que, cuando sus padres murieran, se produjera una disputa por la propiedad. Para él, la posibilidad de que Naughton se marchara representaba lo que equivalía a una tragedia. Le había dicho a Mercer que haría cualquier cosa para evitar que eso sucediera.

Su solución había sido dejar dinero, equivalente a la parte que les correspondía del rancho, en un fideicomiso que se pagaría a cada uno de sus hermanos el día que Naughton se casara.

En cuanto a la bodega, también había suficiente dinero en un fideicomiso para comprar la parte de cualquiera de sus hermanos que quisiera vender su participación en el negocio familiar. De lo contrario, se les consideraría socios silenciosos y cada uno ganaría una parte de los beneficios, como hacían ahora.

Lo que Doc había hecho garantizaba que Naughton y su futura esposa, fuera quien fuera, vivieran en la casa principal del rancho y criaran a su familia en las tierras heredadas de sus abuelos.

A Naughton también le habían dado doscientas hectáreas de la tierra que Doc poseía y que antes había pertenecido a los padres de Lena. La había cedido, la mitad a Maddox y la otra mitad a Naughton, antes de partir hacia su última misión.

Le había hablado a Naughton de la propiedad, incluso había recorrido los viñedos con él y le había informado de la condición bajo la cual Maddox se enteraría de su herencia. Mercer también la sabía y, aunque no entendía la lógica de Doc, no le correspondía a él cuestionar sus motivos, sino simplemente cumplir los deseos de su antiguo jefe.

Después de terminar el vino de su compa y servir lo que quedaba en la botella, Mercer reflexionó sobre las complejidades de lo que Doc había dejado atrás.

Maddox sería el tercero de los hermanos en recibir una carta manuscrita de Doc. Casualmente, el hermano menor, Brodie, había recibido la suya y se había comprometido con Peyton Wolf el mismo día que Quinn cumplió veintiún años.

La única razón por la que lo sabía era porque había sido él quien había dispuesto que Paps entregara la carta y la caja a Brodie, quien inadvertidamente las había dejado en Argentina.

Hace poco más de un mes, habían temido que Brodie hubiera muerto en un accidente de avioneta en Argentina. Maddox y Naughton, ambos pilotos de helicóptero, se ofrecieron voluntarios para ayudar al equipo de búsqueda. No sabían que contaban con la ayuda de dos socios comerciales de su hermano mayor. Paps había sido quien localizó el lugar del accidente, pero él y Razor dieron un paso atrás cuando la búsqueda se había convertido en una misión de rescate.

Ahora, no solo Brodie estaba comprometido, sino que Peyton estaba embarazada.

Una de las hermanas de Doc, Skye, había recibido su carta poco después de la muerte de Doc. Sin embargo, lo que Doc había hecho por ella ocurrió mucho antes de esa última misión. Hacía unos años, Doc había organizado un encuentro entre Skye y el hombre que ahora era su marido, Mac Campbell.

Al igual que con el resto de las cartas que se habían entregado o estaban esperando a ser entregadas, Mercer no sabía lo que Doc le había escrito a su hermana.

Se frotó el pecho, preguntándose si los ángeles existían de verdad. Si Doc estaba muerto, ¿los estaba cuidado? Si era así, ¿qué pensaría de su incipiente relación con Quinn?

Se estremeció al pensarlo. Pocas personas lo habían intimidado, pero Doc sin duda lo había hecho, y no le gustaba pensar que no hubiera aprobado que Mercer se enamorara de ella.

Su teléfono vibró y miró a la pantalla. El mensaje decía que Quinn había entrado en el edificio con sus cuatro amigas. Vinnie también añadió que parecía que habían tomado una copita de más, pero no habían salido de Paddy Murphy's hasta hacía unos minutos, cuando Tom las había recogido en su taxi y las había llevado allí.

El hombre se había resistido a conducir una gran furgoneta amarilla, pero pronto se dio cuenta de la razón por la que K19 había insistido en ella en lugar de un sedán. Tom había llevado a la tribu de cinco a casa más noches de las que podía contar.

Mercer escuchó el ascensor, pero no pudo distinguir gran parte de la conversación que estaban teniendo en el pasillo. Escuchó la puerta de Quinn abrirse y esperó a que se cerrara. En cambio, oyó llamar a su propia puerta al mismo tiempo que aparecía un mensaje de Quinn en su teléfono.

¿Estás despierto?

Sí, respondió.

Ya estaba en la puerta cuando llegó el siguiente mensaje.

¿Podemos hablar?

—Hola —saludó ella cuando él abrió.

—Hola.

—¿Has visto mi mensaje?

Mercer asintió.

—Sí.

—¿Y?

Dudó por un momento, repasando rápidamente en su cabeza el estado de su apartamento. Seguro de que todo estaba escondido, se hizo a un lado y le indicó que entrara.

—No quería que te fueras sin despedirme. —Los ojos se le llenaron de lágrimas y él la abrazó.

—Volveré lo antes posible —susurró.

Ella se movió y lo besó, con mucha más pasión de la que él esperaba. Cuando sus manos se deslizaron bajo su camisa, ella pegó su cuerpo contra el de él.

—Eh, espera —dijo él dando un paso atrás.

En cuanto vio la expresión de Quinn, la besó de nuevo, más despacio, más suavemente y con más ternura.

—No me hagas irme, Mercer —le susurró contra los labios—. Déjame quedarme contigo esta noche.

Una guerra se libraba en su interior. Estaba tentado de decirle que, si lo hacía, ella tendría que dormir en la habitación de invitados. Como mínimo, le diría directamente que no iban a tener relaciones sexuales. Sin embargo, esa no era la razón por la que ella estaba allí, por mucho que ella pensara que sí. Quinn necesitaba que él le asegurara que volvería y que, cuando lo hiciera, estarían juntos.

—Por favor —suplicó.

Mercer le quitó los brazos del cuello y se apartó lo suficiente para mirarla a los ojos.

—Escúchame —dijo—. ¿Estás escuchando?

Ella asintió.

—Nada me gustaría más que sentir tu cuerpo contra el mío, pero, preciosa, no puede ser así.

—¿Por qué no?

La llevó al salón, que se parecía mucho al de ella, y la sentó en el sofá antes de sentarse él también y abrazarla.

—Te deseo, Mercer —dijo, intentado volver a meter las manos bajo su camisa—. ¿Tú no me deseas?

—No así.

Ella intentó levantarse, pero no la soltaba.

—Déjame marchar—dijo ella, pero apoyó la cabeza en su hombro —. Solo déjame marchar.

—Nunca.

—¿Lo prometes? —Su voz era apenas un susurro.

—Lo juro por mi vida.

Si no hubiera bebido tanto, le habría contado lo que significaba su tatuaje. Casi deseaba haberlo hecho antes, solo para que ella le creyera.

—Venga. Vamos a dormir un poco.

Ella intentó hacer una mueca, pero se le cerraban los ojos.

—¿Es malo que siempre me quede dormida cuando estoy contigo? Bueno, no siempre, pero puedo dormir. —Lo miró—. No tiene sentido, ¿verdad?

—Tiene todo el sentido del mundo. Ahora, vamos.

Ella se cruzó de brazos y volvió a hacer la mueca.

—No quiero.

—Vale, pero no puedo prometerte ninguna manta si no te metes primero en la cama.

Abrió los ojos como platos y lo miró.

—¿De verdad?

Mercer rio.

—Sí, de verdad, y si no te mueves en los próximos diez segundos, te llevaré al dormitorio en brazos.

—Me gusta como suena eso.

Quinn chilló cuando Mercer la cogió en brazos y se la echó al hombro. Ella se rio con nerviosismo durante todo el trayecto por el pasillo, pasando por la puerta del despacho que él tenía que acordarse de cerrar con llave, hasta llegar al dormitorio. La dejó en su cama perfectamente hecha, le quitó los zapatos uno a uno y luego intentó averiguar con qué ropa dormiría ella. Tenía que quitarle los vaqueros y, cuando lo hizo, la camiseta que llevaba puesta no le cubría nada por debajo de la cintura.

Se acercó a la cómoda, sacó la primera camiseta que encontró y se la lanzó.

—Ponte esto, preciosa. Ahora vuelvo. Por cierto, el baño está en el mismo sitio que el tuyo.

Volvió al salón, cogió el portátil y lo guardó, junto con el bolso, en el despacho. Cerró la puerta y echó la llave. Tenía que salir temprano al día siguiente, mucho antes de lo que Quinn querría despertarse, y no estaba muy seguro de cómo iba a manejar eso. No podía dejarla ahí sola, aunque el despacho estuviera bien cerrado con llave.

Cuando volvió al dormitorio, la ropa de ella estaba cuidadosamente doblada sobre la cómoda. Vaqueros, camiseta y sujetador formaban una bonita pila. Dios, debería hacerse mirar la cabeza. Estaba a punto de meterse en la cama con la mujer que ocupaba cada una de sus fantasías. Y, por decisión propia, no le pondría las manos encima esa noche. No vio bragas en la pila de ropa. Estaba a punto de dar gracias a Dios, pero decidió rezar para que todavía las llevara puestas.

—¿Qué es K19 Security Solutions? —preguntó, estirándose en la cama, con la última camiseta que él debería haberle dejado.

—Una empresa de seguridad —respondió con sinceridad.

—¿Es ahí donde trabajas?

—No. —También era verdad. No trabajaba para K19. Él, Paps y Razor eran los propietarios de la empresa.

—¿Por qué creo que hay más detrás de esta historia?

—Porque tienes mucha imaginación.

Mercer entró en el baño y vio un paquete desechado que había contenido el cepillo de dientes extra que estaba cuidadosamente colocado en el borde del lavabo que, obviamente, rara vez usaba. Cuando regresó al dormitorio, ella se había metido bajo las sábanas y tenía los ojos cerrados. Lo odiaría a las seis en punto, cuando la despertara.

Se metió en la cama y estaba a punto de apagar la luz cuando Quinn le puso la mano en el brazo.

—Dime, preciosa.

—¿Siempre duermes con tanta ropa?

No, pero esa noche había pensado en llevar todo el equipo táctico. Ni siquiera eso impediría que su cuerpo reaccionara al tenerla casi desnuda a su lado.

—Quítate la camisa, Mercer.

La miró a los ojos, preguntándose qué se traía entre manos.

—Por favor —repitió.

Se la quitó con una mano y la tiró al suelo.

—Gracias —susurró ella, y cuando él apoyó la cabeza en la almohada, se acercó y puso la cabeza sobre su pecho—. Siempre he querido dormir sobre las alas de un ángel —murmuró—. Gracias, señor Mercer, por ser mi ángel guardián.

La verdad, dicha por labios inocentes. Algún día se daría cuenta de lo cerca que había estado de descubrir la situación por sí misma.

Mercer nunca había estado tan seguro y, al mismo tiempo, tan confundido sobre nada en su vida. Estar con Quinn era la mejor, pero también la más jodida relación que había tenido nunca, aunque no había tenido muchas. En su trabajo, las relaciones solo podían ser superficiales. Pero, en realidad, ¿era esto diferente?

¿Era menos superficial? Quizá para él, pero no para Quinn. Él le había mostrado una pequeña parte de sí mismo. Era un rostro y un cuerpo con los que ella se sentía segura. Por lo demás, no sabía nada de él.

Mientras yacía a su lado, Mercer tomó una decisión. Cuando llegara a California, hablaría con Paps. Necesitaba su consejo y sabía que, si se lo pedía, él se lo daría.

Mercer se despertó antes de que sonara la alarma, como siempre. Deslizó el brazo de Quinn que le rodeaba la cintura y fue a la cocina, se hizo un café y calentó agua para hacer té, por si Quinn quería. No tenía mucha comida en la casa, pero probablemente ella no tendría hambre de todos modos. Lo más probable era que, cuando se levantara, se fuera a su apartamento, se metiera en su cama y volviera a dormirse.

Miró la hora; tenía cuarenta y cinco minutos antes de que Tom lo esperara abajo. Era tiempo suficiente para ducharse y observarla mientras dormía.

Acababa de echarse el champú en el pelo cuando oyó abrirse la puerta del baño. Al igual que la de ella, su ducha era los suficientemente grande para dos personas y estaba rodeada por una mampara transparente. No se trataba de un error. Quinn sabía perfectamente lo que hacía al entrar allí.

Su camiseta K19 fue lo primero en desaparecer, seguida de sus bragas. Quinn, con los ojos somnolientos, se quedó desnuda ante Mercer, esperando a que la invitara a entrar en la ducha con él.

No tenía forma de ocultar la reacción instintiva de su cuerpo ante ella, ni de negar que la deseaba. Cuando él extendió la mano y ella puso la suya en ella, la atrajo bajo el agua con él.

16
QUINN

El aliento que Quinn había contenido desde que entró en el baño salió en un suspiro cuando Mercer la abrazó y atrajo su cuerpo desnudo al de él.

Le acarició el trasero con sus fuertes manos, manteniendo su pelvis contra su erección. Levantó una mano hasta su pecho y jugueteó con el pezón como había hecho el otro día. Quinn gimió y sintió que le flaqueaban las rodillas, mientras el deseo por él se acumulaba entre sus piernas.

Mercer la empujó suavemente contra la pared y derramó el gel de baño que representaba su aroma sobre sus hombros y por el valle de sus pechos. Deslizó ambas manos por sus brazos y su torso y luego se arrodilló ante ella.

—Abre las piernas, preciosa —susurró, tocándole el interior de los muslos. Con dedos hábiles, llevó la espuma a sus pliegues y el cuerpo de ella se estremeció.

Levantó la vista y la miró a los ojos.

—Pon las manos sobre mis hombros. —En lugar de apoyarlas suavemente, le clavó los dedos en la carne.

Él se desplazó hacia la parte posterior de sus piernas y ella soltó una risita, pero cuando sus ojos se encontraron con los ardientes de él, dejó de reír.

Mercer se puso de pie y la giró para que le diera la espalda. Una vez más, echó gel de baño sobre sus hombros y por la espalda.

—Pon las manos aquí —le pidió, guiándolas hasta los fríos azulejos.

Sus dedos reanudaron la exploración de su cuerpo. Una vez que la hubo tocado por todas partes, la rodeó con los brazos por la cintura y la atrajo hacia él. Ella notó como él, más duro que antes, se presionaba contra su trasero y gimió.

Se inclinó hacia delante, cerró el grifo y se estiró para coger una toalla del calentador que había justo fuera de la puerta de la ducha. La utilizó para secarle el pelo y luego le pasó la suave toalla de algodón egipcio por los brazos y las piernas. Se la enrolló alrededor de la espalda y la atrajo hacia él, envolviéndose con ella en la toalla, lo suficientemente grande como para cubrirlos a los dos.

Permanecieron dentro de la ducha, mirándose a los ojos, hasta que él acercó su frente a la de ella.

—Me ausento de la ciudad, preciosa. Por mucho que quiera quedarme aquí contigo, no puedo.

—Lo sé —suspiró ella.

—¿Sabes cuánto te deseo?

Quinn cambió el peso de un pie al otro.

—Puedo sentirlo.

Él le cogió la mano derecha y la posó cerca de su corazón.

—Es aquí donde quiero que lo sientas.

—Lo hago —murmuró antes de que la besara.

Sus dedos se entrelazaron en el cabello de ella y la toalla que los envolvía cayó al suelo de la ducha.

No fueron solo sus labios los que la besaron; todo su cuerpo lo hizo. Cada parte que tocaba se sentía como un beso.

—Nunca he querido irme menos que ahora, Quinn —dijo cuando sonó un pitido en el dormitorio.

Cuando ella intentó apartarse, él la abrazó con fuerza.

—Volveré tan pronto como pueda.

—Te esperaré.

QUINN ENTRÓ SIGILOSAMENTE EN SU APARTAMENTO, CON LA esperanza de no despertar a sus cuatro amigas, que estaban durmiendo Dios sabe dónde. Quizá su cama estaba vacía, pero si no era así, se tumbaría en cualquier espacio libre, cerraría los ojos y soñaría con las manos de Mercer recorriendo su cuerpo.

Él no la había dejado bajar en el ascensor con él, pero la había besado apasionadamente en la puerta de su casa.

Aine estaba sentada en la cama de Quinn cuando entró.

—Lo siento. ¿Te he despertado?

—Sí y no. Estaba medio despierta cuando he oído abrirse la puerta.

—¿Dónde están las demás? —Quinn no se había molestado en mirar en los otros dormitorios de camino al suyo.

—No tengo ni idea. Se quedaron a dormir por aquí. Como sabía que no volverías hasta por la mañana, me quedé en tu cama. Aunque no esperaba que volvieras antes de las diez, si es que volvías.

—Tenía un vuelo temprano.

—Claro. Ahora lo recuerdo. Se iba de la ciudad. ¿Por trabajo?

Quinn asintió.

—¿A qué se dedica?

—Eh… No estoy muy segura.

—¿Es esa la empresa para la que trabaja? —preguntó Aine, señalando la camiseta que aún llevaba Quinn, la que Mercer había accedido a dejarle conservar cuando ella le dijo que sería casi como estar envuelta en él.

—Dijo que no.

—Pero ¿no le crees?

—No lo sé. Parecía como si hubiera algo que no quisiera decir.

—Vamos a buscarlos. —Aine salió de la cama y se dirigió a la cocina—. ¿Quieres té?

Adiós a volver a dormir y soñar con Mercer.

—Eh, claro… si nos vamos a quedar despiertas.

—Claro que sí —gritó Aine detrás de ella—. Quiero saberlo todo.

Quinn miró al techo. Desde que se habían conocido oficialmente, quería tener a Mercer solo para ella. ¿Estaba preparada para compartirlo?

. . .

La primera vez que Mercer le envió un mensaje, Quinn estaban contándole a Aine cómo había sido la mañana mientras tomaban una taza de té.

Estoy pensando en cómo compensarte por esta mañana, le escribió.

Se sonrojó y le mostró el teléfono a Aine.

—Es como si supiera de qué estábamos hablando. ¿Hay micrófonos ocultos en este apartamento? —dijo mirando al techo —. Si es así, Mercer, soy Aine y acabo de leer tu mensaje, así que, por favor, no le envíes fotos picantes a Quinn.

Quinn se rio con nerviosismo, pero una extraña sensación la invadió por un momento. Se la sacó de la cabeza tan rápido como había llegado.

—Venga. Vamos a buscarlo en Google —escuchó decir a Aine mientras caminaba por el pasillo de vuelta al dormitorio, donde sabía que Quinn había dejado su portátil.

—¿A él o K19? —preguntó.

—Ambos.

Veinte minutos después, no sabían más que cuando empezaron. No había ningún registro de ninguna empresa llamada K19 Security Solutions y, lo que es peor, no había rastro en Internet de Mercer Bryant.

Ambas se quedaron sin palabras.

—Estoy segura de que hay una explicación lógica —comentó Aine.

Quinn se encogió de hombros.

—No puedo imaginarme...

—Yo no me preocuparía por eso. Quiero decir, vive en tu edificio. No dejan entrar a cualquiera. Además, ¿no cuestan estos apartamentos una millonada?

Se rio.

—No tanto como una millonada, pero tienes razón, ha tenido que pasar una exhaustiva verificación de antecedentes para que la junta siquiera lo considerara.

—Estoy lista para ir a la playa. ¿Y tú? —preguntó Aine, cambiando de tema y dirigiéndose a las habitaciones de invitados para despertar a Penelope, Tara y Ava.

Un par de horas más tarde, estaban en el ferry rumbo a Fire Island.

La noche anterior, Quinn había decidido no lloriquear ni obsesionarse con Mercer. Cuando llegaran a la isla y dijera hola al padre de Pen, se pondría el bikini y se echaría una siesta en la playa.

Mientras tanto, haría todo lo posible por no pensar en el hombre con el que se había despertado esa mañana, aquel cuyo aire misterioso empezaba a inquietarla.

17
MERCER

Durante los primeros cinco minutos de su vuelo, Mercer esperó que le invadiera la culpa por lo de Quinn, pero no fue así.

Quizá era su determinación para hablar de la situación con Paps lo que le tranquilizaba, o tal vez era su propia aceptación de que lo que antes había sido una fantasía prohibida se había convertido en su realidad.

Cuando cerró los ojos, pudo verla a ella esa mañana, desnuda y tan abierta a él. Dejarla era tan doloroso en ese momento como lo había sido cuando tuvieron que vestirse y salir del apartamento.

Se ajustó los vaqueros, se acomodó en el asiento y abrió los ojos cuando oyó a Delaney, la azafata del avión privado, preguntar si quería que le llevara algo.

—Estoy bien, gracias —respondió, pero ni ella ni su mirada se apartaron de su cuerpo. No de sus ojos, sino de su cuerpo, la parte de él que acababa de cobrar vida con los pensamientos de la mujer desnuda con la que había estado esa mañana.

—¿Seguro que no...?

—Seguro, Del. —Cerró los ojos de nuevo y deseó que se marchara. No era la primera vez que le ofrecía algo más que comida y bebida, y no era la primera vez que Mercer la rechazaba. Puede que hubiera habido un tiempo en el que hubiera considerado cenar con ella, quizá incluso algo más, pero ahora era inconcebible. Otra razón por la que no podía sumirse en el odio hacia sí mismo por sus sentimientos hacia Quinn: ella era la única mujer en la tierra que le atraía.

Había un mensaje de Paps, que le pedía a Mercer que se reuniera con él en San Luis Obispo en lugar de en la casa de Harmony. Le envió un mensaje para confirmar y luego encontró la Ducati donde la había dejado lo que le parecía mucho más de dos días atrás.

El aeródromo estaba cerca del restaurante donde habían quedado, y como iba en moto era más fácil aparcar, así que Mercer llegó antes que Paps. En lugar de esperar dentro, fue a la tienda de al lado, que promocionaba a artistas locales.

—Son míos —dijo una mujer detrás del mostrador.

—Muy bonitos —murmuró.

Los marcos hechos a mano eran justo lo que estaba buscando. Cada uno tenía un mensaje grabado en la madera, pero ninguno era el adecuado.

—¿Está buscando algo en concreto?

—No estoy seguro.

Diez minutos más tarde, salió de la tienda con las manos vacías, pero la artista le prometió que su pedido estaría listo para recogerlo al día siguiente por la tarde.

—He visto la moto —dijo Paps cuando Mercer llegó a la mesa.

—Estaba al lado, comprando un regalo para Quinn.

—Ya veo —respondió.

—Tenemos que hablar.

—Tú tienes que hablar.

En eso tenía razón.

—Razor dijo algo críptico anoche.

—¿Razor? Anda ya.

Razor rara vez decía algo que no lo fuera.

—Dijo que la historia se repite.

Paps levantó la cabeza.

—¿Dijo algo más?

—Nos interrumpieron antes de que pudiera explicarse. Si tiene que ver con Doc y Lena, es fácil de averiguar.

Paps asintió.

—¿Qué pensaría Doc?

Miró más allá de Mercer.

—No puedo responder a eso.

—Estoy enamorado de ella —soltó sin pensar.

Su socio asintió de nuevo.

—¿Te ha sorprendido lo que dijo Razor, pero no mi confesión?

—Me la esperaba —dijo Paps en voz baja.

—No vas a decirme lo que Razor quería decir, ¿verdad? —insistió Mercer.

—No. Y él tampoco —afirmó Paps.

—Si es algo que debería saber...

—Doc lo habría hecho hace cuatro años.

Mercer tuvo que admitir que tenía razón.

—Maddox Butler estaba en Harmony esta mañana —dijo Paps, cambiando de tema—. Me vio.

—¿Dónde?

—Estaba aparcado delante de la cafetería. Yo volvía del almacén.

—¿Te preocupa?

Paps se encogió de hombros.

—La verdad es que no, pero no me sorprendería que volviera a aparecer.

—¿Te reconoció? —Mercer no creía que Paps y Razor hubieran pasado mucho tiempo con Maddox y Naughton cuando estuvieron en Argentina, buscando el lugar del accidente de Brodie, pero tal vez fuera más de lo que él pensaba al principio.

—Más bien parecía que hubiera visto un fantasma.

Aunque Paps se parecía a Doc, sin duda no lo suficiente como para que su propio hermano no notara la diferencia. Sin embargo, desde esa distancia, Mercer podía entender la reacción de Maddox.

—Puedo encargarme de todo aquí durante los próximos días si quieres tomarte un descanso.

—Me iré a casa en cuanto la responsabilidad de Barbie pase a manos de sus próximos cuidadores —dijo Paps.

Mercer sabía que su familia vivía a las afueras de Washington, D. C., en Annapolis, Maryland, no muy lejos de donde él había crecido, en Cape Charles, Virginia. Ambos habían pasado los veranos navegando en extremos opuestos de la bahía de Chesapeake.

El hombre había bautizado su Hinckley Bermuda 40 como *Whiskey Tango Foxtrot*. La familia de Mercer era propietaria del *Aurora*, el Hallberg-Rassy 42 que su padre había encargado a German Frers a principios de los noventa.

A lo largo de los años hubo muchas discusiones, pero ambos estaban entre los mejores yates de vela jamás construidos.

—Me vendría bien un viaje a casa.

—Te entiendo, Ochenta y ocho.

—¿Qué te parecería establecer contacto? —preguntó Paps unos minutos más tarde.

—¿Con Maddox?

—Naugthon.

—Claro —asintió Mercer. Eso tenía más sentido.

—Hoy van a recorrer la propiedad.

—¿Maddox y Naughton?

—No tardarán mucho en descubrir la bodega y las barricas ocultas de Enzo Avila —predijo Paps.

—Sí.

—Podrían suponer que es vino de Hess.

Mercer negó con la cabeza.

—Maddox lo probará, y cuando lo haga, sabrá que es demasiado joven para haber sido elaborado en la finca.

Sabía que Paps era escéptico, pero cualquier enólogo de la región sabría distinguir la diferencia. Por Dios, incluso Mercer sabía lo suficiente como para estudiar los matices y las transiciones de color para determinar la edad del vino. Probablemente también lo sabría por el sabor, aunque eso sería más difícil.

El teléfono de Paps sonó y leyó un mensaje de texto.

—Están en la bodega ahora.

El mensaje tenía que ser de Sonny Lista, nombre en clave Max, un miembro del equipo K19 al que habían contratado como uno de los trabajadores de la viña de Naughton Butler en la propiedad de Old Creek Road.

—Enzo Avila también está aquí. Los chicos Butler aún no lo han visto y ninguno de ellos ha visto a Max —rio Paps.

—Menudo lío.

—Tenías razón —dijo Paps unos minutos más tarde—. Max ha informado de que Maddox ha sabido de inmediato que el vino no podía provenir de los viñedos de la finca. Su teoría inicial es que alguien con un problema de bonos está escondiendo allí las barricas. También ha mencionado que Avila casi se caga encima cuando ha escuchado la conversación.

El teléfono sonó de nuevo y Paps lo consultó.

—Vaya, quién lo diría. ¿Adivina quién más está allí?

—¿Calder?

—Bingo.

—Max dice que parece feliz, como un cerdo en una pocilga, o como un pedazo de mierda en la mierda. —Paps se rio para sus adentros—. Supongo que es porque ha oído lo de que alguien puede tener problemas con sus bonos.

—Será interesante ver si hace uso de la información.

—Esto confirma nuestras sospechas, Ochenta y ocho. ¿No crees?

Asintió. Había una razón por la que Calder estaba en esa bodega, y no tenía nada que ver con el vino que se almacenaba en ella, porque, hasta entonces, no tenía ni idea de su importancia. El hecho de que hubiera vuelto era la información más importante.

—¿Qué demonios podría hacer ahí? —dijo Mercer, tanto para sí mismo como para Paps.

—Esperemos que sea lo que sea nos lleve hasta Doc y Leech.

Ninguno de los dos necesitaba decirlo, pero Mercer sabía que Paps esperaba que los llevara al lugar donde los encontrarían con vida, por muy remota que fuera la posibilidad.

—Interesante —murmuró Paps.

—¿Qué?

—Calder va de camino a ver a Barbie —dijo Paps, sin apartar la vista de la pantalla del teléfono.

—Mierda. —Estaban a al menos media hora de distancia. Mercer no conocía demasiado a Max, pero esperaba de verdad que el tipo fuera capaz de protegerla.

—Tiene refuerzos —afirmó Paps, mientras dejaba su teléfono sobre la mesa.

—¿A quién más tenemos sobre el terreno?

Recitó los nombres de otros tres contratistas de los que Mercer no sabía nada. Más tarde, cuando regresaran a la casa de Harmony, se pondría al día.

—Nunca lo dejaría solo —añadió Paps.

—¿Por qué no? —No cuestionaba la capacidad de decisión de su socio; solo quería saber más sobre por qué no confiaba en él.

—Nunca te preguntaste de dónde sacó Maxwell su nombre en clave.

Mercer negó con la cabeza.

—Lista se traduce como *smart*.

Maxwell Smart. Sí, eso tampoco le inspiraba confianza a Mercer.

—¿No es el más listo del grupo?

—Eso, o lo suficientemente inteligente para hacernos creer que no lo es. ¿Listo para partir?

Mercer se detuvo al otro lado de la carretera, frente a las puertas del rancho, donde era más fácil camuflar la moto y a él mismo. Se quedaría donde estaba, esperando noticias de que Paps había llegado, pero tenía una idea de lo que les esperaba.

El mensaje llego unos minutos más tarde. *Todo despejado*.

Mercer atravesó la puerta y aparcó la moto en el bosque, no muy lejos de la casa donde Lena había estado viviendo durante los últimos años. Cuando entró, ella y Paps estaban sentados a la mesa de la cocina, pero ninguno de los dos dijo nada.

—Ahí está —dijo Paps, haciendo un gesto a Mercer para que se acercara—. Dile lo que me has contado, Barbie.

—Me está chantajeando —siseó.

Eso lo pilló por sorpresa.

—¿Con qué y para qué?

Lena miró a Paps, que asintió para que continuara. Mercer tuvo la sensación de que no estaba pidiendo permiso, sino que quería que Paps se lo contara para no tener que hacerlo ella.

—Dice que tiene algo contra mi padre, «lo suficientemente grave como para que las consecuencias de que se divulgara fueran significativas». Por cierto, esas fueron sus palabras, no las mías.

—Continúa —la animó Mercer.

—Lo primero que me preguntó fue qué sabía sobre el vino almacenado en la bodega. Le dije que no sabía nada, pero dudo que me creyera.

No, no lo habría hecho; estaba entrenado para saber cuándo alguien mentía, al igual que él, Paps, Razor, Doc y cualquier otro agente.

—Dile lo que quiere saber, Barbie —dijo Paps, sin siquiera intentar disimular su impaciencia.

—Díselo tú —murmuró, pero luego carraspeó cuando Paps la miró—. Primero, quiere que le venda el resto de la finca. Segundo, tengo la sensación de que va a utilizar la información sobre el vino de la bodega de alguna manera.

—¿Alguna teoría? —preguntó Mercer, mirando a Paps.

—Vio a Enzo —dijo Lena antes de que Paps pudiera responder.

Eso ya lo sabía.

—Así que sabe a quién pertenece el vino y, por lo que ha oído, que tienen un problema con los bonos.

Lena asintió.

—Es hora de implicar a la Oficina de Impuestos sobre el Alcohol y las Bebidas Alcohólicas —dijo Paps—. Yo me ocupo —añadió.

—¿Qué haces aún aquí? —preguntó Lena cuando Mercer se quedó después de que Paps se marchara.

—Ayudarte a empaquetar las cosas, aunque parece que ya has empezado. —Por lo que veía, no quedaba mucho en la casa.

—Hablo enserio sobre lo de irme, me ayudéis o no.

—Ya está organizado, Lena.

—¿Cuándo?

—Pronto.

Ella resopló y él se acercó a lo que parecía un montón de fotos.

—Todavía quiero revisarlas. Me gustaría llevarme algunas —dijo.

—Sin problema.

—Todo se guardará en el almacén, ¿verdad?

—Afirmativo. —El almacén que habían comprado cerca de la casa de Harmony había sido utilizado en su día por Randolph Hearst. Allí había guardado los objetos que había coleccionado por todo el mundo mientras se construía *La Cuesta Encantada*, su castillo sobre San Simeon. Dado que llevaba más de setenta años vacío, K19 lo compró muy barato.

Mercer oyó cómo Lena contenía la respiración, pero no la miró. En el tiempo que llevaba conociéndola, había aprendido que era una mujer orgullosa a la que le habría disgustado que él supiera que estaba llorando.

En su lugar, miró a los viñedos a través de la pared acristalada. Esa no era la casa principal de la propiedad, pero la prefería a la que estaba sobre la colina.

—Esto terminará pronto —dijo él. Era inusualmente tranquilizador y optimista por su parte decir eso.

—¿Por qué estás siendo tan amable conmigo? —preguntó mientras se unía a él frente a la ventana.

—Esto no es fácil para ti.

Ella negó con la cabeza.

—Tengo que dejar mi hogar, no puedo hablar con mi hija y no tengo ni idea de dónde están mi padre ni Kade, en qué peligro se encuentran o si siguen vivos. Así que sí, tienes razón. Esto no es fácil para mí.

Todo lo que dijo era cierto; no había forma de que pudiera tranquilizarla.

—Antes de que digas nada más, sé que todo esto es culpa mía. No puedo volver veinte años atrás y cambiarlo.

—Nada es tu culpa, Lena. Nadie ha dicho eso.

—Cierto. Nadie lo ha dicho, pero yo he vivido con culpa todos los días. No cambiaría a mi hija por nada del mundo, ni siquiera mi propia vida, pero mi negativa a interrumpir el embarazo cambió la vida de mucha gente. Al final, me temo que Kade y mi padre pagaron el precio más alto.

Sus confesiones sinceras eran poco frecuentes e inesperadas. Mercer se quedó tan sorprendido que tardó un momento en responder.

—Puedes irte —dijo ella antes de que Mercer pudiera añadir algo sobre Doc y su padre—. Sé que hay matones vigilándome.

—Protegiéndote —la corrigió.

—Da igual. Es lo mismo.

—¿Qué hay de Maddox Butler? ¿Cómo quedaron las cosas con él?

—No pude decir mucho durante la cena. Ya sabes por qué.

Se dirigió hacia la puerta y Lena lo siguió.

—¿Mercer?

Se giró y esperó a que continuara.

—Necesito hablar con mi hija antes de marcharme.

—Sí, deberías.

—Gracias —dijo y él salió.

Era una palabra que Mercer no recordaba haberle oído decir nunca antes.

MERCER SE ESTABA SUBIENDO A LA MOTO CUANDO RECIBIÓ UN mensaje de Paps.

Razor vigilará a Skipper este fin de semana.

Tenía sentido, ya que él estaba en Nueva York. *Lena está contactando ahora*.

¿Por qué? Fue la respuesta inmediata de Paps.

Lena nunca se lo había puesto fácil, pero eso no significaba que no pudieran tratarla con compasión. Ese día era la primera vez que él recordaba que ella no se mostraba combativa y sintió lástima por ella. Lo menos que podían hacer era dejarla hablar con su hija antes de marcharse.

18
QUINN

A Quinn le sonaba el hombre que estaba sentado en la barra, pero no conseguía recordar de qué.

—¿Lo conoces? —preguntó a Aine, señalando en su dirección.

—No me suena.

Había algo en él que le recordaba a Mercer, aunque no se parecía en nada a él y parecía mayor. Ella lo estaba observando cuando se dio cuenta de que él le estaba haciendo señas y luego le indicó que se acercara.

—Quinn —dijo cuando ella se acercó—. Es un placer verte.

Ella abrió los ojos como platos.

—¿Señor Sharp?

—Por favor, llámame Tabon.

—Tengo una entrevista con usted en un par de días.

Él asintió.

—Te invitaría a una copa, pero quizá no sea... apropiado.

Quinn rio.

—No pasa nada. De todos modos, debería volver con mis amigas. Encantada de verle, señor Sharp... eh... Tabon. —Le estrechó la mano antes de alejarse.

—¿Quién es? —preguntó Ava.

—Tabon Sharp. Tengo una entrevista con él el lunes —explicó.

—Joder. Qué bueno está, Quinn.

—¿Sí? —Estaba a punto de girarse para mirarlo de nuevo, pero Ava la agarró del brazo.

—No mires.

—¿Por qué no?

—Porque nos está mirando.

Antes de que Quinn pudiera decir nada más, Ava se dirigió hacia el señor Sharp.

—Así que al final lo conocías —dijo Aine.

—Es mi futuro jefe. Al menos eso espero.

—Es verdad... el trabajo. Aunque si fuera mi jefe, quizá yo también trabajaría.

Quinn miró por encima del hombro y vio que el señor Sharp no había dudado en invitar a Ava a una copa.

—Me pregunto qué pensará de las gemelas.

—¿Qué? ¡Qué asco! ¿No me has oído? Va a ser mi jefe.

Aine rio y le dio un golpe de cadera.

—Estoy de broma. Estás hecha un desastre, amiga.

—¿En serio?

—Ya lo creo. Llámale, por el amor de Dios. Pregúntale: «Oye, Mercer, ¿cómo es que no existes?».

—Existe...

—Ya sabes a qué me refiero.

Aunque sentía cierto temor, no era comparable con su nivel de ansiedad. ¿Por qué no habían conseguido encontrar nada sobre él ni sobre la gente para la que trabajaba?

Después de salir al patio del restaurante y bajar los escalones que conducían a la playa, sacó el teléfono y buscó el número que Mercer había añadido a sus contactos. Contuvo la respiración mientras esperaba a que él contestara.

—Ey, hola —respondió él.

—Hola.

—¿Cómo estás?

Ahora que estaba hablando con él, no sabía qué decir.

—¿Quinn? ¿Estás ahí?

—¿Por qué no hay rastro de Mercer Bryant en Internet? No hay nada. No tiene cuentas en redes sociales, no se le menciona en artículos, no hay fotos ni tiene afiliaciones profesionales. Nada. ¿Por qué?

—¿Qué es esto?

—Responde a la pregunta.

—¿Es esa tu pregunta?

—Dios. ¿Debería serlo? —Estaba yendo mucho peor de lo que ella temía.

—No —respondió.

—¿Vas a responderme de todos modos?

Mercer suspiró.

—Mi trabajo requiere cierto grado de anonimato.

—¿En qué trabajas?

—¿Estás segura de que quieres tener esta conversación por teléfono?

—¿Dónde estás? —insistió.

—En la costa oeste.

—¿Dónde? —¿De verdad tenía que sacárselo con sacacorchos?

—Cerca de San Luis Obispo.

—¿Por qué?

—Hablaremos de mi trabajo cuando vuelva.

Ella escuchó el sonido de su respiración y se tomó su tiempo para decidir qué decir a continuación.

—¿Por qué me llamas «preciosa»?

—Porque lo eres.

—¿Cómo puede alguien a quien no conoces ser preciosa para ti?

—Porque lo eres —repitió.

—No estás siendo sincero conmigo.

—Hablaremos cuando vuelva.

—¿De verdad?

—Sí.

—¿Y me contarás la verdad? —Esperó, pero como él no respondía, colgó—. Adiós, Mercer.

—¿DÓNDE ESTÁ QUINN? —ESCUCHÓ PREGUNTAR A TARA.

—Aquí mismo. —El último lugar en el que querría estar.

—Vamos a la cabaña —dijo Pen.

—Suena bien. ¿Dónde están Ava y Aine?

—Aquí, por desgracia —oyó decir a Ava.

Menos mal, pensó, pero no lo dijo en voz alta. Si Ava se hubiera ido con el señor Sharp, Quinn no estaba segura de poder acudir a su entrevista el lunes.

Ava le entregó una tarjeta.

—Tabon ha dicho que deberías llamarlo para hablar de tu entrevista.

—¿La va a cancelar? —dijo con la voz entrecortada, mientras cogía la tarjeta.

Ava rio.

—No, no la va a cancelar. Dios, Quinn. ¿Tan paranoica estás?

—¿Por qué quiere que lo llame?

—Le he dicho que nos íbamos el domingo por la tarde debido a tu entrevista. Me ha preguntado si nos quedaríamos más tiempo si podías cambiar la fecha.

—Ava, no quiero cambiar la fecha. Se trata de un trabajo, no algo para lo que me ofrezco voluntaria.

—Cálmate. —Ava miró a Aine—. ¿Qué demonios le pasa? —

preguntó, mirando a ambas—. Quiere concertar una entrevista aquí, así no tenemos que volver a la ciudad.

—Ah.

Ava negó con la cabeza y se alejó.

—¿De verdad soy tan molesta? —preguntó Quinn a Aine.

—No. Es que está nerviosa.

—¿Por qué? —preguntó Quinn.

—Se ha enterado de que Dash se ha comprometido.

Dashiell Finnegan había sido el primero amor de Ava y le había roto el corazón dos años atrás cuando le sugirió que se dieran un tiempo. Sin embargo, eso no era lo que él quería decir. No era algo temporal; no se podía arreglar ni recomponer. La noticia de su compromiso solo consolidó su permanencia.

—He hablado con Mercer —admitió Quinn.

—¿Y? —preguntó Aine.

—No sé nada más de lo que sabía antes de decidir cotillear sobre él en Internet.

—No hemos cotilleado, solo investigando.

Quinn puso los ojos en blanco.

—Eso es porque no había nada que cotillear.

—¿Qué te ha dicho?

—Que su trabajo requiere cierto grado de anonimato.

Aine arqueó una ceja.

—Tiene sentido. ¿Qué más te ha dicho?

—Que hablaremos cuando vuelva.

—¿Ves? No es tan malo.

Quinn deseaba poder estar de acuerdo. Más aún, deseaba no haberlo buscado en primer lugar y seguir en su feliz ignorancia, imaginándolo como su príncipe azul, su ángel guardián, su protector. En cambio, estaba preocupada por quién era y por qué la llamaba preciosa.

Estaban en la casa de invitados donde ella y Aine se alojaban cuando el teléfono de Quinn vibró. Lo sacó del bolsillo con la esperanza de que fuera Mercer. En cambio, era la última persona de la que esperaba recibir una llamada.

—Hola, mamá —dijo Quinn cuando descolgó.

—Hola, Quinn.

—Te he estado llamando...

—Te llamo para decirte que tengo que marcharme de la ciudad durante unos meses y no podrás localizarme.

—¿Qué quieres decir con unos meses?

—No estoy segura. Espero volver antes de Acción de Gracias. Adiós, Quinn.

—Espera...

Quinn oyó los tres pitidos que indicaban que la llamada había terminado.

—Increíble —dijo para sí misma.

—¿Quién era? —preguntó Aine cuando Quinn entró.

—Mi madre.

—¿En serio? ¿Qué te ha dicho?

—Que se va de la ciudad y que no podré localizarla mientras esté fuera.

—¿Y eso en qué cambia las cosas? Espera, no tenía que haber dicho eso. Lo siento.

Quinn se encogió de hombros y se dirigió al dormitorio. No era diferente a cualquier otro momento de su vida. Su madre había estado ilocalizable durante los últimos veintiún años.

19
MERCER

—¿Crees que Calder va de farol o tiene algo contra Leech? —preguntó Mercer a Paps el domingo por la mañana.

—No lo sé. Tal y como están las cosas, aunque lo tuviera, no tiene motivos para usarlo. Wendt se puso en contacto con él directamente y le dijo que la vendedora se había visto obligada a retirar la propiedad de la venta porque, legalmente, no era suya para venderla. ¿Qué puede decir? ¿Qué sabe que Leech no está vivo porque él o sus compinches rusos lo mataron? Si no, Barbie mantendrá la boca cerrada sobre el vino.

Mercer seguía teniendo dudas. No pensaba que alguien como Calder se calmara tan fácilmente.

—¿Te ha informado Max? —preguntó Paps.

—Aún no. —Tenía pensado reunirse con él más tarde—. ¿Quién lo investigó?

—Razor.

Eso le tranquilizó. Razor no se andaba con tonterías cuando se trataba de personas con las que iban a trabajar estrechamente. Aunque Max no parecía el tipo más inteligente que habían contratado, Mercer suponía que tenía otras cualidades.

—Mad y Alex están haciendo de las suyas, como siempre, pero parece que se han topado con otro obstáculo. Es una pena que no estuviera embarazada —oyó decir a Paps.

Esa parte del trabajo le incomodaba. En su opinión, no era necesario hablar de la vida personal de sus activos si no guardaba relación directa con la misión. No es que Maddox Butler y Alex Avila fueran activos. En todo caso, eran secundarios, solo importantes para él en la medida en que se relacionaran con el compromiso de Mercer con Doc.

—Maddox ha estado husmeando —añadió Paps.

—¿Qué quieres decir?

—Debemos anticipar que seguirá metiendo las narices donde no debe.

Lo último que necesitaban era que Maddox y Calder se involucraran más. Si las cosas entre ellos se torcían, podrían verse obligados a convertir al hermano de Doc en un activo, y eso era algo que ni él, ni Paps ni Razor querían hacer.

La noche anterior, Lena le había dicho que tenía intención de informar a Maddox de su marcha. Mercer aún no sabía cuándo sería eso, pero le dijo que tenía que estar lista para irse cuando decidieran que era el momento.

Ella también había preguntado qué debía hacer con respecto a que Calder quisiera que le vendiera la propiedad y él le dijo que ya se había ocupado de eso.

—Todo está arreglado con la Oficina de Impuestos sobre el Alcohol y las Bebidas Alcohólicas —le dijo Paps. Sabían que los Avila estaban escondiendo vino y, si llegaba el momento en que se les alertara de ese hecho, incorporaría a Paps y Mercer al equipo. De lo contrario, cien barricas de vino escondidas en la bodega de otra persona para evitar pagar un seguro de caución no significaban una mierda para ellos.

—PONME AL CORRIENTE —DIJO MERCER A MAX CUANDO SE reunieron un par de horas más tarde.

—Como le conté a Paps, Enzo Avila estaba en la bodega cuando Maddox y Naughton encontraron el vino, y Calder también.

Mercer asintió.

—¿Qué más?

—Hoy temprano, Maddox le ha preguntado a Lena si sabía a quién pertenecía. Ella ha dicho que no, pero él sospecha que está mintiendo.

Mierda. Paps tenía razón; Maddox estaba metiendo las narices donde no debía.

—¿Qué más han encontrado?

Max negó con la cabeza.

—Por ahora nada. Por cierto, ¿qué pasa con Calder?

No necesitaba tener esa información y a Mercer le molestaba que hubiera preguntado. Se alejó sin responder y Max no lo siguió. No estaba seguro de qué tramaba Max, pero mientras más preguntaba, menos confiaba Mercer en él y menos le contaba.

. . .

CALDER ESTÁ EN LA PROPIEDAD, DECÍA EL MENSAJE DE MAX.

Uno de los otros contratistas ya había informado a Mercer, que regresaba del lado oeste de la finca. Había estado buscando dos estructuras que, según los rumores, se encontraban en la propiedad, pero aún no había encontrado ninguna.

¿Dónde estás?

En el perímetro de la puerta principal.

Cuando llegó allí, Max informó de que Calder se había ido.

—Barbie le ha pedido a Maddox que se reúna con ella en Il Conti para cenar —le informó.

Conocía bien el lugar.

—Calder lo ha escuchado —añadió Max—. Creo que planea ir allí.

—Entendido —respondió.

Calder estaba a punto de actuar; lo sentía en los huesos. Solo esperaba que, cuando lo hiciera, dejara a Lena al margen.

—Nos reuniremos allí antes de que lleguen —dijo Mercer a Max —. Informaré a Paps.

—YA VIENE —DIJO PAPS, SEÑALANDO HACIA LA PUERTA principal de Il Conti más tarde esa noche. Mercer se dio la vuelta a tiempo para ver a Alex Avila entrar en la zona del bar, donde estaba sentado. Cuando se giró de nuevo, Paps se había marchado.

Ella se sentó a unos taburetes de distancia de él y charló con el camarero. Unos minutos más tarde, Calder se unió a ella, pero no dio señales de haber reconocido a Mercer.

En cambio, se inclinó y besó a Alex en la mejilla, antes de que ella se apartara. Hablaron un poco sobre el vino que había pedido y luego ella sugirió que se sentaran en una mesa.

Mercer envió un mensaje a Paps para confirmarle que seguía en el bar y que Max estaba en una mesa del comedor. También le informó de que Calder se había reunido con Alex y que parecía que él la había invitado a encontrarse con él allí.

Varios minutos más tarde, Maddox entró con Lena. Mercer deseó haber sido él quien estuviera sentado en una mesa del comedor en lugar de Max, solo así podría ver la reacción de todos. Probablemente, Calder era el único de los cuatro que sabía con antelación quién estaría allí.

Poco después de que Maddox y Lena se detuvieran junto a la mesa de Calder y Alex y se sentaran en una mesa no muy lejos de ellos, Alex salió furiosa. Maddox no tardó en seguirla.

Mercer se quedó donde estaba, pero avisó a Paps. Cuando vio que Calder se acercaba a Lena, se trasladó al comedor y se unió a Max.

—Pareces muy madura esta noche —oyó decir Mercer a Calder.

—Vete a la mierda —siseó Lena entre dientes apretados.

—Vamos, vamos. ¿Es esa la forma en que le hablas al antiguo amor de tu vida?

—¿Qué quieres? —preguntó.

—La lista ha crecido desde la última vez que hablamos, cariño.

—No puede ayudarte. Busca a otra persona a quien chantajear.

—No estoy de acuerdo. Creo que estás en la posición perfecta para ayudarme a conseguir todo lo que busco.

Mercer se dio cuenta de que estaba conteniendo el aliento, deseando que Lena no reaccionara, y no lo hizo. Llevaba bien la máscara del desinterés y estaba orgulloso de ella.

—No te acerques a mí —fueron las únicas palabras que le dijo antes de que Maddox regresara a la mesa un instante después.

En la conversación que siguió, Maddox calló a Calder cuando intentó hablar del rumor de que la bodega Los Caballeros, propiedad de la familia Avila, tenía un problema con los bonos.

Cuando Maddox se levantó para marcharse y se ofreció a acompañar a Lena, los ojos de ella se encontraron con los de Mercer por primera vez desde que había entrado en el comedor.

Él negó con la cabeza y se volvió hacia Max.

—Saquémosla de aquí.

Cuando Max se levantó y se dirigió hacia los aseos, Mercer le hizo un gesto con la cabeza a Lena para que lo siguiera y luego oyó como ella rechazaba la oferta de Maddox y se excusaba.

Envió un mensaje a Paps para contarle que Max estaba trasladando a Lena y que estuviera a la espera. Solo unos minutos después, Mercer vio que Calder se daba cuenta de que Lena no iba a volver y se marchaba también.

Paps siguió a Calder a la bodega Tablas Creek y se quedó allí hasta que otro miembro de su equipo pudo hacerse cargo de la vigilancia.

Mercer llevaba poco más de una hora en la casa de Harmony cuando Paps entró con Lena detrás de él.

—Quiero que se vaya —dijo después de que ella entrara en el dormitorio y cerrara la puerta de un portazo—. ¿Es necesario que haga eso, joder?

—Te entiendo. Aunque anoche sentí lástima por ella. Y también esta noche.

Paps fingió que se caía de la silla.

—Estaba arrepentida.

—Es una actuación.

A Mercer no le gustaba Lena más que al resto, pero de vez en cuando pensaba que podrían ser un poco más comprensivos con la vida infernal que había vivido, sin tener ella la culpa.

—¿Sabes algo de Razor? —preguntó Paps.

—No. ¿Debería?

Paps negó con la cabeza.

—No es un mal encargo.

—¿En serio? ¿Vas a decir eso?

—No, solo te estoy tomando el pelo.

Ya tenía bastante con lo suyo; no necesitaba que Paps añadiera leña al fuego. Se levantó y se marchó.

—¿Te vas a acostar? —preguntó Paps.

Mercer asintió antes de cerrar la puerta del dormitorio tras de sí.

Era la una de la madrugada en la costa este, y dado que Razor era el jefe del equipo de seguridad de Quinn por el momento, Mercer no esperaba tener noticias suyas ni de nadie más, y eso le molestaba.

Durante el último año y medio, habían sido muy pocos los días en que no sabía lo que ella había desayunado, almorzado y cenado, adónde había ido y con quién había hablado. No saber esas cosas lo volvía loco.

Pero era peor que eso. Ella no le hablaba, y eso era culpa de él.

Mercer se levantó y volvió a la cocina, donde encontró a Paps todavía sentado a la mesa.

—Le voy a contar la verdad.

Paps negó con la cabeza.

—No, Ochenta y ocho, no lo vas a hacer.

—La voy a perder.

—La perderás seguro si se lo cuentas ahora. Si muere, no habrá vuelta atrás. Deja que se enfade contigo. Joder, deja que te odie si eso la mantiene a salvo. —Paps hizo una pausa—. Sabes que debe ser así.

20
QUINN

Quinn encontró la tarjeta de visita del señor Sharp sobre la encimera de la cocina. Después de la conversación con su madre, había olvidado que debía ponerse en contacto con él.

—¿Señor Sharp? Soy Quinn Sullivan. Me ha pedido que le contacte —dijo cuando él contestó.

—Llámeme Tabon, y sí, lo he hecho.

—¿Algo sobre la entrevista?

—Exacto. Supongo que no tienes más ganas que yo de volver a la ciudad. ¿Por qué no nos vemos mañana a las diez en Michaels?

Quinn aceptó, le dio las gracias y colgó, pero no dejó el teléfono. En lugar de eso, se quedó mirándolo, deseando tener noticias de Mercer.

No había hablado con él desde que le colgó. Pensó que tal vez le enviaría un mensaje, pero no fue así. Quizá no debería haber sido tan desagradable con su reticencia a hablar de sí mismo y de a qué se dedicaba.

Dejó el teléfono sobre la encimera, subió las escaleras, se puso el bikini y cogió una toalla.

No fue hasta que se acomodó en una tumbona cuando se dio cuenta de que no lo había cogido al salir. No importaba. Mercer estaba resultando ser como su madre. No tenía sentido mirar el móvil para ver si tenía noticias de alguno de los dos.

—No me cabe nada más —dijo Tara cuando el camarero preguntó si querían postre.

—A mí sí. ¿Y tú? —preguntó Aine.

—Por supuesto. ¿Qué te apetece? —respondió Quinn.

A las gemelas le encantaban los duces y a ella nunca la importaba probar lo que cualquiera de ellas, o ambas, pidieran de postre. Sin embargo, deseaba que se dieran prisa, ya que la cena se estaba alargando tanto como el día.

No llevaba mucho tiempo en la playa cuando el resto de la tribu llegó.

—Te lo has dejado dentro —dijo Ava, tirando el teléfono de Quinn sobre la toalla junto a ella.

—Gracias —murmuró, deseando que nadie se hubiera dado cuenta. No tener el teléfono consigo había sido liberador. Por supuesto, tuvo que mirar si Mercer había intentado ponerse en contacto con ella. No lo había hecho, lo que la dejó de mal humor durante el resto del día.

No era la única. Sus cuatro amigas parecían estar igual, incluso Aine, que casi siempre estaba de buen humor.

—Qué pena que tengas la entrevista aquí mañana —murmuró—. Yo estoy lista para volver a la ciudad.

Al oírlo, Penelope las miró con el ceño fruncido.

—Muchas gracias.

—No es nada personal, Pen —dijo Quinn—. Es solo que...

¿Qué? ¿Que era el inicio del verano y ninguna de ellas tenía un romance prometedor? Eso las hacía parecer tan patéticas.

—¿Hasta cuándo te quedas? —preguntó, sin terminar su pensamiento anterior.

—Al menos hasta el 4 de julio.

Quinn no tenía motivos para volver a su apartamento. Incluso si la entrevista iba bien al día siguiente, el puesto no se abriría hasta final de verano. No había nadie en la ciudad en julio y agosto.

—¿Puedo quedarme?

Una sonrisa se dibujó en el rostro de Penelope.

—¡Sí! —Le chocó la mano.

—Lo siento, Pen —dijo Aine—. ¿Puedo quedarme también? No sé por qué he dicho que quería irme a casa.

Ava y Tara se sumaron a la conversación, diciendo que ninguna de las dos quería irse, para empezar.

—Entonces está decidido —comentó Pen—. Fiesta del 4 de julio en Fire Island.

Quinn intentó mostrar el nivel de entusiasmo adecuado, pero no se quedaba porque quisiera ir de fiesta.

—¿Sabes algo de él? —preguntó Aine.

Negó con la cabeza.

—No fui muy amable cuando hablamos anoche.

—Quizá deberías ponerte en contacto con él.

Llevaba todo el día pensando lo mismo, pero cada vez que cogía el teléfono para enviarle un mensaje, decidía no hacerlo. Cuando se marchó el día anterior por la mañana, le había dicho que se mantendría en contacto mientras estuviera fuera. No le pidió a Quinn que hiciera lo mismo.

No tenía sentido intentar conciliar el sueño. Era imposible. Leer, que normalmente le funcionaba, al menos para calmar la mente, no le estaba ayudando en absoluto.

Quinn siempre había tenido insomnio. Su madre le contaba que, incluso cuando tenía una semana, no quería dormir.

—Te sacudías para despertarte. Me volvía loca —le decía.

El único momento en el que no tenía problemas era cuando estaba con Mercer.

Le picaban los dedos por enviarle un mensaje, aunque solo fuera para darle las buenas noches. Allí eran las dos, lo que significaba que en la costa oeste eran las once. Probablemente aún estaría despierto, ¿no? Estuvo otros quince minutos dando vueltas en la cama antes de rendirse y enviarle un mensaje.

Hola. Contuvo la respiración, esperando ver los puntos en movimiento que indicaban que estaba respondiendo.

¿Qué haces despierta, preciosa?

¿Qué iba a decir ahora? ¿Que le preocupaba que él estuviera enfadado con ella por estar enfadada con él?

Antes de que pudiera decidir qué decir, el identificador de llamada de Mercer apareció en la pantalla.

—Hola —contestó.

—Quinn, me alegro de oír tu voz.

Ella sonrió.

—No ha pasado tanto tiempo, aunque probablemente no quieras pensar en nuestra última conversación.

—Tenemos que hablar de eso.

—¿Ahora o cuando vuelvas? —Se levantó de la cama y empezó a dar vueltas, demasiado nerviosa para quedarse quieta.

—Las dos cosas.

—Adelante.

—¿Recuerdas cuando te dije que confiaras en tu instinto conmigo?

¿Cómo podría olvidarlo? Se lo había dicho varias veces.

—Sí.

—Necesito que lo hagas ahora, preciosa. Hay cosas que no te puedo contar, preguntas que no podré responder.

—¿Por tu trabajo?

—Sí.

—Y por eso no hay nada sobre ti en Internet.

—Exacto... —Él dudó, pero ella no dijo nada, esperando a ver si él continuaba—. Cierra los ojos, Quinn.

Se sentó y apoyó la cabeza en un cojín.

—Están cerrados.

—Dime qué ves cuando piensas en mí.

—Lo primero que veo es cómo me sonríes.

—¿Cómo te hace sentir eso?

—Segura —dijo, antes de poder evitarlo. Había algo más que no estaba segura de poder admitir. Querida, pero incluso más que eso.

—¿Qué más?

—Vas a pensar que estoy loca.

—Te sientes segura, así que dímelo.

—Amada. —Cerró los ojos con fuerza y apretó la mandíbula, esperando su respuesta.

—Confía en eso.

—Pero...

—Por favor, preciosa. Confía en tus instintos. Confía en mí.

—Quiero hacerlo. —Odiaba dudar de él; eso la hacía dudar de sí misma.

—¿Puedes?

Tardó un instante en responder. Dado que quería ser sincera, Quinn cerró los ojos de nuevo y pensó en él. Sus sentimientos eran los mismos que hacía unos momentos.

—Puedo —dijo al fin.

—Me alegro. Ahora dime por qué estás despierta en mitad de la noche.

—Por ti.

—Me temía que dirías eso. ¿Te sientes mejor ahora? ¿Crees que puedes dormir?

—¿Podemos seguir hablando un poco más?

—Podemos seguir hablando toda la noche si quieres.

21
MERCER

Mercer no tardó en darse cuenta de que Quinn se había quedado dormida. Mantuvo la llamada activa por si se despertaba, pero al final colgó.

Le estaba pidiendo demasiado, pero Paps tenía razón. Aún no podía contarle la verdad sobre sí mismo ni sobre cómo la conocía. Primero, tenían que averiguar qué estaba haciendo Calder en Estados Unidos. Cuando lo hicieran, esperaba que eso los llevara a encontrar vivos a Doc y Leech o a confirmar que estaban muertos. En cualquier caso, al final de su misión, tenía la intención de acabar con Calder y, sin necesidad de decirlo, sabía que Paps y Razor pensaban lo mismo.

Mercer no podía permitirse esa falta de sueño. En los próximos días podrían tener la oportunidad que habían estado esperando y necesitaba estar descansado para aprovecharla. Cerró los ojos y se obligó a pensar en Quinn en lugar de en los malos de los que la estaba protegiendo.

. . .

Cuando volvió a abrir los ojos, el sol brillaba a través de la ventana del dormitorio. Miró el reloj y se sorprendió al ver que eran más de las diez. ¿Cómo había podido dormir hasta tan tarde y por qué Paps se lo había permitido?

Se levantó en busca de una taza de café y una respuesta a ambas preguntas.

Después de tomarse la primera taza de estimulante legal y estar con la segunda, fue en busca de su socio. Encontró a Paps sentado en una silla en la terraza trasera de la casa, perdido en las colinas que había detrás.

—Es precioso, ¿verdad? —dijo cuando Mercer se sentó en la silla de al lado.

—Lo es. ¿Es eso lo que has estado haciendo toda la mañana? ¿Pensando en lo bonita que es California?

Paps negó con la cabeza.

—No he dicho que California sea preciosa. He dicho que esas colinas lo son. ¿Has dormido bien?

—Sí, la verdad es que sí. ¿Y tú? —preguntó Mercer.

—Llevo despierto desde el amanecer —murmuró.

—¿Por qué no me has despertado?

—No había motivo. Por ahora estamos en espera. Ah, por cierto, Skipper ha conseguido el trabajo.

—Espera. ¿Qué? Creía que la entrevista era la semana que viene. —Dios, odiaba no recibir sus informes.

—Tabon la ha entrevistado en la isla.

Mercer se rio y negó con la cabeza.

—Tabon, ¿eh? —Rara vez había oído a Paps referirse a alguien por otro nombre que no fuera su nombre en clave.

—Eso es lo que es cuando es su jefe.

—Nunca es su jefe.

—Hoy pareces estar de mejor humor.

Mercer le contó a Paps la conversación que había tenido con Quinn en mitad de la noche y cómo, después, ambos habían podido dormir.

—Dime qué quería decir Razor cuando dijo que la historia se repite.

Paps tardó mucho rato en responder, como si estuviera sopesando si contarle la historia a Mercer.

—¿Recuerdas ese lado de Lena que dijiste haber visto anoche?

—¿Sí?

—Así era antes todo el tiempo.

—¿Cuándo estaba con Doc?

Paps asintió.

—Él se enamoró profundamente, pero al final, no estaban destinados a estar juntos.

Mercer esperaba con todas sus fuerzas que Razor no tuviera razón sobre lo de que la historia se repite. Estaba convencido de que él y Quinn estaban destinados a estar juntos y no quería que eso acabara.

—¿Por qué no? —Mientras Paps estuviera hablando, pensó que seguiría haciendo preguntas.

—Después de que la violaran, Barbie cambió. ¿Quién no lo haría? Ese cabrón la dejó literalmente al borde de la muerte. —Paps se quedó callado un minuto más, pero luego se volvió y miró directamente a Mercer—. Doc lo intento, pero ¿qué podía hacer? En ese momento, era demasiado importante para el equipo como para dejarlo, aunque tampoco es que fuera a hacerlo. Servir a su país lo era todo para él. Así era él. No había forma de que lo dejara por Barbie y, años más tarde, por Peyton.

—¿Y qué hay de Quinn?

—Es complicado, y como nadie pidió mi opinión en ese momento, no puedo comentar las decisiones que tomaron.

Mercer lo entendió. Por más que lo intentó, no se atrevió a hacer la siguiente pregunta. ¿Realmente importaba la respuesta?

Paps continuó.

—Doc siempre hizo lo que creía mejor para ambas. Las apoyó en todo lo que pudo, aunque ninguna de las dos hubiera pasado nunca apuros económicos.

Eso era parte de lo que Doc no le había contado a Mercer. Sabía cuánto ganaban él, Paps y Razor ahora, pero Doc no podía haber ganado tanto antes de que fundaran K19. Incluso si lo hubiera hecho, no habría sido suficiente para mantener a Lena y Quinn durante el resto de sus vidas, sobre todo teniendo en cuenta su estilo de vida.

—¿Por qué no?

—Es el dinero de Elisabetta. Siempre lo ha sido.

Mercer reconoció el nombre.

—¿La madre de Lena?

Paps asintió.

—Así es como Doc consiguió el terreno.

Mercer hacía todo lo posible por seguirle el hilo, pero la escasez de palabras de Paps se lo ponía difícil.

—Se lo dejó a él.

—¿Te importaría dar más detalles?

El teléfono de Paps sonó y miró la pantalla.

Maddox y Naughton han encontrado la casa y la bodega.

—¿Sí?

—Barbie está con ellos ahora, les está contando la historia.

Era otro ejemplo de la humanidad de la mujer. Debía de hacerla feliz poder hablar de su familia, en particular de sus abuelos, que habían construido la casa y los demás edificios que había en lo alto de la colina. Mercer tenía entendido que, poco después de que murieran sus padres, a la madre de Lena le diagnosticaron Parkinson, la misma enfermedad que se llevó al bisabuelo de Quinn. Debía de estar aterrorizada.

—Lo siento por ella. El modo en que su madre murió —dijo Mercer en voz alta, sin querer hacerlo necesariamente.

—Yo sentí pena por Leech —añadió Paps—. Algo murió dentro de él cuando su esposa se puso enferma. Todos los planes que tenía para su jubilación se esfumaron. Él y Elisabetta planeaban convertir la propiedad en un próspero negocio vinícola. Nada de eso se materializó. En cambio, vio como su esposa se deterioraba.

Que tanto a Elisabetta como a su padre les diagnosticaran esa debilitante enfermedad no era normal. Según las investigaciones que había leído, solo el diez por ciento de los casos de Parkinson eran genéticos. Aun así, si tanto su abuelo como su madre habían muerto a causa de ella, estaría atento a los síntomas. Se preguntó si Lena también lo estaría. ¿Y Quinn?

—Después de la muerte de Elisa, Leech se aisló. Doc estaba preocupado, pero Leech actuó antes de que ninguno de nosotros pudiera intervenir —añadió Paps.

—No podías prever lo que iba a hacer —dijo Mercer.

—¿No? Yo no estoy tan seguro.

Si estuviera en el lugar de Paps, sentiría la misma culpabilidad, fuera lógica o no.

—Es hora de que sepas más sobre la historia, pero primero tengo hambre. Vamos a Sadie's.

—Claro. Solo voy a... eh, coger la cartera. —Iba a decirle que se daría una ducha rápida, pero intuyó que Paps quería hablar en ese momento y no quería perder la oportunidad. En concreto, quería saber por qué la madre de Lena le había dejado a Doc la mitad de la propiedad y cómo se sentía al respecto su hija, la exmujer de Kade.

Después de que Sadie tomara la comanda, Paps empezó a hablar de nuevo.

—Nos entrenó a todos, ¿sabes? A Doc, a Razor, a Calder y a mí.

Mercer perdió el apetito. Con cada palabra que pronunciaba Paps, el panorama se volvía más claro. Leech Hess habría contratado a Doc, Paps, Razor y Calder, y este último los traicionó a todos.

—Doc y Boiler, ese era el nombre en clave de Calder, al menos en aquella época, tenían una relación amor-odio desde el principio. Algunos días eran muy amigos, como Razor y yo. Otros días, se podría decir que se querían matar. Barbie siempre estaba en medio. Al principio, era una incógnita con quién acabaría. Un día se decantaba por Doc; al siguiente, por Boiler.

—¿Qué ocurrió?

—Los marines. Joder, no hace falta que te diga que todo es una cuestión de competencia. Boiler estaba acostumbrado a ser el mejor en todo lo que hacía. Cuando llegó Doc, eso cambió. Se podía ver cómo se creaba entre ellos un campo de energía. Al final, Boiler perdió.

—¿Qué perdió? —preguntó Mercer.

—Todo. A Barbie. La Fuerza Delta. Leech ni siquiera estaba seguro de si Boiler sería reclutado para el NCS.

—Todo porque Leech vio que algo no iba bien con él —murmuró Mercer.

—Sí. De la misma forma que vemos que algo no va bien con Max. Afinamos esos instintos para seguir con vida.

¿Acaso no lo sabía?

—¿Cómo lo convirtieron?

—Probablemente esa sea la parte que Leech desearía poder cambiar. Pensó que Boiler se recuperaría, trabajaría más duro, se esforzaría más. Supongo que eso es lo que hoy en día llaman amor duro. No funcionó, y ese fue el principio del fin.

Paps miró por la ventana, alejándose de Mercer.

—A Boiler siempre se le habían dado bien los idiomas, hablaba tres o cuatro casi con fluidez, incluido ruso. Siempre me he preguntado si ellos fueron a por él o si fue al revés.

—No podía tener mucha autorización. Erais demasiado jóvenes. —De hecho, más jóvenes que Mercer cuando Doc lo reclutó.

—No, él no, pero Leech sí.

Paps le contó que Calder había descubierto una forma de piratear el sistema de Leech y descodificar miles de documentos clasificados, que luego entregó a los rusos. El resultado fue la muerte de al menos una docena de agentes estadounidenses.

—Tengo que decir que nunca hubiera imaginado que fuera tan inteligente —admitió Mercer.

—No lo era.

—Entonces, ¿cómo lo hizo?

—Con la ayuda de una agente hermosa, brillante y tremendamente letal —le contó Paps.

Mercer no había oído nada de eso antes.

—¿Qué le pasó?

—Doc la mató. Si hubiera tenido diez segundos más, habría matado también a Calder.

—¿Quién lo detuvo? —preguntó.

—Leech. —Paps negó con la cabeza y miró de nuevo por la ventana delantera—. Ya es suficiente por hoy —dijo cuando Sadie les llevó la comida.

Mercer movió la comida en el plato, tratando de reconstruir lo que podía del resto de la historia.

Lo que no sabía es cuándo había ocurrido la violación. Debía de haber sido después de que Doc matara a la otra agente; de lo contrario, Leech le habría dejado acabar con Calder.

—¿Le puede traer una caja para llevar? —oyó que Paps preguntaba a Sadie antes de comprobar su teléfono—. Es más tarde de lo que pensaba y esperamos visita.

—¿De quién?

—Laird Butler. Vamos, Ochenta y ocho. Te lo contaré por el camino —añadió cuando Mercer se detuvo en seco.

—GUNNER, ME ALEGRO DE VERTE —DIJO LAIRD CUANDO PAPS lo invitó a pasar.

Cuando los dos hombres sonrieron y se dieron la mano, Mercer se dio cuenta de que se conocían desde hacía mucho tiempo.

—Burns, este es Ochenta y ocho.

Mercer dio un paso adelante.

—Hola, señor.

—He oído hablar mucho de ti, hijo. Es un placer conocerte por fin. —Laird señaló a Paps—. Es todo un guardián.

Laird y Paps ser rieron y Mercer hizo lo que le sugirió y tomó asiento.

—Durante el desayuno, le he informado de prácticamente todo lo que Doc omitió en cuanto a lo que sucedió con Boiler hace veinte años.

No todo, pensó Mercer, aún hay muchos cabos sueltos.

—¿Desayuno? ¿A estas horas? —exclamó Laird—. ¿En qué demonios has convertido esta operación?

Señaló a Mercer.

—Es su culpa. Yo me he levantado al amanecer, como siempre.

—Vamos a dar un paseo —le dijo Laird a Paps. Se marcharon y ninguno de los dos sugirió a Mercer que los acompañara.

. . .

—¿Cómo obtuvo el nombre en clave Burns? —preguntó Mercer cuando Paps regresó solo media hora después.

—Por varias razones. Ya conoces a los escoceses, Rober Burns está por encima del mismísimo Dios. Además, nunca he conocido a un agente que fuera mejor quemando puentes que Burns Butler.

Mercer lo comprendió. En la comunidad de inteligencia, quemar puentes significaba cortar vínculos de todas las cadenas operativas si una misión se veía comprometida, de modo que ninguna de las partes pudiera volver a recomponerse.

—Al final, de tal palo tal astilla, aunque muchos no lo crean —comentó.

—Claro. Doc idolatraba a su padre. Quería ser como él —dijo Paps.

—Sin embargo, ninguno de los hermanos de Doc sabe nada de la otra carrera profesional de Laird.

—Así es. ¿Recuerdas que te dije que el sueño de Leech era revivir los viñedos, jubilarse y dedicarse a la elaboración de vino?

Mercer asintió.

—¿De dónde crees que sacó la idea? —Paps negó con la cabeza y sonrió—. Burns y Leech... Bueno, esa es una historia para otro día. En fin, cuando Burns dejó la agencia y se dedicó por completo al rancho, Leech lo envidió y decidió hacer lo mismo.

—Pero Laird nació para ello.

—Y Elisabetta también. Sin embargo, ella eligió la vida que llevó con Leech. No había secretos entre ellos, salvo lo que él no podía contarle, y ella lo entendía.

—¿Y Sorcha?

—¿Has oído la historia de cómo se conocieron? —preguntó Paps.

Negó con la cabeza.

—No, señor.

Paps colocó la mano en el hombro de Mercer y lo apretó.

—Ya he terminado de contar historias por hoy. ¿No tienes que comprobar un activo?

—No puedo creer que hayas aguantado tanto tiempo, Ochenta y ocho —dijo Razor cuando contestó a la llamada de Mercer.

—¿Cómo está?

—¿Skipper?

—No, la reina de Inglaterra.

Razor se rio.

—Tranquilízate, hijo. Está bien. Nerviosa, pero bien.

—¿Cómo ha ido la entrevista?

—Como era de esperar. Se ha mostrado profesional y educada.

—Me alegro de oír eso.

—Escucha, hay algunas cosas que tengo que contarte.

Quince minutos más tarde, Mercer colgó después de que Razor le informara de lo que había sucedido en las últimas cuarenta y ocho horas.

Cuando terminó la llamada, encontró a Paps fuera tomando una cerveza con Lena. Algo le dijo que no debía interrumpirlos. En lugar de eso, envió un mensaje de texto para avisar de que tenía que ir a San Luis Obispo.

El día anterior había olvidado recoger el marco que había encargado a la artista para Quinn. Además, Mercer necesitaba salir a la carretera durante un par de horas para despejarse y procesar todo lo que había descubierto ese día, así al día siguiente podría preparar la siguiente parte de la misión.

IBA DE CAMINO A LA MOTO, CON EL MARCO EN LA MANO, cuando vio a alguien conocido mirándola.

—¿Es tuya?

Mercer asintió y miró la moto que estaba aparcada al lado.

—¿Esa es tuya?

—Claro. —El hombre le tendió la mano—. Soy Naughton. ¿Es una Monster?

—Yo soy Mercer. Y sí, una 1200.

—Es preciosa.

—Gracias. ¿Esa es una R5? —Mercer miró más de cerca la moto vintage—. ¿Del cincuenta y dos?

—Sí.

Estuvieron un rato hablando sobre lo nuevo frente a lo viejo. Tanto la Ducati como la BMW eran igualmente impresionantes.

Mercer se puso la chaqueta, metió el marco dentro y cerró la cremallera.

—¿Te apetece dar una vuelta? —preguntó.

—Claro. ¿Tienes alguna ruta en mente?

—No. ¿Y tú?

—¿Cuánto tiempo tienes? —preguntó Naughton.

—No tengo que ir a ningún sitio —respondió.

Paps le había sugerido que se pusiera en contacto con el hermano menor de Doc, y no podría haber salido mejor ni aunque lo hubiera planeado.

—Las vistas no son tan buenas si no tomamos la ruta de sur a norte.

Mercer le hizo un gesto de aprobación con el pulgar y siguió a Naughton cuando este se alejó de la acera.

—¿QUIERES CAMBIAR PARA LA VUELTA? —PREGUNTÓ Naughton cuando llegaron a la cima de See Canyon Road y se detuvieron para contemplar las vistas.

—Claro —respondió Mercer, imitando el entusiasmo que Naughton había mostrado antes—. En un minuto, si te parece bien.

Tómate tu tiempo, no hay mejores vistas en todo el condado.

Mercer dejó el casco en el asiento de la moto y cruzó la carretera hasta la roca que sobresalía de la ladera. Naughton tenía razón sobre las vistas. Más allá de Morro Rock, podía ver hacia el norte hasta el faro de Piedras Blancas, a al menos una hora de distancia.

—¿Cómo es el descenso? —preguntó cuando Naughton se sentó en la misma roca que él.

—No es tan duro. Es más divertido.

—Suena genial. —Mercer contempló el vasto océano Pacífico y sintió una punzada de arrepentimiento. Si no fuera el hermano menor de Doc, Naughton sería alguien a quien le gustaría conocer mejor. Tal y como estaban las cosas, entablar una amistad no le parecía correcto. Mercer sabía más sobre Naughton de lo que debería, igual que con Quinn.

El viaje a la ciudad fue divertido, pero, como dijo Naughton, no supuso un gran reto. Sin embargo, le encantó la sensación que le proporcionaba la BMW y se replanteó su plan de comprar una Ducati para la ciudad. En su lugar, quizá buscaría una R5 antigua como la de Naughton.

—¿Tienes tiempo para tomar una cerveza? —preguntó.

Mercer comprobó la hora, aunque sabía que no tenía que ir a ningún sitio.

—Quizá una.

Fueron al mismo restaurante donde se habían reunido él y Paps hacía unos días y se sentaron en la barra. Cuando Mercer se quitó la chaqueta, se le movió la camiseta hacia un lado y Naughton se dio cuenta.

—Mi hermano tenía un tatuaje muy parecido al tuyo —dijo.

—¿Sí?

Naughton no dijo nada más, lo que solo hizo que Mercer se sintiera peor. *Siento lo de tu hermano*, quería decirle. *Lo conocía muy bien. De hecho, lo consideraba como un hermano.*

—¿Eres de por aquí? —preguntó Naughton unos minutos después.

—No, de la costa este. Estoy aquí por trabajo.

Naughton no le preguntó qué tipo de negocios, pero Mercer tampoco esperaba que lo hiciera.

—¿Y tú? —preguntó.

—Nací y crecí aquí —respondió—. A unos kilómetros al norte, en Paso Robles.

—La región vinícola —comentó Mercer—. ¿Te dedicas a eso?

—Soy gerente de viñedos en Butler Ranch.

—Conozco bien sus vinos.

—Pásate alguna vez y te enseñaré el lugar —le ofreció Naughton.

—Me encantaría.

Unos minutos más tarde, cuando Naughton se levantó para ponerse la chaqueta, Mercer hizo lo mismo. Se habían tomado las cervezas y era hora de separarse.

—Ha sido un placer conocerte —dijo Naughton cuando ya estaban fueran.

Mercer le estrechó la mano.

—Para mí también. —Esperó a que la otra moto se alejara antes de subirse a la Ducati. La arrancó y se quedó sentado un momento, frotándose el pecho con la mano y echando de menos a Quinn.

El martes fue igual de tranquilo que el lunes, pero ambos parecían la proverbial calma antes de la tormenta. Estaba nervioso y Paps también.

—Habla más despacio, no te entiendo —dijo Mercer cuando contestó a la llamada de Lena.

—Lo sabe.

—¿Qué sabe?

—Maddox sabe que estuve casada con Kade —espetó Lena.

—Cuéntame qué ha pasado.

Le explicó que le había estado enseñando a Maddox fotos de los viñedos de cuando sus abuelos aún vivían.

—Una foto de Kade y mía debía de estar pegada a una de las otras y él la ha visto.

—Ha visto la foto; eso no significa que sepa que estuvisteis casados.

—Se lo he contado.

—A estas alturas eso es irrelevante —dijo.

—Mierda —jadeó ella.

—¿Qué?

—Calder está aquí.

—Paps se encargará de él —le dijo Mercer.

—¿Y si ha seguido a Maddox?

—No lo ha hecho.

—No confío en él —murmuró ella.

—Tampoco confías en mí.

—Cierto. —Cortó la llamada.

Unos minutos más tarde, Paps informó de que Calder se había ido.

—Apareció justo después de que Maddox se marchara; quería saber qué le había dicho Lena.

—¿Dónde está ahora?

—Trasladando el vino.

. . .

Al amanecer, la tormenta tocó tierra. A las cinco en punto, llegó la llamada de la Oficina de Impuestos sobre el Alcohol y las Bebidas Alcohólicas.

Calder había pagado a algunos de los trabajadores del viñedo de Naughton, incluido Max, para que sacaran vino de las bodegas y entregaran las barricas a Los Caballeros. Al mismo tiempo, había llamado a la Oficina de Impuestos sobre el Alcohol y las Bebidas Alcohólicas. Lo único que no habían previsto era que Calder señalara a Naughton Butler como el soplón.

Cuando Mercer llegó a Los Cab con el equipo de la Oficina de Impuestos sobre el Alcohol y las Bebidas Alcohólicas, Gabe Avila estaba listo para matar y Naughton Butler estaba en su punto de mira.

Incapaces de impedir que Gabe fuera a por cualquiera de los hermanos Butler sin destapar su tapadera, el equipo se vio obligado a observar cómo se desarrollaban los acontecimientos de la tarde, incluido el ingreso de Alex Avila en el hospital al interponerse entre Maddox y la ira de su hermano mayor.

—Es hora de irse, Barbie —le dijo Paps cuando regresaron a la casa de Harmony.

El cambio en su comportamiento fue transformador. Era como verla rejuvenecer diez años.

—¿Cuándo exactamente? —preguntó.

—Al anochecer —respondió Paps.

Poco después de la puesta de sol, Mercer se detuvo frente a la puerta principal de la finca y apagó el motor de la moto. La empujó hacia dentro y esperó a que apareciera Max.

Mientras inspeccionaba la propiedad, un vehículo le llamó la atención, y no era el que esperaba encontrar.

—Mierda —espetó, al reconocer la matrícula de la camioneta. ¿Qué coño estaba haciendo Naughton Butler allí?

Le envió un mensaje a Max. *Cambio de planes, nos vemos en la puerta sur.*

—¿Por qué? Estoy aquí —susurró Max detrás de él.

Mercer señaló la camioneta de Naughton.

—Por eso.

—¿Quieres que la mueva? Creía que aquí era donde habíamos quedado.

—¿Esa es la camioneta que has cogido?

—Paps ha dicho que use la camioneta del rancho.

—Joder. ¿Quién coño es ese? —gruñó cuando otro vehículo atravesó la puerta. Por suerte, había apartado la moto para que no se viera y él y Max, el idiota, estaban protegidos por los árboles.

—Maddox —respondió Paps, que salió del bosque al otro lado del camino de tierra después de que la camioneta los adelantara.

—¿Qué hace aquí? —preguntó Mercer.

—Barbie lo ha llamado. Yo se lo he pedido.

—¿Por qué?

—Para atar cabos sueltos y que él se retire. Le he sugerido que le diga a Maddox que Calder la estaba chantajeando con el vino escondido.

Mercer frunció el ceño.

—No te preocupes, Ochenta y ocho. Le he dicho que le diga que Calder estaba utilizando su matrimonio con Kade como incentivo para que ella lo ayudara.

—Bien pensado, Paps. —Eso le parecería lógico a Maddox y quizá dejara de husmear.

Sin embargo, por ahora, tenían que sacar la camioneta de Naughton de allí.

—¿Qué es eso? —preguntó Paps mientras señalaba precisamente lo que preocupaba a Mercer.

—Me he equivocado de vehículo —confesó Max.

Mercer sabía que Paps no se asustaría.

—Nadie va a morir por este error —solía decir, y Mercer intentó recordar eso cuando todo empezó a torcerse.

Antes de que Mercer pudiera sugerir a Max que se marchara para cambiar de camioneta, vieron unos faros acercándose por el camino de tierra. Los tres hombres se retiraron al bosque.

—Dios mío —susurró Paps, viendo cómo Maddox se detenía, salía, se acercaba y miraba dentro de la camioneta de Naughton.

UNA VEZ QUE MADDOX SE HUBO MARCHADO, PAPS SEÑALÓ a Max.

—Mueve tu culo a Butler Ranch, devuelve el vehículo de Naughton al lugar donde lo has encontrado y coge la camioneta del rancho que está aparcada a la derecha del edificio de la bodega.

Max se marchó antes de que Paps pudiera decir nada más.

Mercer negó con la cabeza.

—Déjame adivinar. La de Naughton estaba aparcada en el lado izquierdo.

—Ni idea, pero ¿cómo si no se explica? —Paps empezó a alejarse, pero se dio la vuelta—. Vete. Yo me encargo. Hay un avión esperándote en el aeródromo para llevarte a Nueva York.

—¿De qué estás hablando? ¿Por qué?

—Porque lo digo yo.

—No es suficiente. —Mercer sentía un gran respeto por Paps, pero últimamente había empezado a tratarlo como un empleado en lugar de como su socio, y eso no le gustaba.

—Skipper, idiota.

Mercer no sabía qué hacer. Nunca se había visto en una situación así.

—Yo mismo transportaré a Barbie —añadió Paps—. Y cuando vuelva, contrataré un equipo nuevo.

—Estoy de acuerdo. ¿Dices que Razor investigó a estos tipos?

—Con la cabeza metida en el culo.

—Gracias, señor —dijo, apretando el hombro de Paps.

No habría habido forma de que consiguiera un vuelo esa noche si Paps no hubiera averiguado el avión. De esa manera, volaría por la noche y aterrizaría por la mañana.

—Por cierto, Skipper sigue en la isla.

Mercer ya lo sabía. No importaba cuántas cosas hubieran pasado en las últimas cuarenta y ocho horas; había hablado con Razor cada vez que había tenido oportunidad.

22

QUINN

—¿Estás aburrida? —preguntó Aine a Quinn en el desayuno.

—Un poco. —No era que estuviera aburrida, sino que echaba de menos a Mercer. Odiaba ser esa chica, pero, aunque se había prometido no serlo, no podía evitarlo; él era lo único en lo que pensaba.

—¿Crees que se enfadaría Pen si nos fuéramos un par de días a la ciudad, pero volviéramos a tiempo para la fiesta?

—Se enfadará porque no nos quedamos el fin de semana.

—Lo sé, pero no puedo aguantar otros siete días en esta isla. Ha sido divertido, pero joder, somos las más jóvenes de aquí.

Quinn puso los ojos en blanco y se rio. Si se marchaban más tarde ese mismo día, al día siguiente todos los de su edad estarían allí para celebrar el puente.

—Deberíamos quedarnos.

—Sabía que ibas a decir eso —refunfuñó Aine—. ¿Sabes algo del misterioso señor Mercer?

—La verdad es que no. —Había recibido algunos mensajes, pero aún no sabía cuándo volvería a verlo. Esa era una de las razones por las que quería quedarse en la isla. No podía soportar la idea de quedarse sentada en su apartamento esperándolo.

—¿Qué hacemos hoy? Espera, ya sé. Vamos a la playa. Otra vez. —Aine puso los ojos y se dirigió resoplando al cuarto de baño para darse una ducha.

Quinn se levantó de la mesa de la cocina y llenó un bol con la fruta que había cortado la noche anterior, consciente de que si no lo hacía antes de acostarse, volverían a desayunar porquerías ese día. No es que no le gustaran los cruasanes recién horneados que habían comido cada día desde que llegaron, pero si no dejaba de comerlos, no le valdría el bikini. Cuando oyó un pitido, Quinn dejó la fruta sobre la encimera y cogió el teléfono de la mesa.

Buenos días, preciosa.

Sonrió e hizo el cálculo. En California eran las seis de la mañana. *Te has levantado temprano. ¿Vas al gimnasio?*

Estoy pensando en dar un paseo en bicicleta.

Suena bien. Quizá, en lugar de ir directamente a la playa, ella y Aine deberían dar una vuelta por la isla y hacer algo de ejercicio para para quemar todos esos cruasanes.

¿Quieres acompañarme?

Nada le gustaría más. *Claro. Me encantaría.*

Sal.

Quinn miró por la ventaba del comedor y vio a Mercer de pie junto al portón de la casa de invitados con dos bicicletas.

—Has vuelto —exclamó y salió corriendo por la puerta, atravesó el portón y se lanzó a sus brazos.

—He vuelto.

—No me habías dicho nada.

Mercer le acarició la mejilla y la besó y Quinn le rodeó el cuello con los brazos.

—Me fui anoche tarde, en lugar de esperar para coger un vuelo hoy —murmuró—. Quería darte una sorpresa.

—Pues lo has conseguido. ¿Y cómo sabías que estaba...? Da igual. No importa. Estoy muy contenta de que estés aquí.

—Te he echado de menos, preciosa —dijo y la abrazó con más fuerza.

—¿Cuánto tiempo te quedarás?

—No lo sé. ¿Por qué?

—No traes equipaje.

—Tengo un amigo que tiene una casa por aquí.

—Claro —dijo ella, riendo.

—Creía que no sabías nada de él —gritó Aine mientras salía por la misma puerta que Quinn.

—Ha sido una sorpresa —dijo Mercer cuando ella lo abrazó.

—Eres demasiado bueno para ser real —dijo Aine y luego miró a Quinn—. ¿No?

Miró fijamente a su amiga, deseando que no dijera nada sobre la ausencia de Mercer en Internet. En lugar de eso, Aine tomó otro rumbo.

—¿No tendrás un gemelo por casualidad? Necesito uno como tú para mí.

—¿Necesitas uno como él para ti? —Quinn se echó a reír.

—Ya sabes lo que quiero decir —Aine se rio también.

—Tiene un amigo que tiene una casa aquí.

—¿Está soltero? —preguntó Aine.

—No está aquí, pero me quedo en su casa.

—Oh, bueno. —Aine se inclinó y besó a Quinn en la mejilla—. ¿Nos vemos luego?

Ella lo miró y el asintió.

—En algún momento.

—¡Pasadlo bien! —Aine se despidió con la mano y atravesó el jardín de la casa principal.

—¿Lista para el paseo? —preguntó él.

—Eh... claro.

La empujó hacia la bicicleta.

—Vamos.

Quinn miró lo que llevaba puesto.

—Debería cambiarme y aún no me he duchado.

Mercer le rodeó la cintura con el brazo y la atrajo hacia él.

—Pensé que quizá te apetecería darte una ducha conmigo.

—Me encantaría —murmuró ella.

—Esta vez no tendremos prisa.

—Vale —respondió antes de subirse a la otra bicicleta e intentar calmar su respiración.

—¿Adónde vamos?

—No muy lejos.

—Gracias a Dios.

—NO BROMEABAS CUANDO DECÍAS QUE ESTABA CERCA —DIJO Quinn cuando se detuvieron frente a la casa de la playa.

—Deberíamos hablar —dijo él después de que dejaran las bicicletas al lado de la casa y cerraran el portón.

Hablar era lo último que Quinn quería hacer.

Mercer le puso la mano en la parte baja de la espalda y la guio hacia la entrada lateral. La abrió y la mantuvo así.

Ella se quedó de pie junto a la encimera de la cocina mientras él cerraba la puerta y clavó los ojos en los de él cuando la miró. Mercer se colocó delante de ella y puso las manos sobre la encimera, acorralándola.

—¿Me has oído?

Ella asintió.

—Es solo que...

Esperó a que ella terminara, pero en lugar de eso, suspiró.

—A veces sería mucho más fácil si terminaras mis frases. —Ambos se rieron.

—Sé que piensas que puedo leerte la mente, preciosa. Pero no puedo.

—¿Podemos hablar luego?

Mercer negó con la cabeza.

—No, no podemos. Porque después de hacerlo, nuestra relación va a cambiar.

—¿Para peor?

—No, preciosa. Para mejor.

—Ah.

—Ven aquí. —Mercer la llevó hasta un sofá cerca de las ventanas delanteras, que daban al agua. Se sentaron y le rodeó los hombros con el brazo.

—Estoy afiliado a K19 Security Solutions, Quinn, pero no trabajo para ellos; soy uno de los propietarios.

—¿A qué se dedica tu empresa?

—A muchas cosas de las que no puedo hablar.

Ella puso cara de decepción.

—Lo entiendo.

—Te diré algo: la mayor parte de nuestro trabajo es con el Gobierno federal y las agencias de seguridad nacional.

—¿Cómo la CIA?

Mercer asintió.

—Sí, y otras.

—¿Estuviste en el ejército?

—Sí.

—Me lo imaginaba.

Mercer sonrió.

—¿Sí?

Ella asintió y sonrió también.

—Me recuerdas a mi abuelo, aunque no lo conocí demasiado. Bueno, sí, lo conocí, pero hace mucho que no lo veo.

—En cuanto a lo que hago, independientemente de cómo evolucione nuestra relación, mi incapacidad para hablar contigo sobre los detalles de mi trabajo no cambiará. —Esperó a que ella respondiera, pero como no lo hizo, continuó—. La mayor parte es altamente confidencial. Necesito saberlo, Quinn. ¿Crees que podrás soportarlo a largo plazo?

—Me ayuda que me lo hayas contado. ¿Será igual? Cuando te vayas de la ciudad, ¿te mantendrás en contacto conmigo? ¿Podremos hablar?

—No siempre. Pero cuando pueda, lo haré.

—Ah. —Apartó la mirada.

—Háblame, preciosa.

—Para ser sincera, no estoy segura. Me preocuparé mucho.

—Eso es normal.

—¿Y si te pasa algo? —En cuanto pronunció la pregunta, se arrepintió.

—Te enterarás de la misma manera que te enterarías si tuviera un accidente de coche o me pasara cualquier cosa que no tuviera que ver con mi trabajo.

—Es justo. ¿Hay algo más?

—¿Qué pueda contarte?

Ella asintió.

—No mucho, salvo que espero que confíes en mí y me creas cuando te digo que solo quiero lo mejor para ti. No quiero hacerte daño, ni siquiera hacerte infeliz.

—¿Y qué hay de tu tatuaje? —Contuvo la respiración mientras esperaba la respuesta.

—Gran parte de lo que hago es proteger a la gente.

—¿Te ves como un ángel guardián?

—Sí. Hasta cierto punto, al menos.

—Vale. —Hizo una pausa—. ¿Mercer?

—Dime, Quinn.

—¿Cómo va a cambiar nuestra relación?

—Démonos esa ducha y lo veremos.

Cruzó los brazos, con la esperanza de que él no notara lo mucho que le temblaban las manos. La idea de que ella y Mercer iban a tener sexo la abrumaba.

—¿Quinn?

Ella sonrió.

—¿Sí, Mercer?

—Lo que pase o no pase entre nosotros hoy, o cualquier otro día, no está predeterminado. Como antes, haremos lo que nos parezca mejor a los dos.

—Vale.

—¿Hay algo más que quieras preguntar?

—Creo que no. De hecho, prefiero no hablar.

La atrajo hacia él y la miró a los ojos. Cuando intentó apartar la mirada, él le puso los dedos en la barbilla.

—Cuando te pregunte cómo estás, quiero que me respondas con sinceridad, ¿de acuerdo?

Quinn notó que se le enrojecía el rostro y que los temblores de su cuerpo empeoraban. Como él no apartaba la mirada, se dio cuenta de que estaba esperando una respuesta.

—Sí.

23
MERCER

La cogió en brazos, la única forma que se le ocurrió de aliviar la tensión que amenazaba con descarrilar incluso antes de empezar. Quinn se había mostrado más atrevida de lo que él jamás hubiera imaginado cuando se desnudó y se unió a él en la ducha seis días atrás, pero ahora era cautelosa y estaba preocupada y tan ansiosa que le temblaba el cuerpo.

La llevó al dormitorio y la sentó en el borde de la cama. Ella se tumbó y él apoyó su cuerpo vestido contra el de ella. Luego la besó. Con delicadeza al principio, pero después con más fuerza. La idea de que era suya, toda suya, lo volvía loco de deseo. Volvió a ralentizar el ritmo y la miró a los ojos. Estaban vidriosos, con las pupilas dilatadas, mientras ella buscaba en los suyos qué iba a pasar a continuación.

Mercer deslizó las manos bajo su camiseta y cubrió sus pechos a través del sujetador. Tenía que saborearla; no podía esperar ni un minuto más. Las manos de Quinn tiraron de la tela y, juntos, se la quitaron por la cabeza y la tiraron al suelo.

—Dios, eres tan guapa —susurró y hundió la cara en su cuello al mismo tiempo que le desabrochaba el sujetador y se lo quitaba.

Quinn se lo quitó y también lo tiró al suelo.

Sus pechos eran perfectos. Le acarició los pezones con los dedos y luego los lamió con la lengua. A diferencia del otro día, cuando su tiempo era limitado, ahora podía pasar todo el día saboreando su dulzura; se le cortó la respiración al pensarlo.

Debajo de él, Quinn se retorció y arqueó la espalda. Gritó su nombre cuando su boca húmeda se cerró sobre su pezón y lo succionó. Ella levantó una rodilla y él le acarició el muslo desnudo.

—Hay que quitarse esto —dijo él y la desnudó como si estuviera desenvolviendo un tesoro.

Quinn bajó la pierna y luego la levantó para él. Él le quitó los pantalones cortos y las bragas, dejando entrever la tela rosa palo a juego con el sujetador.

Más tarde, le pediría a Quinn que se tomara su tiempo para desnudarse para él. Ahora, estaba demasiado ansioso por tenerla desnuda debajo de él.

Una vez que cada centímetro de ella quedó al descubierto ante él, se colocó entre sus piernas, que colgaban del borde de la cama, y la devoró con la mirada desde sus bonitos dedos rosados, subiendo por el cuerpo con el que había soñado innumerables veces, hasta sus ojos, que se clavaban en los de él.

Las fosas nasales de Mercer se dilataron y su respiración se volvió más dificultosa. Se quitó la camiseta por la cabeza y la tiró al suelo. Ella se incorporó y apoyó las manos contra el pecho de él. Un escalofrío recorrió su cuerpo cuando su lengua lamió su piel desnuda.

—Respira, preciosa —le susurró mientras apoyaba las manos en la parte interior de sus muslos—. Ábrete para mí.

Sus dedos se deslizaron cerca de su sexo y ella se alejó, subiendo más en la cama. La mano de él la siguió hasta tocar su calor.

—Oh, Dios —gritó ella y abrió los ojos que tenía cerrados con fuerza.

Él sonrió con una mezcla de orgullo y deseo.

—Eres magnífica —murmuró antes de besarla de nuevo.

Cuando ella tiró de la cinturilla de sus pantalones cortos, Mercer se desabrochó el cinturón, separó sus labios de los de ella, luego bajó la cremallera y se los quitó junto con su ropa interior, lo que liberó su erección. Ella se inclinó hacia delante para intentar tocarlo.

—Cuidado, cariño —la advirtió, apretando los dientes mientras apartaba su mano.

—Lo siento. Ojalá supiera lo que estoy haciendo.

—Nunca te disculpes por desearme y lo que estás haciendo es perfecto —dijo y se bajó para que su cuerpo quedara estirado junto al de ella.

—Por favor, Mercer, enséñame qué hacer —le suplicó.

—Lo haré, preciosa, pero primero quiero observarte. Cuando estemos separados, quiero verte así. Abierta para mí, deseándome... Quinn, estar contigo así todos los días durante el resto de nuestras vidas es mi sueño.

Ella se estremeció cuando él se inclinó sobre ella y le tocó entre las piernas. Él se maravilló de su receptividad; observaba cómo se mordía el labio inferior mientras lo atraía hacia ella.

Quería estar dentro de ella, pero se contenía, se tomaba su tiempo para explorar su cuerpo. Sus gemidos de placer casi lo desarmaron.

—¿Te gusta, preciosa? —preguntó y hundió sus dedos aún más.

—Sí —gimió ella, moviendo su cuerpo contra su mano—. Quiero más, Mercer.

Cuando le dio lo que ella quería, su cuerpo se arqueó por segunda vez. Sus muslos temblaron y su boca se abrió para dejar escapar el sonido más dulce que él había oído jamás.

Mercer esperó a que ella bajara del clímax, lamiendo el sudor de su cuello y hombro, hasta que vio que abría los ojos.

—¿No quieres...? —murmuró ella.

Le encantaba cómo se dejaba las frases sin terminar, sobre todo cuando sabía que él no iba a hacerlo por ella. Observaba cómo su boca formaba palabras que no pronunciaba.

—Sí —dijo para liberarla de su tormento—. Pero cuando estés preparada.

Ella siguió retorciéndose mientras él exploraba sus profundidades con la mano y la boca, lo que le arrancó más gritos de placer.

Esperó de nuevo hasta que ella recuperó el aliento y abrió los ojos. Mientras ella observaba, él se inclinó, sacó un preservativo de la mesita de noche y se lo puso.

—Preciosa —dijo y esperó hasta que sus ojos se encontraron de nuevo con los de ella—. Esto te va a doler, pero solo por un instante.

Ella asintió, con ojos suplicantes y el cuerpo ansioso.

Con suavidad, la tomó, observando cómo sus ojos se revolvían en sus órbitas. Deslizó la lengua en su boca abierta y se tragó su grito de dolor. Entonces se detuvo, esperando a que se calmara.

Cuando Quinn empezó a empujarlo, supo que estaba lista para más.

Empujó con más fuerza, frotando su cuerpo contra el de ella, y pronto sintió cómo ella se tensaba y lo apretaba. Ella gritó y él no pudo evitar acompañarla en el éxtasis más intenso y perfecto que jamás había experimentado.

MERCER LE BESÓ EL CUELLO, EL PECHO Y LOS PEZONES Y LUEGO pasó la lengua por su ombligo. Quinn se retorció debajo de él y la expresión de su rostro cambió.

—Estar dentro de ti es tan genial, tan perfecto —gimió mientras sus caderas empezaban a moverse de nuevo y entrelazaba los dedos de una mano en su cabello mientras la otra le agarraba la cadera—. Necesito más de ti —gruñó. Apretó la mandíbula y la miró fijamente a los ojos mientras la llevaba cada vez más alto, hasta que supo que ella volvería a explotar.

Ella le agarró los hombros y le clavó las uñas en la piel cuando él se retiró de su cuerpo y se derrumbó a su lado.

—Dios mío —gimió contra su cuello. La atrajo hacia sí para que sus cuerpos quedaran pegados.

—No lo sabía —susurró ella—. No tenía ni idea de que sería así.

Levantó la cabeza para mirarla.

—Solo nosotros, Quinn. Tú y yo. Nunca antes había sido así para mí.

—¿No?

—Ni de cerca. Así es como debe ser, nuestros cuerpos y almas conectados. Esa es la magia, preciosa. No ocurre sin un amor tan profundo que puedas sentir a la otra persona en tu corazón, en tus huesos. Cuando es así, sabes que es lo correcto y que nada más lo será jamás.

Ella cerró los ojos y apoyó la cabeza en su pecho, otra cosa que a él le encantaba.

—Preciosa, preciosa Quinn —dijo antes de que su respiración se estabilizara y supiera que se había quedado dormida.

24
QUINN

Cuando despertó, Quinn estaba sola en la cama, pero oía a Mercer moviéndose en la cocina. Encontró la camiseta de él en el suelo, cerca de su ropa, y se la puso. Estaba a punto de salir del dormitorio cuando decidió ponerse también las bragas. Era un territorio desconocido para ella. No tenía ni idea de cómo actuar y deseaba haberse despertado a su lado.

En lugar de ir a la cocina, se metió primero en el baño y se miró al espejo. Tenía la cara enrojecida, casi manchada, y el pelo estaba espantoso. Intentó peinarlo con agua, pero sin éxito. A continuación, usó el baño y se disponía a buscarlo cuando llamaron a la puerta.

—¿Quinn?

La abrió y sonrió. Su voz sonaba tan dulce, como la de un niño pequeño.

—¿Estás bien? —preguntó con el ceño fruncido.

—Sí. ¿Y tú?

¿Podría ser la conversación más incómoda? ¿Qué les pasaba?

—Ven aquí —gimió y la atrajo hacia sus brazos, y con eso, la incomodidad que ella había sentido se desvaneció.

Cuando la besó, ella gimió. Sus labios tocando los de ella hacían que una corriente de deseo renovado fluyera por su cuerpo. Ahora que sabía lo que él podía hacerle, quería más. Mucho más.

—He preparado el desayuno —dijo mientras le apartaba el pelo de la cara—. Dios, eres guapísima.

—Gracias —murmuró—. ¿Desayuno?

—He pensado que debía alimentarte antes de volver a poseerte.

—Me gusta cómo suena eso de volver a poseerme —susurró y pasó la lengua desde su oreja hasta su cuello.

—El desayuno puede esperar —gimió. La empujó hacia atrás, más dentro del cuarto de baño, se metió en la ducha y abrió el grifo—. No nos hemos duchado antes.

La camiseta que ella llevaba puesta cayó al suelo, junto con el pantalón de él. Quinn estaba a punto de quitarse las bragas cuando él la frenó.

—No más de esto por hoy —dijo y tiró de la fina tela hasta que se rompió.

Quinn pensó que se desmayaría de deseo por él, pero cuando le arrancó las bragas, le fallaron las rodillas y tuvo que agarrarse a sus brazos para mantenerse en pie.

—Dios, Mercer, eso ha sido...

Esperó a que terminara, con esa forma tan exasperante que tenía de hacerlo.

—Tan jodidamente excitante.

La metió en la ducha con él y la presionó contra los azulejos. El frescor le sentó muy bien a su cuerpo sobrecalentado.

—Antes te pregunté si te asustaba... —empezó.

—No me asustas —dijo para terminar la frase—. Para nada.

—Si alguna vez lo hago, quiero que me lo digas.

Pareció que estaba hablando de sexo, pero no estaba segura.

—¿Mercer?

Frotó su erección contra ella y le atacó el cuello con los labios.

—No te haré daño. Te lo prometo.

Ella le clavó las uñas en la piel y le dejó las marcas.

—Te deseo, te deseo todo.

Con sus fuertes manos, él le levantó el trasero y ella le rodeó la cintura con las piernas. Puso la boca sobre la de ella y la besó con fuerza.

—Poséeme, Mercer. Por favor. No me hagas esperar.

El sonido que él emitió estaba entre un gemido y un gruñido.

—No tengo condón. —La agarró con más fuerza por el trasero hasta que ella quedó moldeada contra él—. Espera —dijo y la llevó al dormitorio.

La acostó sobre la cama, como había hecho antes.

—No te muevas.

Luego se dirigió al cuarto de baño, cerró el grifo de la ducha, abrió un cajón y tiró un par de preservativos sobre la cama. Con los dientes, abrió otro y ella lo observó mientras se lo ponía.

—¿Te duele? —preguntó mientras se colocaba entre sus piernas.

Ella negó con la cabeza, pero cuando sintió sus dedos, jadeó.

Mercer movió la mano y ella la buscó.

—No pasa nada —dijo ella, pero él se deslizó fuera de su alcance y bajó por su cuerpo. Ella gritó cuando él alivió su dolor con la boca.

Quinn entrelazó los dedos en su cabeza, manteniéndolo cerca, deseando que estuviera aún más cerca.

—Oh, Dios —siseó entre dientes—. Mercer...

—Déjate llevar, preciosa. —Volvió a lamerla y ella explotó, retorciéndose contra su boca, deseando más, pero también deseando que él se detuviera. Sus terminaciones nerviosas estaban a flor de piel y le tiró del pelo—. Para —gimió, pero él no hizo caso. En cambio, extrajo hasta la última gota de placer de su cuerpo, hasta que ella dejó caer los brazos, incapaz de mantenerlos en alto más tiempo.

Mercer le pasó los dedos por el cabello mojado.

—Quiero estar dentro de ti más de lo que quiero respirar, Quinn —susurró.

—¿Por qué no lo haces?

—Porque te duele y he prometido no hacerte daño.

Ella le cogió la mano y le impidió que le acariciara el cuero cabelludo.

—Dime qué estás pensando —le pidió.

Él respiró hondo.

—Lo preciosa que eres para mí. Que haría cualquier cosa por ti.

¿Por qué pareces triste?

—No lo estoy. Estoy muy lejos de estar triste. Es más bien que te admiro mucho y que mis sentimientos por ti son muy fuertes.

—Dímelo.

Él sonrió.

—Ya lo sabes.

—Dímelo de todos modos.

Mercer se inclinó hacia delante y le besó la frente, luego cada uno de los párpados, la punta de la nariz y la boca.

—No quiero asustarte.

—No lo haces. Me siento segura contigo, Mercer. Me siento amada.

—¿Ves? Ya lo sabes.

—Quiero oírte decirlo.

Con las palmas de las manos en sus mejillas, respiró hondo y la besó de nuevo.

—Te quiero, Quinn. Creo que te he querido desde siempre.

—¿Te doy miedo? —preguntó ella.

—A veces.

—¿Por qué?

—Porque tienes mi corazón en tus manos, preciosa.

—Yo tampoco te haría daño nunca.

—¿QUÉ HACEMOS HOY? —PREGUNTÓ MERCER UNA VEZ QUE SE habían duchado y estaban en la cocina preparando el desayuno, tal y como habían hecho los últimos cuatro días.

—Has sido muy bueno haciendo todo lo que yo quería, incluso pasando tiempo con la tribu. ¿Qué quieres hacer tú? Y no digas que lo que yo quiera.

—Quiero ir a navegar.

—Vaya. Eh... ¿sabes cómo se hace?

Él sonrió.

—He navegado unas cuantas veces a lo largo de mi vida.

—Creo que hay un lugar al otro lado de la isla donde alquilan barcos —dijo Quinn.

—No el tipo de barco en el que quiero navegar.

Ella dejó el cuchillo que estaba usando para cortar verduras para una tortilla y se giró.

—Tienes un barco, ¿no?

Él sonrió y asintió.

—¿Aquí?

Asintió de nuevo.

—Ay, Mercer. ¿Nunca dejarás de sorprenderme? ¿Dónde está?

—Ahora mismo está atracado en Seaview, pero quiero trasladarlo.

—¿Adónde?

—Aquí.

Quinn miró hacia la bahía y vio el muelle frente a la casa.

—No lo había visto antes.

—Después de desayunar, podemos ir a por él, navegar un rato y luego traerlo aquí.

—¿Seguro que puedes esperar? —Sonrió.

Mercer le rodeó la cintura con los brazos y le besó el cuello.

—Apenas.

A ella le encantaba la forma en que la dejaba apoyarse contra él, la forma en que su cuerpo se amoldaba a la dureza del suyo. No había pasado ni una hora desde la última vez que él había estado dentro de ella, pero ella ya quería más de nuevo.

Habían pasado todos los días frente a la bahía y solo habían regresado a casa del padre de Penelopa para coger la ropa. Habían montado en bicicleta, corrido por la playa, pasado tiempo con sus amigas y más tiempo a solas, uno en brazos del otro.

Él dijo que si la casa no tuviera tantas ventanas, preferiría que ella no llevara ropa en ningún momento. Tal y como estaban las cosas, la mayor parte del tiempo la mantenía con la menor cantidad de ropa posible.

Quinn gimió cuando Mercer se agachó y le acarició el sexo.

—Nunca iremos a por tu barco si empiezas con eso. —Sonrió.

Se quedó atónita cuando Mercer señaló el barco atracado en un muelle a pocos metros de ellos.

—Estás de broma, ¿verdad?

Él negó con la cabeza.

—Es el *Aurora*.

—Guau. Es precioso. —El yate era magnífico. Incluso desde el muelle, Quinn podía ver que cada detalle había sido cuidadosamente pensado por un excelente artesano y que había sido bien cuidado desde el día en que fue botado.

—Se llama como mi madre —dijo Mercer y le tendió la mano para ayudarla a subir a bordo.

Quinn caminó de popa a proa mientras se maravillaba del estado de la cubierta de teca.

—Hay dos camarotes, uno en popa y otro en proa, y dos baños, aunque solo el de popa tiene ducha —dijo cuando ella se colocó a su lado, cerca del timón—. ¿Bajamos?

—Claro —respondió y se dirigió a la escalerilla.

El salón y la cocina bajo cubierta eran más amplios de lo que había imaginado, sobre todo teniendo en cuenta que había dos camarotes.

—¿Quince? ¿Veinte metros?

—Doce con una manga de tres metros y medio.

Quinn arqueó una ceja y pasó la mano por la placa de latón en la que se leía Hallberg-Rassy.

—Se construyó pensando más en la comodidad y la funcionalidad que en la velocidad, pero se defiende bien. Desde luego, yo no lo usaría para competir —añadió.

—¿Es un diseño de Frer? Aprendí a competir en el F3 del padre de Tara.

Mercer asintió, impresionado de que reconociera al constructor.

—El F3 no tenía nada que ver con este, era más bien un casco con lo básico debajo —continuó Quinn.

La teca bajo la cubierta estaba tan bien cuidada como la de arriba, y los colores gris, azul y rojo utilizados para los cojines y los detalles del salón y los camarotes combinaban bien con los colores del casco del yate.

—Es precioso, Mercer.

Él sonrió y la condujo hacia la popa.

—El camarote de popa tiene dos camas —dijo mientras entraba en él—. O una. —Dobló el cojín que las separaba y guiñó un ojo.

—¿Cómo lo has traído hasta aquí?

—Mi hermano Hudson y un par de amigos suyos navegaron desde Cape Charles.

—¿Estás de broma? —Rio—. ¿Cuándo lo has organizado?

—En el último vuelo desde California, le llamé y le ofrecí una gran cantidad de dinero por traerlo aquí. Le dije que, una vez que lo entregara sano y salvo, les invitaría a él y a sus amigos a dos noches en Nueva York. El viento les fue favorable y llegaron ayer por la tarde.

—¿Cómo has conseguido mantener el secreto?

—No ha sido fácil. —La atrajo hacia él y enterró la cara en su cuello—. Te deseaba más.

Ella se apartó, consciente de que si empezaban, podrían pasar horas antes de que zarparan.

—¿Tienes más hermanos?

Mercer sonrió.

—¿Intentas distraerme, preciosa?

—Sí —murmuró.

—Hudson es el más joven y Owen, el mediano.

—Dos hermanos. ¿Y hermanas?

Mercer negó con la cabeza.

—Mamá estaba en minoría.

—¿Estás unido a tus padres? —Quinn intentó mantener un tono de voz ligero, como si las preguntas que estaba haciendo fueran completamente inocuas, pero no podía ocultar el dolor que sentía al pensar en su propia madre.

—Lo estaba. Murieron en un accidente de coche hace quince años.

—Lo siento mucho. —Y ella ahí lamentándose porque no sabía dónde estaba su madre. Al menos estaba viva.

Mercer asintió.

—Gracias. Fue duro.

—Entonces eres el mayor. —No es de extrañar que se sintiera el protector de todos; era el papel que había asumido cuando murieron sus padres.

—Nuestra tía, la hermana de mi madre, se mudó con nosotros después de que perdiéramos a mamá y a papá. Es un tesoro y nos mantuvo a raya.

—¿Cómo se llama?

Mercer rio y sacudió la cabeza.

—Se llama Ariana, pero nosotros siempre la hemos llamado tía Ari. Supongo que empezó cuando éramos pequeños, ya que era fácil de decir.

Caminaron hacia la escalerilla.

—¿Nos ponemos en marcha?

Era un barco demasiado grande para manejarlo ellos solos, pero como él parecía seguro, Quinn no discutió.

—¿Quieres llevar el timón?

Ella asintió.

—Lo haré cuando nos alejemos del muelle.

—Trato hecho.

No había mucho viento y no iban muy lejos, así que Mercer solo izó la génova, que podía manejar él solo.

—Se te da bien esto —dijo cuando se unió a ella en el timón.

Le encantaba navegar, sobre todo en mar abierto. Cerró los ojos y sintió el viento, consciente de que lo mejor era mantener un toque ligero.

—Me impresionas —dijo él desde donde estaba, mirando menos la vela que a ella.

—Pero voy a dejar que lo atraques tú —le dijo.

—Es como aparcar un coche, preciosa.

Ella rio.

—Nunca he conducido un coche.

—¿Quieres aprender?

—Supongo que sí. Quiero decir, puede que no viva en la ciudad toda mi vida. —Se encogió de hombros—. Quizá debería.

—Te enseñaré.

—¿Tienes otro coche además del lujoso de tu amigo?

Él negó con la cabeza y una extraña sensación se dibujó brevemente en su rostro.

—¿Qué?

—Nada.

—No hagas eso.

—Lo siento. No es nada. Lo prometo. Creo que el Jaguar es el coche perfecto para que aprendas.

—Me encanta el cuatro de julio —dijo Quinn a la mañana siguiente—. Supongo que se remonta a cuando lo pasaba en California con mis abuelos. Vivían cerca de donde has estado, en Paso Robles. ¿Has oído hablar de ese lugar?

—Sí. He visitado varias bodegas en esa región.

—Qué coincidencia. Ellos tenían un viñedo. Varios, en realidad, pero después de que mis bisabuelos fallecieran, quedaron abandonados...

—¿Qué hacíais tu familia y tú para celebrarlo?

Quinn le habló de barbacoas y fuegos artificiales, pero lo que más le gustaba era que era la única festividad en la que sus abuelos invitaban a mucha gente a la finca.

—Mi abuelo era muy patriótico —explicó—. ¿Y vosotros? ¿Tu familia hacía algo especial para celebrarlo?

—Cape Charles era un lugar estupendo para pasar las vacaciones cada año. Había desfiles, tanto en la ciudad como en el agua. Al igual que vosotros, nuestra familia hacía barbacoas con los vecinos. —Hizo una pausa—. Me encantaría que conocieras a tía Ari algún día.

Quinn ladeó la cabeza.

—¿Y tu hermano? ¿No querías pasar las vacaciones con él?

—Más bien al contrario. —Mercer se rio y sacudió la cabeza.

—¿Qué? —preguntó ella.

—Mi familia. Cómo me gustaría pasar más vacaciones con ellos.

—Yo no tengo familia —murmuró.

—No estoy de acuerdo.

Quinn había estado mirando al agua, pero se dio la vuelta.

—¿Cómo?

—Tienes a Aine, Ava, Tara y Penelope. Las cinco estáis más unidas que la mayoría de las hermanas.

Ella asintió.

—Eso es cierto.

—Me tienes a mí. —Mercer la rodeó con los brazos—. Y yo te tengo a ti.

Quinn sonrió.

—Eso me gusta.

—A mí también. —Miró el reloj por encima de la cabeza de ella —. Deberíamos ir a la fiesta.

—¿Ya?

Él sonrió.

—Dijimos que estaríamos allí hace una hora, preciosa.

—Entonces supongo que será mejor que vayamos.

Sin embargo, Quinn deslizó las manos bajo la camiseta de él y le besó el cuello.

—No creo que se den cuenta si llegamos unos minutos más tarde.

—¿Unos minutos?

Quinn asintió, le tomó la mano y lo empujó hacia dentro.

. . .

LLEGARON A LA CASA DEL PADRE DE PEN DOS HORAS MÁS TARDE de lo que habían dicho, pero con la cantidad de gente que había en la fiesta, Quinn dudaba que los hubieran echado de menos si no fuera por la comida y el vino que habían dicho que llevarían.

—Aquí estáis —dijo Pen y cogió el bol de macedonia de las manos de Quinn.

—Lo siento...

—No tienes que disculparte, cariño. Nos gusta verte tan feliz.

—Gracias. A mí también me gusta estar tan feliz. —Quinn miró a Mercer, que estaba metiendo botellas de vino blanco en la nevera de la cocina exterior.

—Parece un tipo estupendo —dijo Tara mientras sacaba trozos de piña de la macedonia con los dedos.

—Estate quieta —dijo Aine y le dio un golpe en la mano—. Hay más personas que van a comer de este bol. —Le puso la cuchara de servir en la mano—. Usa esto.

—¿Por qué estás tan sonriente? —preguntó Ava a Quinn.

—Esta mañana, Mercer y yo hemos hablado de familias. Cuando he dicho que yo no tenía familia, él no ha estado de acuerdo y ha dicho que nosotras cinco estamos más unidas que la mayoría de las hermanas.

—Eso es cierto —dijo Aine e inició una ronda de choca esos cinco.

—Nos vamos a la ciudad por la mañana...

—¿Mañana? —refunfuñó Penelope—. ¿Sabes lo abarrotado que va a estar el ferry, Quinn?

—Puede ser, pero no iremos en ferry. —Quinn les habló a sus cinco amigas sobre el barco de Mercer y les transmitió su invitación para viajar con ellos. Dado que las cinco habían competido juntas en el barco del padre de Tara, él pensó que podrían disfrutar de la navegación hacia la parte superior de la bahía, donde Mercer había alquilado un amarre en el puerto deportivo de Liberty Marina.

—¿Tiene un Hallberg-Rassy? —susurró Tara.

Quinn sonrió.

—Sí. De doce metros.

—Mi padre también querrá ir. ¿Crees que a Mercer le importará?

—Pregúntale —dijo Penelope—. Está justo ahí.

Mercer estaba apoyado en una de las mesas al aire libre, escuchando, pero sin decir nada.

Quinn apoyó las manos en su pecho, disfrutando de la sensación de sus músculos bajo sus palmas. Si no acabaran de llegar, le habría sugerido que era hora de irse.

—¿Qué opinas? —preguntó.

—Por supuesto, el padre de Tara puede venir. Cuanta más gente haya en cubierta, menos tendré que hacer yo.

—Aunque... no sabía que su última novia estaría aquí hoy. ¿Podemos decirle que tiene que coger el ferry? —susurró Tarta—. Os juro que tiene mi edad.

Las cinco chicas miraron a la mujer en cuestión, que era completamente ajena a todo lo que sucedía a su alrededor, excepto al padre de Tara. Se aferraba a cada palabra que él decía tanto como a su brazo.

—Es repugnante —dijo y apartó la mirada—. La cambiará por una modelo más joven en un año, como mucho.

—No parece muy aficionada a la navegación —añadió Ava—. Apuesto a que rechazará la oferta.

Tara gimió.

—Hagamos que sea un viaje en barco de padres e hijas.

El padre de Aine y Ava también estaba en la fiesta y, como se celebraba en la casa del padre de Penelope, obviamente él estaba allí. Tenía una cita, pero el padre de las gemelas parecía haber llegado sin su última novia.

—¿Te parece bien, preciosa? —preguntó Mercer.

Ella asintió, giró la cabeza y lo besó.

—Mientras estés conmigo, estoy bien con casi cualquier cosa.

25
QUINN

Quinn cogió la foto enmarcada que Mercer le había regalado poco después de volver a la ciudad tras las vacaciones del cuatro de julio. «Real... Para siempre», decía el marco. El día que había hecho la foto, le dijo que su relación no era una mentira y que no estaba sola.

Hasta entonces, había sido el mejor verano de su vida y odiaba ver que llegaba a su fin. No le habían llamado por motivos de trabajo desde finales de junio y, como ella no iba a empezar con el grupo de conservación histórica hasta después del Día del Trabajo, habían pasado todos los días juntos.

Como le había prometido, le había enseñado a conducir en el lujoso coche de su amigo, del que se enamoró de inmediato. Él le advirtió que cualquier otro coche palidecería en comparación con ese.

Ese día, adelantaron un par de días el fin de semana del Día del Trabajo y fueron a navegar con el *Aurora*. Su tribu y sus parejas se unieron a ellos. Mercer salió pronto para comprar provisiones, mientras que Quinn se quedó en el apartamento, donde habían quedado todos.

Últimamente, no parecía tanto el apartamento de ella como el de ellos. Mercer pasaba todas las noches con ella y solo iba a su apartamento para trabajar.

Al principio, le había costado no preguntarle qué hacía, pero se acostumbró. Como ella aún no trabajaba, parecía que ambos estuvieron de vacaciones durante todo el verano.

Sin embargo, había algo de lo que quería hablar con él y lo había estado posponiendo tanto que pronto se le acabaría el tiempo.

—Me voy —dijo él desde el pasillo, pero cuando Quinn se giró, se acercó a ella—. ¿Qué pasa? —preguntó mientras le secaba una lágrima de la mejilla.

—Tengo que hablar contigo —dijo y retrocedió para que no la tocara.

Mercer se sentó en el sofá y la atrajo hacia él.

—¿Qué ocurre, preciosa?

—Quiero hablarte de mi madre.

—¿Ahora? —Miró la hora—. Tus amigas están a punto de llegar.

—Siempre haces lo mismo.

—¿Qué?

—Cada vez que saco el tema de mi madre, cambias de tema o dices que no tenemos tiempo para la conversación.

—Yo no hago eso.

Sí lo hacía, y tan a menudo que le molestaba.

—A veces, tengo la sensación de que no quieres saber nada de mi vida.

—¿Qué? Eso es una locura.

Ella levantó una ceja y cruzó los brazos.

—Lo siento. No es lo que quería decir. No es una locura, Quinn. Odio que te sientas así. Hablaremos de ella mañana cuando tengamos más tiempo. ¿Vale?

Ya no tenía ganas.

—Olvídalo.

Le separó los brazos y la besó.

—No lo olvidaré. Háblame de ella ahora si es lo que quieres.

—Ella es...

Sonó el timbre, lo que indicaba que al menos una de sus amigas había llegado, así que Quinn se levantó.

—Qué oportuno, ¿verdad, Mercer?

Él se dio la vuelta, pero ella aún podía ver cómo tenía los ojos entrecerrados y la mandíbula apretada. No era una mirada que viera muy a menudo, normalmente solo la veía después de que volviera de pasar unas horas trabajando.

Por ahora, lo ignoraría. Sus amigas lo sabían todo sobre su madre y lo último que quería era aburrirlas a ellas y a sus parejas con su triste historia.

MERCER ESTUVO EDUCADO, PERO TAN CALLADO Y RESERVADO que a ella le molestaba. Actuaba como si estuviera enfadado con ella. Ella era quien debía estar enfadada, no él. Cuanto más tiempo pasaba, más se enfadaba ella.

Cuando atracaron el barco después de navegar y estaban recogiendo para volver a casa, Aine se acercó a ella.

—Nos encantaría invitaros a Mercer y a ti a cenar para agradeceros esta tarde tan fabulosa.

Quinn lo miró. Era obvio que había oído a Aine, pero apartó la mirada.

—No sé.

Su amiga se acercó más.

—¿Va todo bien entre vosotros? —preguntó —. Se os ha visto tensos toda la tarde.

—Para ser sincera, no sé qué está pasando. Estábamos a punto de hablar de mi madre cuando habéis llegado. Cuando le he dicho que seguiríamos más tarde, se ha puesto raro.

—Quizá necesitáis pasar algo de tiempo separados. Habéis estado pegados todo el verano.

Quinn se encogió de hombros. Quizá sí. Odiaba cómo estaba actuando él.

—Iré —le dijo a Aine.

—¿Eh?

—A la cena. Iré. Él puede hacer lo que quiera.

Aine abrió los ojos como platos.

—¿Estás segura?

—Sí. Más segura que nunca.

Como las cinco sabían manejar embarcaciones, pudieron

limpiar y enrollar las velas, cerrar las escotillas y asegurar el barco para pasar la noche.

—Gracias —dijo Mercer cuando todo estuvo listo—. Agradezco la ayuda. —Miró a Quinn—. ¿Preparada?

—En realidad... Aine y Ava me han invitado a su casa para una noche de chicas. —Miró a Ava, que no estaba al tanto de su conversación con Aine, pero le siguió el juego. Era su tribu y habían permanecido unidas desde que estaban en segundo grado. Si una de ellas pedía ayuda, por sutil que fuera, las otras cuatro estaban ahí para prestársela.

Mercer entrecerró los ojos y la observó.

—Vale. Que paséis buena noche.

Se alejó y dejó a Quinn atónita, pero eso era lo que ella quería. Como había dicho Aine, quizá necesitaban pasar tiempo separados.

Una vez que se hubo ido, hizo un gesto a Aine para que se alejara del grupo.

—No tenéis por qué hacer esto —dijo y miró a sus parejas—. Dejaré que se adelante y luego iré a casa yo también. Sinceramente, me apetece pasar una noche sola.

—¿Eso es lo que quieres? —preguntó Aine.

—Sí, por supuesto. A principios de verano empecé a leer un libro y aún no he tenido tiempo de terminarlo. Quiero darme un baño largo y caliente yo sola y cenar galletas con trocitos de chocolate sin que nadie me juzgue por ello.

—Vale... si estás segura. Al menos, mira a ver si Tom puede recogerte.

Todas tenían el número de Tom en sus contactos. Era su taxista favorito y a menudo les hacía sentir como si estuviera a su disposición, listo para llevarlas a donde necesitaran ir.

—Buena idea —dijo y sacó su teléfono—. Todo listo— dijo un minuto después—. Estará aquí en cinco minutos.

—A veces parece que nos sigue y luego espera dondequiera que estemos por si necesitamos que nos lleve —dijo Ava.

—Sí, ¿verdad? Justo estaba pensando lo mismo. —Quinn se frotó el pecho cuando le invadió una extraña sensación. Recordó haber pensado algo similar sobre Mercer cuando empezaron a salir juntos. Inexplicablemente, parecía que la conocía muy bien. Había sido extraño, igual que era extraño que Tom estuviera siempre cerca.

—¿Seguro que estás bien? —preguntó Aine mientras la acompañaba hasta donde esperaba Tom.

—Seguro —le prometió.

—Que pases buena noche, entonces.

—Tú también —dijo Quinn y cerró la puerta.

—¿Adónde vamos, señorita Skip... Sullivan?

Ella se rio.

—¿Cómo ha estado a punto de llamarme?

—Nada, lo siento.

—No, en serio. ¿Qué iba a decir?

Cuando Tom negó con la cabeza y se alejó de la acera, Quinn sintió un escalofrío. Cruzó los brazos y se recostó contra el asiento. Por un momento, pensó que tal vez tendría una conversación que la distraería de pensar en el extraño comportamiento de Mercer, pero Tom se quedó callado.

Se le llenaron los ojos de lágrimas y, sin motivo para ocultarlas, lloró durante todo el trayecto hacia su apartamento.

—¿Va todo bien? —preguntó Tom una vez, pero no dijo nada más cuando Quinn asintió.

Sacó una tarjeta de crédito de la cartera al darse cuenta de que no llevaba dinero en efectivo. Se había acostumbrado a no llevar nada encima. Por mucho que ella le dijera que podía pagarse sus propios gastos, Mercer nunca la dejaba.

—Lo siento —murmuró mientras le entregaba la tarjeta a Tom.

—No hay problema, señorita Sullivan —dijo mientras la miraba a los ojos por el retrovisor—. Pero estoy preocupado por usted.

Su amabilidad solo la hizo llorar más.

—Solo estoy cansada. Ya sabe, un día en el agua, demasiado sol... —Quinn se detuvo. Quizá él no lo sabía—. Lo siento —dijo de nuevo mientras cogía su tarjeta y salía del taxi—. Que tenga buena noche, Tom.

—Usted también, señorita Sullivan —dijo antes de que cerrara la puerta.

Cuando llegó a la entrada del edificio, su portero favorito le estaba abriendo la puerta.

—Hola, Vinnie —dijo—. Cuánto tiempo sin hablar.

—Ha tenido un verano ocupado.

—Sí, pero ya está acabando. —Cuando se le llenaron los ojos de lágrimas de nuevo, intentó ocultarlas.

—¿Qué ocurre? —preguntó Vinnie.

—Nada. —Agitó la mano delante de la cara—. Solo estoy cansada. Buenas noches, Vinnie.

Quinn se contuvo hasta que el ascensor llegó a la undécima planta y abrió la puerta de su apartamento. Una vez dentro, apoyó la espalda contra la pared del vestíbulo, se deslizó hasta el suelo, se llevó las manos a la cabeza y rompió a llorar.

26

MERCER

A Mercer le partía el corazón lo que le pasaba a Quinn, pero no sabía qué podía hacer al respecto. Había dejado claro que no quería estar con él esa noche y lo respetaría. Los dos informes de Tom y Vinnie, que decían que estaba inconsolable, lo tenían hecho un lío. Estaba dividido entre dejarla tranquila o acudir a su casa y llamar a la puerta hasta que lo dejara entrar, abrazarla y no marcharse hasta que le dijera qué le preocupaba.

Caminaba de un lado a otro de su apartamento, tan preocupado que no podía quedarse quieto. Cuando el teléfono sonó, se abalanzó sobre él y manipuló la pantalla con torpeza, rezando para que fuera un mensaje de Quinn.

En cambio, era de Paps, y lo que leyó le dio ganas de golpear algo.

Calder en movimiento. Necesito refuerzos.

No podía decir que no. Esa era la misión. Si Paps lo llamaba, él tenía que acudir.

. . .

El verano había sido tranquilo y, aunque cada día que pasaba se preocupaba más por Doc y Leech, Calder no les había dado ni una sola pista.

Quizá esto era lo que habían estado esperando, y si era así, no podían permitirse el lujo de no aprovechar lo que fuera que estuviera tramando.

Mercer no necesitó preguntar para saber que el avión le estaría esperando en el aeródromo a las seis de la mañana del día siguiente. Ahora no tenía otra opción; tenía que ir y hablar con Quinn.

Mañana me voy de la ciudad, escribió. *Por favor, habla conmigo antes de que me vaya.*

Sostuvo el teléfono en la mano, deseando que respondiera. Quince minutos después, lo hizo.

Estoy aquí.

Mercer corrió hacia la puerta, la cerró tras de sí y dobló la esquina del pasillo. Quinn tenía el hombro apoyado contra el marco de la puerta y parecía como si llevara horas llorando.

—Preciosa —susurró él y le acarició la mejilla con la mano—. ¿Por qué has llorado?

Ella entró en la casa y lo dejó plantado en el pasillo.

—¿Puedo entrar? —preguntó.

Ella lo fulminó con la mirada.

—Claro que puedes entrar —resopló.

Claramente, no era el momento de decirle que estaba intentando respetar los límites que ella había establecido ese día. Quizá estaba exagerando.

Cuando ella se sentó en el sofá, él se sentó a su lado y la rodeó con el brazo. Ella no apoyó la cabeza en su hombro como solía hacer y eso le provocó un escalofrío.

—¿Qué ocurre? —preguntó.

—Estoy cansada —respondió ella, repitiendo lo mismo que a Tom y Vinnie.

—¿Qué más?

Ella se encogió de hombros.

—Háblame, Quinn.

—¿Por qué? Tú no me has hablado en todo el día. ¿Por qué debería hablarte yo ahora?

—Eso no es verdad.

—Una mierda. Has sido cordial. Eso es todo.

—No estoy de acuerdo.

—Yo sí.

Casi sonrió ante su tono, pero se contuvo, afortunadamente, ya que ella lo miraba con ira.

—¿Cuándo te marchas?

—Mañana a primera hora.

—¿Adónde vas?

Cuando él suspiró, ella se levantó del sofá y se sentó en uno de los sillones.

—Olvídalo.

—Quinn.

—No, lo entiendo. No tienes que contarme una mierda.

—Hemos hablado de esto...

—Sí, hemos hablado de que no puedes contarme nada. Solo que se te olvidó mencionar que yo tampoco puedo contarte nada.

—Eso no es verdad —repitió—. Puedes contarme cualquier cosa.

—Una mierda —dijo por segunda vez.

Mercer ya había tenido suficiente y se levantó.

—No quiero irme de la ciudad estando tan mal contigo.

—Entonces, no te vayas.

—Sabes que no tengo opción.

—¿Lo sé? ¿Qué sé? Es interesante que pienses eso. No sé nada, Mercer. Nada.

Se sentó de nuevo y esperó, mirándola fijamente a los ojos, igual que ella hacía con él.

Cuando ella por fin le habló, fue para pedirle que se marchara.

—Por favor, no hagas esto —le suplicó él.

—Es tarde. Tienes un vuelo mañana temprano. Hablaremos cuando vuelvas.

Sin saber qué más hacer, Mercer se levantó y se dirigió a la puerta, con la esperanza de que ella cambiara de opinión y le pidiera que se quedara. Se quedó de pie con la mano en el pomo, esperando demasiado tiempo en silencio. Como ella no intentó detenerlo, él abrió la puerta, salió y cerró tras de sí.

—PONME AL CORRIENTE —LE DIJO MERCER A PAPS CUANDO contestó a la llamada.

—Hola, Ochenta y ocho. —Lo siento...

—Para —le interrumpió bruscamente—. Estamos en medio de una misión.

—Entendido. —El resto de la conversación fue breve y directa. Cuando Lena desapareció, Calder se retiró de la propiedad de Old Creek Road. Su plan para explotar el problema de los bonos de los Avila y obligarlos a vender había fracasado cuando la Oficina de Impuestos sobre el Alcohol y las Bebidas Alcohólicas los dejó ir sin más que una leve reprimenda. Había estado preguntando por otras bodegas en apuros, cuyos propietarios quisieran vender, pero tampoco tuvo suerte.

—¿Crees que va a forzar a alguien? —preguntó Mercer.

—Es una corazonada —respondió Paps.

Mercer comprendía la importancia de estar alerta, simplemente porque su instinto le decía lo mismo.

—Hay un nuevo enólogo que se va a incorporar a Butler Ranch —le contó Paps—. Bradley St. John.

—¿Cuál es la historia de él?

—La de ella.

—¿Eh?

—Bradley es una mujer. No hay mucho que contar. Es la sobrina de los Jenson. Son enólogos cuyos viñedos están al otro lado de la carretera de Butler Ranch.

Mercer no tenía ni idea de por qué Paps le estaba contando eso. Si se trataba de un cotilleo, no le interesaba.

—Está saliendo con Trey Deveux —añadió Paps.

¿De qué le sonaba ese nombre? Mercer abrió los archivos de su ordenador y buscó el nombre. Ahí estaba. Era el que, según Lena, había firmado el acuerdo de confidencialidad antes de que Calder fuera a ver la propiedad de Old Creek Road cuando estaba en venta. Mercer indagó un poco más y descubrió que la familia Deveux tenía una conexión con los Calder a través del matrimonio entre una hermana y uno de los hermanos pequeños de Rory.

—¿Qué más sabes de ella? —preguntó Mercer después de contarle a Paps lo que recordaba y lo que había encontrado.

—No creo que haya nada más. Maddox se puso en contacto con ella para ofrecerle el trabajo; al parecer, es una enóloga prometedora. Sinceramente, creo que la conexión con Deveux es una coincidencia, pero sin duda no es algo que debamos ignorar.

—¿Qué más me has ocultado? —espetó Mercer, más enfadado consigo mismo que con Paps.

—No me gusta tu tono, Ochenta y ocho. Seguiremos esta conversación cuando llegues mañana.

Mercer se quedó mirando al teléfono, incrédulo de que Paps acabara de colgarle. Lo dejó caer sobre la mesa.

Como era imposible que pudiera dormir esa noche, organizó la seguridad de Quinn para el tiempo que estuviera fuera y luego se sumergió de lleno en los archivos a los que no había prestado toda su atención desde el comienzo del verano. Se había dejado llevar por su relación , nada menos que con un activo, y por eso no estaba más cerca de completar su misión.

Se prometió no dejar que Quinn lo distrajera más, pero después de dos horas mirando a la pantalla sin conseguir hacer nada, aceptó el hecho de que ella era lo único en lo que pensaba y se fue a la cama.

Sin embargo, el día siguiente sería diferente. Desde el momento en que pusiera un pie en el avión, su cabeza volvería a estar centrada.

. . .

—QUÉ MANERA MÁS HORRIBLE DE PASAR UN PUENTE. ¿CÓMO estás por lo demás, Ochenta y ocho? —preguntó Razor cuando Mercer entró en la casa de Harmony.

—Horrible es la palabra adecuada. —Contuvo la respiración por un momento, rezando para que Razor no dijera nada de Quinn. No estaba de humor y dudaba de que pudiera contener su temperamento si su compañero empezaba a meterle caña.

—Ojalá supiera qué coño está tramando —murmuró Razor en su lugar.

Mercer miró por encima del hombro de Razor y estudió el informe del paradero de Calder las veinticuatro horas del día.

—¿Quién es? —preguntó Mercer mientras señalaba un nombre en la pantalla.

—Se llama Vatos. Tiene un largo historial de arrestos, pero en su mayoría por tonterías. Drogas, robos, cosas de ese tipo.

—¿Por qué se reúne Calder con él?

Razor se encogió de hombros.

—No tengo ni idea.

—¿Quién lo está vigilando?

—Nadie. ¿Crees que deberíamos asignar a alguien?

—De inmediato.

Mercer tenía un mal presentimiento, pero lo peor era que no sabía si su instinto estaba reaccionando a la misión o a Quinn, y eso lo enfadaba muchísimo.

—Deveux está de camino —informó Paps—. Hola, Ochenta y ocho. ¿Tienes un minuto?

—Sí, señor —respondió y siguió a su socio a la otra habitación—. Antes de que digas nada, siento mi actitud de anoche. Me pasé de la raya.

Paps miró a Mercer.

—Solo voy a decir esto una vez, así que más te vale escuchar.

Él asintió.

—¿Quieres saber por qué Calder pudo llegar hasta Barbie? Porque Doc tenía la cabeza tan metida en su culo que perdió la perspectiva. Perdió la maldita concentración. No permitas que la historia se repita, Ochenta y ocho. ¿Me oyes?

—Sí, señor —dijo Mercer de nuevo.

—Ya basta de esta mierda —ladró mientras se marchaba.

Joder. Paps tenía toda la razón y Mercer no sabía qué coño hacer al respecto. Sabía que tenía que recomponerse, pero su cerebro se negaba a cooperar.

Como de costumbre, Mercer durmió muy poco. La asociación de Calder con Vatos le pesaba mucho en la mente, pero no tanto como lo que le había dicho Paps.

Se levantó con el sol y se encontró con Razor en la pequeña cocina de la casa.

—Necesito ayuda —admitió.

Razor se giró y lo miró directamente.

—¿Qué puedo hacer?

—Hazte cargo de la protección de Skipper. Yo he terminado.

Razor asintió y le ofreció una taza de café.

—Solo es algo temporal, Ochenta y ocho —dijo, pero Mercer no estuvo de acuerdo.

Salió al porche, donde el amanecer en el este envolvía las colinas en tonos rosa y naranja. Paps tenía razón; esas colinas eran preciosas. También tenía razón sobre él en lo que respecta a Quinn. Había perdido la concentración y eso era inaceptable.

—Oh, oh —oyó decir a Razor desde la cocina.

—¿Qué pasa ahora? —preguntó mientras volvía al interior.

—Skipper se está moviendo.

Mierda. Mercer volvió a mirar por encima del hombro.

—¿Hacia dónde?

—Hacia aquí.

Dios. ¿Por qué? ¿Qué demonios estaba tramando ahora? Ahí se acabó lo de recuperar la concentración.

27
QUINN

Quinn no iba a quedarse sentada todo el fin de semana compadeciéndose de sí misma porque Mercer se hubiera ido. Los dos podían jugar a su juego. ¿No podía decirle dónde estaba? Sin problema. Ella tampoco tenía que decirle dónde estaba.

Había pasado demasiado tiempo desde la última vez que había estado en el lugar que consideraba su hogar, aunque solo lo había visitado y nunca había vivido allí. Paso Robles era la casa de su abuelo y, en los últimos años, también había sido la de su madre.

Por primera vez en su vida, Quinn estaba decidida a conectar con las dos únicas personas que quedaban de su familia, quisieran o no. Su único problema era que no sabía dónde estaban.

Quizá encontraría pistas en la casa de su abuelo.

El primero vuelo del día siguiente a la costa oeste salía a las seis de la mañana y ella lo cogería.

. . .

Cuando aterrizó en el aeropuerto de San Luis Obispo, la primera persona en la que pensó fue Mercer. Su mente se había desviado hacia él de camino a LaGuardia, y también durante todo el vuelo, pero esta vez era diferente.

Mientras estaba en el mostrador de alquiler de coches, a punto de alquilar su primer coche, se sintió agradecida de que él la hubiera enseñado a conducir e incluso la hubiera llevado a sacarse el carné de conducir. Estaba deseando salir a la carretera, sola, e ir donde quisiera, cuando quisiera.

—Lo siento, señorita, pero no alquilamos a conductores menores de veinticinco años —dijo el agente.

—No entiendo. Tengo carné.

—Sí, pero por cuestiones de responsabilidad, esa es nuestra política.

—Hay otras agencias de alquiler de coches; estoy segura de que otra no tendría una política tan absurda —murmuró, más para sí misma que para él.

—No, señorita. Todos tenemos la misma política.

—¿Quinn? —oyó decir a una voz familiar detrás de ella. Cogió su carné y su tarjeta de crédito y se dio la vuelta.

—Señor Sharp, ¿qué hace aquí?

—Estoy de viaje de negocios. ¿Y tú?

—Eh... disfrutando de unas últimas vacaciones antes de empezar mi nuevo trabajo.

Él sonrió y luego miró al agente de alquiler de coche.

—¿Cuál es el problema?

—Solo tengo veintiún años —respondió Quinn.

—Ya veo. Ven conmigo.

—¿Adónde vamos? —preguntó mientras la sacaba de la terminal del aeropuerto.

—Al aparcamiento.

—¿Por qué?

El señor Sharp se rio.

—Te he contratado por tu naturaleza inquisitiva, Quinn. Me alegra ver que no la has perdido.

Ella sintió que se le enrojecían las mejillas.

—Lo siento.

—No lo sientas. Ya te he dicho que me gusta.

Le entregó un juego de llaves y se detuvo junto a un coche aparcado.

—Pulsa el botón del maletero —dijo, y cuando lo hizo, él cogió su equipaje, lo metió dentro y lo cerró.

—¿Y su equipaje? —preguntó ella al darse cuenta de que no lo metía en el maletero.

—Me voy de la ciudad. Puedes usar mi coche mientras estoy fuera.

—No, no puedo. Quiero decir, gracias pero...

—Tal y como yo lo veo, no tienes mucha elección. —Sonrió—. Está bien. Confío en ti.

—¿Vive aquí, señor Sharp? —preguntó al darse cuenta de que había dicho que iba a viajar.

—Sí, y, por favor, llámame Tabon. Tengo una casa en la playa, a una hora al norte de aquí. ¿A dónde te diriges?

—A Paso Robles. Mi... eh... familia vive allí.

—Qué bien. Seguro que están deseando verte.

A Quinn se le encogió el corazón. *Ojalá fuera así.*

—¿He dicho algo malo?

¿Por qué todo el mundo era tan observador?

—No es que me estén esperando precisamente.

—Ya veo.

—¿Sí? —Maldita sea, el señor Sharp le recordaba a Mercer. Era como si pudiera leerle la mente.

—Yo también he tenido mis propios... como decirlo... problemas familiares —dijo.

Quinn asintió. Ella no diría que su situación fuera un problema, pero entendía lo que estaba diciendo.

—Te diré una cosa. ¿Ves esa llave? —Señaló la única otra llave del llavero—. Si las cosas no salen como esperas, puedes quedarte en mi casa.

—¿En serio? —Quinn se quedó atónita—. No puedo. Es muy amable y generoso, pero, de verdad, no puedo.

—Tú decides. Estará vacía durante varias semanas, ya que dentro de unos días empieza una nueva empleada y pasaré más tiempo en la costa este. —Le guiñó un ojo—. Sin presión. Si la necesitas, es toda tuya.

—Gracias. ¿Dónde está?

El señor Sharp, Tabon, se rio.

—Una dirección ayudaría, ¿no? —Sacó un bolígrafo del bolsillo y una tarjeta de su cartera y anotó la dirección en el reverso—. ¿Todo listo? —preguntó.

Quinn asintió.

—Muchas gracias de nuevo.

—Es un placer. Disfruta de tu tiempo aquí. Y Quinn...

—¿Sí?

—No te metas en líos.

El señor Sharp se alejó, dejándola un poco atónita. Era solo una expresión, ¿verdad?

LE COSTÓ VARIOS INTENTOS SACAR EL COCHE DEL APARCAMIENTO, luego se perdió buscando la salida y después la autovía, pero ahora que estaba de camino, se sentía más libre que nunca.

Buscó las indicaciones para llegar a Paso Robles en el sistema de navegación del coche y subió el volumen de la radio por satélite para disfrutar de la selección de jazz de su futuro jefe.

Quizá cuando llegara, su abuelo estaría en casa y no necesitaría quedarse en la casa del señor Sharp, después de todo.

—¿PUEDO AYUDARLA? —PREGUNTÓ UN HOMBRE MAYOR CUANDO ella aparcó fuera de la verja.

—Estoy buscando a mi abuelo, John Hess.

El hombre arqueó una ceja.

—Su abuelo no está aquí, jovencita.

—Eh, ¿sabe cuándo volverá?

—Ya no es el dueño de esta propiedad. Ahora lo es mi hijo.

Los ojos de Quinn se llenaron de lágrimas. No solo su madre y él no estaban allí, sino que además la habían vendido.

—Ya veo... Ha pasado tanto tiempo —murmuró y se secó las lágrimas—. Me llamo Quinn, por cierto. Disculpe mis malos modales.

—No pasa nada. Yo soy Laird Butler.

Ella le extendió la mano y se la estrecharon.

—Un placer, señor Butler.

—Llámeme Laird, y es un placer para mí también.

Quinn no sabía qué hacer a continuación.

—¿Quiere echar un vistazo? —ofreció.

—Me encantaría, gracias. ¿A sus hijos no les importará?

—Para nada. De hecho, acaban de tomar posesión de la propiedad, así que de momento no están aquí.

—No tardaré mucho.

—Tómese el tiempo que quiera.

—Gracias, señor Butler, quiero decir, Laird. Lo hago mucho... Solo voy a... eh... dar un paseo —balbuceó.

Laird sonrió de una manera que le recordó a su abuelo, aunque hiciera años que no lo veía.

—Disfrute de su día —dijo él y se alejó por un sendero que atravesaba el bosque.

Quinn volvió al coche, abrió el maletero y sacó un protector solar de su bolso. Hacía mucho calor allí; debía de hacer más de treinta grados. Aunque había menos humedad que en Nueva York y era un lugar tan abierto que no resultaba tan agobiante.

Desde donde estaba, solo podía ver un edificio, y era la casa en la que vivían sus abuelos la última vez que había estado allí. Su madre también había vivido allí antes de que marcharse adonde fuera que estuviera.

Quinn volvió a meter el protector solar en el maletero, lo cerró y se dirigió a la casa, deseando haberle preguntado a Laird si podía echar un vistazo dentro. Mientras caminaba por el sendero de tierra que recordaba que llevaba a los viñedos, miró a través de una de las ventanas. Desde ese punto de vista, parecía que la casa estaba vacía. Laird había dicho que sus hijos acababan de tomar posesión de la propiedad, así que tenía sentido.

Quizá si se lo volvía a encontrar, le preguntaría si podía entrar, ya que nadie vivía allí.

Sin embargo, la casa no era lo que más le interesaba a Quinn. Estaba buscando algo mucho más pequeño, algo que casi no recordaba, pero que había sido un lugar especial para ella y su abuelo.

La pequeña estructura de madera estaba en el extremo más alejado de la propiedad, cerca del viñedo más occidental. Eso era lo único que recordaba, pero solo porque una noche habían visto la puesta de sol desde allí.

Si cerraba los ojos, podía verlo e incluso oír las palabras que le había dicho. No podía tener más de siete años en ese momento, ya que fue justo antes de que se fuera al internado.

«A partir de ahora, llamaré a esto "la cabaña de Quinn", porque cada vez que esté aquí, recordaré haber visto la puesta de sol más perfecta con mi única nieta».

Nunca imaginó que esa sería la última vez que vería una puesta de sol con él o incluso que podría un pie en esa propiedad. Recordaba haber pensado que volvería el verano siguiente.

Su sentido de la orientación era mucho mejor a pie que en coche, sobre todo porque era fácil saber en qué dirección estaba el oeste. Había una brisa ligera y, de vez en cuando, Quinn podía oler el océano y sentir el frío que traía consigo desde el agua y sobre las colinas.

Era parte de la razón por la que las uvas crecían allí con tanta abundancia. El calor del sol durante el día y el descenso de la temperatura por la noche permitían que las uvas maduraran, pero no demasiado rápido, lo que garantizaba que el jugo que finalmente se prensaba fuera complejo y rico en azúcares que la levadura acabaría convirtiendo en vino.

Sacudió la cabeza, maravillada por las cosas que su memoria había mantenido ocultas la mayor parte del tiempo, pero que habían vuelto a la superficie mientras caminaba por la tierra, sintiendo el sol en su rostro y respirando el aroma de la tierra.

28
MERCER

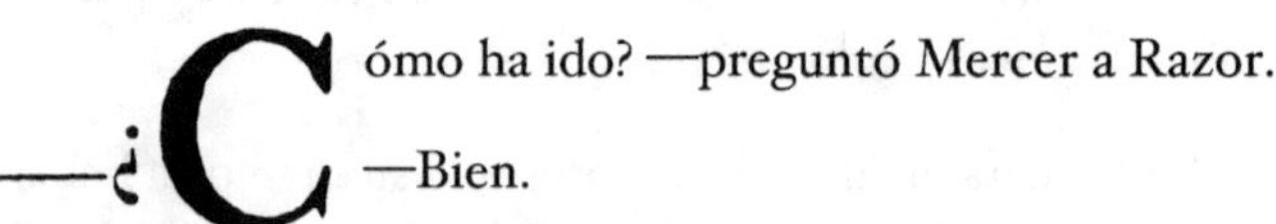

—¿Cómo ha ido? —preguntó Mercer a Razor.

—Bien.

—¿Se va a quedar en la casa?

Razor cruzó los brazos.

—¿Qué vas a hacer, Ochenta y ocho? ¿Has terminado o quieres volver a encargarte de la seguridad de Skipper?

No pudo evitarlo. En cuanto Razor le había dicho que estaba yendo hacia allí, su mente se aceleró pensando en lo que eso significaba. En cuestión de minutos, alquiló una casa en Cambria, donde no hacía tanto calor y podría disfrutar del mar en caso de que necesitara un lugar donde quedarse.

—¿Cómo se va a mover? —le había dicho a Razor, pensando en qué más podría necesitar mientras estuviera allí.

—¿Coche?

Cuando Mercer dijo que tenía veintiún años, Razor admitió que no había pensado en eso.

Rastrearon su vuelo y lo organizaron todo para que Tabon estuviera en el aeropuerto cuando ella aterrizara, aunque él pensaba que Mercer estaba exagerando al obligarle a llevar una maleta.

—Es lista —había dicho, como si eso explicara su exceso de celo.

Mientras tanto, Paps observaba sin decir nada, aunque Mercer aún tenía en la cabeza las palabras que había pronunciado un par de horas antes.

Paps no se acercó a él hasta que Razor se hubo marchado al aeropuerto.

—Burns esperará en Old Creek Road —había dicho—. Por si acaso se dirige allí.

Mercer se quedó atónito.

—Gracias.

—He sido demasiado duro contigo antes —dijo su amigo antes de alejarse.

—No, no lo has sido.

Paps se dio la vuelta.

—No es lo mismo.

Mercer no estaba tan seguro. Había perdido su concentración; ese era el mayor problema, y si Doc también la había perdido, entonces los problemas inherentes eran exactamente los mismos.

—ESTÁ ALLÍ —LE DIJO PAPS POCO MÁS DE UNA HORA MÁS tarde—. Burns ha entrado en contacto y ella está paseando por la propiedad. Por suerte, Maddox y Naughton ya se han marchado.

Cierto. Había oído que antes estaban en los viñedos, con Alex y la nueva enóloga.

—Gracias por avisarme.— Mercer asintió, pero tenía la mente a otra cosa y estaba preocupado.

—¿Qué ocurre? —preguntó Paps.

—Calder y Vatos. —Mercer le entregó su teléfono a Paps.

—Esta es su tercera reunión —comentó.

—Están tramando algo. —Eso era obvio, pero el problema era que siempre se reunían en un viñedo, donde quienquiera que los estuviera siguiendo no podía acercarse lo suficiente para escuchar las conversaciones.

—Podríamos contratar a Vatos —sugirió Paps.

Mercer asintió. Estaba de acuerdo, pero hubiera preferido que lo hubieran hecho después de que se reunieran por segunda vez. Todavía sería posible hacerle hablar ofreciéndole más dinero del que sabían que Calder le estaba dando. Se recostó en su silla. Vatos estaba a punto de actuar; podía sentirlo, pero no tenía ni idea, ni pistas ni indicios de lo que podía hacer.

Cuando el siguiente mensaje apareció en su teléfono, Mercer se levantó de la silla de un salto.

—¡J-o-d-e-r! —gritó—. Joder, joder, joder.

Paps fue corriendo desde la otra habitación.

—¿Qué pasa?

—Calder está en Old Creek Road.

—¡Ve! —gritó Paps—. Yo te sigo.

Llama a Burns y a quienquiera que podamos conseguir —dijo mientras salía por la puerta que daba a la cochera.

—Entendido —escuchó que respondía Paps justo antes de que la Ducati rugiera al arrancar.

En el mejor de los casos, estaba a treinta minutos de distancia, pero mientras conducía, cada uno de ellos pasaba como si fuera una hora.

Una vez que se detuvo frente a la verja, a Mercer no le importaba un comino si se encontraba cara a cara con Calder. Lo único que le importaba era asegurarse de que ese bastardo no entrara en contacto con Quinn.

Paps le envió un mensaje diciendo que Burns lo estaba esperando y que Calder estaba en la bodega, mientras que Skipper seguía en los viñedos del oeste. Entre medias, había dos agentes listos para interceptarlo si era necesario.

—¿Dónde está ella exactamente? —preguntó Mercer cuando Burns salió del bosque cerca de donde había aparcado.

Te he enviado las coordenadas —respondió Burns.

—¿Y Calder?

—Sigue en la bodega.

—¿Con quién está?

—Con Gunner.

Mercer se sintió momentáneamente confundido mientras caminaba hacia la moto, pero luego se dio cuenta de que Burns se refería a Paps, que obviamente había llegado antes que él. Abrió las coordenadas en su teléfono y analizó brevemente la mejor ruta. Era difícil saber hasta dónde podría llegar con la moto.

—Ven conmigo —dijo Burns, que ya se dirigía hacia el sendero—. No podrás atravesarlo con eso y no querrás alertar a Calder de que estás aquí.

Volvió a mirar las coordenadas. Estaba a unos quince minutos a pie de donde se encontraban.

—¿Sabes montar? —preguntó Burns.

—Hace tiempo que no lo hago, pero me las arreglaré. —Cuando vio los dos caballos en el prado, esperó que Burns se refiriera al apalusa, porque era imposible que se subiera al enorme caballo de tiro.

—Ese es Shazam. Pertenece a Maddox. El otro es Huck, que pertenece a Naughton.

Shazam, el único que llevaba silla de montar, se acercó a la verja cuando Burns silbó y lo llamó. Parecía bastante dócil, pero a Mercer no le importaba, siempre y cuando fuera rápido y no intentara tirarlo.

—Aquí tienes —dijo Burns mientras le entregaba una bolsa de regaliz rojo—. Le encanta. Dale un trozo cada vez y hará todo lo que le pidas. —Abrió la verja y le indicó a Mercer que lo siguiera —. Por ahora no corre ningún peligro. El camino es rocoso, no le exijas demasiado.

Mercer pasó la mano desde el hombro del caballo hasta su costado para que Shazam se sintiera cómodo con él.

—Gracias, señor —le dijo a Burns y le ofreció un trozo de regaliz.

El caballo lo cogió y luego le dio un empujoncito con el hocico.

—Te daré más en un momento —le dijo Mercer, antes de pasar la pierna por encima y acomodarse en la silla.

—Supongo que mides más o menos lo mismo que Maddox —dijo Burns mientras comprobaba el ajuste del estribo—. ¿Listo?

Mercer asintió y dirigió al caballo a través de la puerta abierta.

. . .

Al doblar la curva en el camino de tierra, pudo ver una de las estructuras que había estado buscando, pero que no había encontrado cuando estuvo allí en junio. Burns le había dicho que ella estaba allí y, al acercarse, vio que la puerta estaba abierta.

Desmontó cuando estuvo lo suficientemente cerca como para que Quinn pudiera oírlo acercarse y ató el caballo a la rama de un árbol.

—Estarás bien a la sombra —susurró y le dio otro trozo de regaliz —. Debería haber pensado en traerte agua.

Cuando el caballo relinchó, Mercer se quedó paralizado. Allí, en la puerta, estaba Quinn, con varios papeles en la mano, lágrimas corriéndole por las mejillas y una expresión en el rostro que él nunca había visto antes.

—Lo sabía —dijo cuando se acercó lo suficiente para oírla.

—¿Qué sabías? —respondió él mientras miraba los papeles que sostenía.

—Que aparecerías por aquí.

—¿Qué tienes ahí? —Se acercó más.

Quinn abrió la mano y él cogió los papeles que tenía arrugados en ella.

Mientras los analizaba, ella entró en la cabaña, así que él la siguió. Se sentó en una vieja mecedora que parecía desvencijada y se cubrió el rostro con las manos.

—¿Lo sabías? —preguntó ella.

Él no respondió de inmediato; todavía estaba tratando de procesar lo que estaba leyendo.

—Contéstame, maldita sea. ¿Lo sabías?

Mercer la miró a los ojos y asintió.

—Algunas cosas.

—¿Quién es Angus Sullivan? —preguntó.

Como el papel que estaba en lo alto de la pila que le había entregado era un certificado de nacimiento, entendió lo que le estaba preguntando.

—Un nombre ficticio.

Ella asintió y siguió meciéndose, con las lágrimas aún corriéndole por las mejillas. Cerca de la chimenea de piedra de la cabaña, Mercer vio una abertura recortada en las tablas rugosas y sucias del suelo.

Volvió a mirar el certificado de nacimiento. En la casilla titulada «Nombre del padre» ponía Kade Butler, pero eso no era lo peor de lo que había leído. Era el siguiente documento lo que más le preocupaba.

La violaron —susurró Quinn entre lágrimas, al darse cuenta de que él estaba leyendo el informe policial.

Cuando Mercer se arrodilló frente a ella y le puso la mano en el brazo, ella lo apartó bruscamente.

—Sí, preciosa, la violaron.

—No me llames así.

—Quinn, por favor. Vamos a...

—¿Vamos a qué, Mercer? —espetó ella, mirándolo con ira.

Él negó con la cabeza.

—Esto debería estar bien —murmuró ella—. Adelante. Di lo que ibas a decir.

—Lo siento...

—¿Quién es Kade Butler? —preguntó cuando él no dijo nada más.

—Tu madre estuvo casada con él.

—Ya veo. Sin embargo, no es mi padre, al menos según la fecha que figura en el informe policial.

—No lo sé.

—Pero conoces a mi madre.

Mercer asintió.

—Sí.

—¿Sabes dónde está?

—Sí.

Vio cómo se acercaba su mano, pero no hizo nada para impedir que lo abofeteara. Se merecía eso y más por todo lo que le había ocultado. La bofetada le dolió, pero no reaccionó.

—¿Qué le pasó al hombre que violó a mi madre?

—No lo sé —dijo de nuevo, mintiendo descaradamente y odiándose a sí mismo con cada palabra que ella pronunciaba.

Quinn lo analizó.

—Una pregunta. Eso es todo lo que me ofreciste y, sin embargo, lo sabes todo sobre mí, ¿no?

Él asintió, pero no habló. El sonido de su propia voz admitiendo cómo la había engañado era algo que no quería oír.

Cuando ella se puso de pie y salió de la cabaña, Mercer no la siguió. Esperaba oírla alejarse, pero en cambio, volvió a entrar.

—Casi no lo veo —murmuró, señalando la abertura en las tablas del suelo—. Me iba. Nunca habría vuelto, pero entonces algo me llamó la atención. Me acerqué y pasé el dedo por el borde. Se levantó, así sin más. Se podría pensar que las tablas estarían pegadas, pero debían de haberse deformado. —Quinn se secó las lágrimas que seguían cayendo por sus mejillas.

Salió de nuevo, con los hombros encorvados de una forma que le partió el corazón.

Iba a ir tras ella, pero ¿qué podía decirle? Tenía todo el derecho a sentirse así. ¿Qué le había dicho Paps?

—Deja que te odie si eso la mantiene a salvo.

Ahora, lo único que importaba era mantenerla a salvo, y él no podía ser quién lo hiciera.

Llamó a Razor.

—¿Dónde estás?

—Aquí, en la finca —respondió.

—¿Has visto a Quinn?

—Sí, Ochenta y ocho. La he visto.

—Ahora es tuya. Cuídala bien.

—La mantendré a salvo, Mercer. Sabes que lo haré.

El hecho de que Razor usara su nombre de pila lo decía todo. Apreciaba su tranquilidad, especialmente ahora que tenía que afrontar que le había fallado irremediablemente.

Ojalá nunca hubiera... Había demasiadas cosas que no debería haber hecho y ahora entendía por qué.

Nunca te enamores de una fuente, un objetivo o un activo. Ahora lo sabía. No volvería a ocurrir nunca más. De eso estaba seguro, porque Quinn era la única para él. Era la única mujer a la que había amado y seguiría siéndolo hasta el día de su muerte.

29
QUINN

Quinn avanzaba a trompicones por el bosque, deteniéndose cada cierto tiempo cuando el dolor se hacía tan insoportable que no podía seguir adelante. Se apoyaba contra un árbol o descansaba el mano en el tronco hasta que las lágrimas remitían lo suficiente como para poder concentrarse en el camino.

¿Adónde iba? ¿A Nueva York? ¿O debería quedarse allí e intentar encontrar las respuestas a sus preguntas? Sin embargo, había tantas que no sabía por dónde empezar. Había ido en busca de pistas sobre el paradero de su madre y, en cambio, había descubierto una vida de la que no sabía nada.

Su vida.

Los pensamientos volaban sobre su cabeza más rápido de lo que podía procesarlos. Los recuerdos inundaban su cerebro, y muchos de ellos adquirían un nuevo significado.

Pasó por delante de la casa que había querido explorar un par de horas antes, temiendo que, si entraba, desenterraría más secretos que no podría soportar.

Una vez de vuelta donde había dejado el coche, Quinn no sabía adónde iría si se subía a él. Vio un banco cerca de un arroyó; se acercó y se sentó. Se llevó las manos a la cabeza, intentando ordenar sus pensamientos lo suficiente como para decidir qué hacer.

—¿Quinn?

Miró al hombre que se había presentado como Laird Butler.

—¿Lo sabía? —preguntó ella.

Él se acercó.

¿Puedo sentarme?

Quinn se desplazó hacia la izquierda y esperó a que respondiera.

—Sí —dijo.

Ella se giró para mirarlo.

—¿Cómo sabe a qué me refiero?

—Simplemente lo sé.

—Más secretos —murmuró—. ¿Quién es Kade para usted?

—Mi hijo mayor.

Quinn cruzó los brazos, esperando las palabras que Laird no dijo. Obviamente, él no creía que Kade fuera su padre, al igual que ella.

—Tengo muchas preguntas... —empezó.

—Puedes hacerlas.

—Aún no estoy lista.

Laird asintió, sacó una pipa y la llenó de tabaco. La encendió y Quinn inhaló el aroma. Le encantaba el olor del tabaco de pipa.

—Dios mío —exclamó al darse cuenta de repente de por qué—. Me conoce, ¿verdad? Nos hemos conocido. —Las lágrimas volvieron a correr por sus mejillas, aunque no sabía cómo podía llorar más de lo que ya lo había hecho.

Laird dio una calada a la pipa y asintió.

—Sí.

Quinn se abrazó el estómago con más fuerza. Lo único que siempre había querido en la vida era una familia, y la tenía, salvo que no querían saber nada de ella.

El dolor la desgarraba. Al menos ahora entendía por qué. Era hija de un violador. No era de extrañar que su madre no la quisiera cerca. Quinn era un recordatorio constante de esa cosa tan horrible que le había ocurrido. Como era evidente, los padres de su madre sentían lo mismo, ya que, después de que la enviaran a un internado, nunca más los volvió a ver.

—¿Qué edad tenía?

—Eras un bebé, luego una niña pequeña. Solíamos visitaros a tu madre y a ti con bastante frecuencia.

—¿Por qué dejaron de hacerlo?

—Creíamos que ya no era seguro.

—¿Por qué soy una especie de monstruo? ¿Temían por su seguridad por una niña pequeña? —Quinn se levantó y se dio la vuelta.

—Creíamos que ya no era seguro para ti, Quinn.

—¿Por qué?

—Siéntate.

Consideró no hacer lo que le pedía, pero si se marchaba ahora, quizá nunca obtendría las respuestas que quería, que necesitaba. Las que parecía que Laird Butler podía darle.

—Hay cosas que han sucedido a lo largo de tu vida que han hecho que sea necesario tomar ciertas decisiones para mantenerte a salvo.

—Ya ha dicho eso. Mi pregunta era por qué.

—El peligro no ha desaparecido, Quinn. Si acaso, ahora necesitas más protección que nunca.

Quinn sacudió la cabeza, furiosa consigo misma por pensar que Laird sería diferente a Mercer. Espera. ¿Lo era?

—¿Cuánto conoce a Mercer? —preguntó.

—No demasiado.

—Pero lo conoce.

Laird asintió.

—Él tampoco me dirá nada. Hasta hoy no me había dado cuenta de que las cosas que no me contaba eran sobre mí. Creía que no podía hablar del trabajo que hacía. —Ahora sabía que los dos eran prácticamente lo mismo—. ¿Todo aquello de lo que necesito que me protejan tiene que ver con mi madre?

—Sí —respondió.

—¿Sabe dónde está?

—No.

—Mercer sí lo sabe.

—Él tiene una función diferente a la mía.

Quinn se levantó y se apoyó contra un árbol.

—Tengo veintiún años. ¿No cree que ya es hora de que sepa la verdad? Es mi vida.

—La sabrás, Quinn. Pronto. Pero, por ahora, te pido que confíes en las personas que te han estado protegiendo.

Confiar. ¿Cuántas veces le había pedido Mercer que confiara en sus instintos? ¿Cuántas veces le había pedido que confiara en él? Y todo ese tiempo le había estado mintiendo.

—Mercer lo sabe todo sobre mí. Él ha sido quien me ha protegido.

—Hay más, querida niña. Se preocupa mucho por ti.

Quinn negó con la cabeza. No importaba si la había estado protegiendo ni si se preocupaba por ella. Lo que tenían era una mentira. Eso fue lo que ella le había dicho cuando estaban en su apartamento y él le preguntó por qué no tenía fotos. Él había hecho una foto de los dos juntos y luego le había dado un marco que decía que era real. Pero no lo era.

—¿Qué debo hacer? —preguntó ella.

Por la expresión de su rostro, se dio cuenta de que no había previsto la pregunta y tardó un rato en responder.

—Vete a casa —dijo por fin—. En Nueva York estás más segura que aquí.

Ella asintió y se dirigió hacia el coche aparcado. Él se levantó, la siguió y le entregó un trozo de papel.

—Si necesitas algo, llámame a este número.

Quinn le dio las gracias y se subió al coche. Aún no estaba lista para volver a Manhattan. Por suerte, se había encontrado con Tabon Sharp en el aeropuerto y tenía un lugar donde quedarse.

Bajó la ventanilla antes de dar marcha atrás.

—Tengo otra pregunta —le dijo a Laird, que no se había movido del sitio—. ¿Conoce a alguien llamado Tabon Sharp?

Laird apoyó las manos en el techo del coche.

—No puedes permitirte rechazar protección en este momento, Quinn. Si no has escuchado nada de lo que te he dicho, ten en cuenta esto: estás en peligro. Gente como Mercer y Tabon, y varios otros, te mantendrán a salvo.

A Quinn se le llenaron los ojos de lágrimas otra vez. Había perdido la cuenta de cuántas veces había llorado.

—Eso también es mentira. ¿Hay alguna verdad en mi vida?

La pregunta era retórica, pero él respondió de todos modos.

—Hay muchas.

—Aún no me voy. Como Tabon me ha ofrecido quedarme en su casa, supongo que allí estaré segura, aunque solo sea por un par de días.

—Lo estarás, pero, como he dicho, Nueva York es más seguro.

—¿Cómo sabe dónde vivo?

No le dio tiempo a responder antes de dar marcha atrás y alejarse con el coche. Antes de llegar a la autovía, se detuvo y abrió el compartimento entre los dos asientos, pero estaba vacío. Se inclinó hacia la guantera y la abrió. Dentro había dos documentos. Uno era el permiso de circulación y otro contenía la información del seguro. Ambos documentos estaban a nombre de Tabon Sharp.

Por alguna razón que no podía explicar, eso la hizo sentir mejor. Se secó las lágrimas, volvió a la carretera y condujo hasta la dirección que le había dado.

Una puerta automática se abrió en cuanto se detuvo. Tabon estaba sentado en un banco frente a la puerta principal.

—Hola, Quinn —dijo cuando ella salió del coche. Le cogió la llave de la mano y abrió el maletero.

—¿Qué haces aquí?

—Ayudarte con el equipaje.

—No necesito ayuda —dijo ella mientras intentaba quitárselo. No podía competir con su fuerza, así que se rindió y se quedó de pie con los brazos cruzados—. ¿Por qué estás aquí?

—Tengo que hablar contigo.

—Espera. ¿De verdad has venido para contarme la verdad? Estoy sorprendida, Tabon.

Él sonrió y eso le derritió un poco el corazón.

—Primero, nadie me llama Tabon, excepto mi madre. Y tú desde hace poco. Me llaman Razor. Vamos dentro.

ERA CASI EL ATARDECER Y QUINN NO SABÍA MUCHO MÁS QUE cuando llegó, salvo que, aunque Razor había sido quien la había entrevistado, la señora Patchett, la directora general, y el grupo de conservación eran reales, y si Quinn todavía quería el trabajo, ellos querían contratarla.

—¿Has comido algo recientemente? —preguntó Razor.

—No.

—¿Es decir?

Ella suspiró.

—No lo recuerdo.

—Veamos qué ha guardado Mercer en el frigorífico. Me muero de hambre.

Quinn perdió el poco apetito que tenía y se quedó donde estaba cuando Razor fue a la cocina. Volvió unos minutos más tarde con dos platos de salchichas y patatas fritas.

—Come —le dijo al ponerle uno de los platos delante.

—No tengo hambre.

—Claro que sí, y mientras comes, te voy a hablar de nuestro señor Mercer.

—Dios mío, ¿cómo lo has llamado?

—Tranquilízate. Me ha parecido gracioso. Por cierto, no sé nada del tiempo que habéis pasado juntos. Nada. En. Absoluto. ¿Lo entiendes?

Ella asintió y deseó que fuera más fácil odiar a Razor, o al menos que no le cayera bien. En cambio, sentía lo mismo que había sentido con Mercer cuando se conocieron. Se sentía a salvo. Obviamente, no sentía las otras cosas que había sentido por Mercer, como la atracción. Le recordaba más bien a un hermano mayor.

—Oh, no —jadeó mientras se llevaba las manos a la cabeza.

—¿Qué? —preguntó él con las manos llenas de patatas fritas.

—¿Qué hay de Aine y Ava? ¿Y Tara y Penelope?

Él se metió otro puñado de patatas fritas en la boca.

—¿Qué pasa con ellas?

—¿Tu madre no te enseñó que no se habla con la boca llena?

—Claro que sí, pero no está aquí, ¿verdad?

La sonrisa de Quinn se desvaneció rápidamente al pensar en su propia madre.

—Déjate de tonterías —le espetó.

—¿De qué estás hablando?

—Deja de compadecerte de ti misma.

—Como si tuvieras idea de cómo me siento —replicó ella.

—La cuestión es que sí lo sé. Al menos sé cómo deberías sentirte.

Quinn sintió ganas de marcharse, pero tenía demasiada curiosidad por oír lo que tenía que decir.

—¿Cómo debería sentirme?

Razor dejó su plato sobre la mesa y se inclinó hacia adelante para mirarla a los ojos.

—Entiendo por qué estás enfadada, pero no ves el panorama general. —Se frotó la cara con la mano, como había visto hacer a Mercer más de una vez—. Mercer, yo, otra gente que ni siquiera conoces... Todos te protegemos, pequeña. ¿Sabes lo que eso significa?

Quinn negó con la cabeza.

—Si alguien entrara por la puerta principal de este lugar y tuviera un arma, yo recibiría todas las balas antes de permitir que nada ni nadie te hiciera daño.

—Gracias —susurró—. Pero no lo entiendo.

—¿Qué parte no entiendes?

—Por qué necesito protección. No soy nadie. No soy nada. —Continuó, pero volvió a sentir lástima por sí misma, y después de lo que él acababa de contarle, no tenía derecho a hacerlo.

—Para mucha gente, lo eres todo. —Su tono de voz cambió tan drásticamente que la dejó de piedra. En lugar de sonar enojado, estaba triste.

—¿Por qué estás aquí?

—Voy a ocupar el lugar de Mercer. —Él rio—. Bueno, no en ese sentido. Me voy a encargar de tu seguridad.

Ella no tenía ni idea de lo que eso significaba.

—Ah, no he respondido a la pregunta sobre tus amigas. Son tus amigas, y eso es todo. Puede que sepamos todo lo que hay que saber sobre ellas, hasta sus cereales favoritos para el desayuno, pero ellas no saben nada de ti, salvo lo que han ido descubriendo tras pasar los últimos catorce años contigo.

—Gracias a Dios —murmuró.

—Lo de Mercer también es auténtico, cariño.

¿Auténtico? ¿Qué significaba eso? Ella negó con la cabeza, demasiado confundida para poder ordenar sus sentimientos.

—Te ama, y aunque me daría una paliza por decirlo, te lo voy a decir de todos modos. Y ¿sabes qué más? Kade también amaba a tu madre. ¿Quieres saber cómo lo sé? —No esperó a que ella respondiera—. Yo estaba allí. Por eso lo sé.

Las lágrimas volvieron y Quinn no tenía ni idea de qué decir.

Todo lo que esa mujer ha hecho ha sido por ti, Skipper. No por tu culpa.

—¿Cómo me has llamado?

Razor se rio.

—No es el nombre en clave más original, lo admito, pero no se me ocurrió a mí.

—¿Por qué Skipper?

—No te va a gustar. —Él seguía sonriendo, lo que hacía muy difícil enfadarse con él.

—Eso no te ha detenido hasta ahora.

Razor se rio aún más fuerte.

—Joder, a veces me recuerdas a ella. En fin, el nombre en clave de tu madre es Barbie.

—¿Barbie y Skipper?

Razor se encogió.

—Sí.

—Skipper es la hermana de Barbie, no su hija.

—¿En serio? Me voy a divertir contándoselo a Paps.

—¿Quién es Paps?

La expresión de Razor volvió a cambiar. Ya no se reía.

—De todos nosotros, él es quién más ha cuidado de ti y de tu madre. Incluso más que Mercer.

Cayó en algo. ¿Era así como casi la había llamado Tom? ¿Skipper? ¿Significaba eso que él también estaba implicado?

—¿Qué ocurre ahora? —preguntó él.

Ella odiaba lo fácil que le resultaba saber que le ocurría algo.

—Tom.

—Sí. Tom también. Y Vinnie. —Razor sacó su teléfono y miró la pantalla —. Mierda —murmuró.

—¿Qué?

Por un instante, pareció como si estuviera tratando de decidir qué decirle.

—Butler Ranch está en llamas.

—Dios mío —exclamó y se levantó de un salto—. ¿Está todo el mundo bien? ¿Qué hacemos?

—Nos quedamos aquí, Skipper.

—¿No tienes que ir?

Él negó con la cabeza.

—No. Eso es lo último que haría en esta situación.

30
MERCER

La conexión de Calder con Johnny Vatos estaba volviendo loco a Mercer. Había algo ahí, pero no conseguía averiguar qué era. Por mucho que intentara concentrarse en revisar el montón de mierda que había escondido bajo el suelo de la cabaña de Leech, su mente no paraba de pensar en dos cosas: cómo estaba Quinn y qué tramaban Calder y Vatos. Ambas cosas le corroían por dentro.

—Hola, Ochenta y ocho. —Paps se unió a él en la cocina—. ¿Has encontrado algo?

—Ni siquiera he arañado la superficie. —Mercer señaló la caja que tenía a sus pies—. ¿Quién está con Vatos?

—¿Ahora mismo? Max. ¿Por qué?

Mercer sacó su teléfono.

—¿Dónde están? —preguntó en voz alta, pero no esperaba que Paps le respondiera. Estaba enviando un mensaje a Max. Al mismo tiempo, Paps estaba consultando el informe de seguimiento del agente.

Mercer se quedó mirando su teléfono, esperando una respuesta que no llegó.

Paps se puso de pie.

—Está en Butler Ranch. ¿Qué cojones hace ahí? Vamos.

Como ya había anochecido, cogieron una camioneta en lugar de que Mercer fuera en moto. Ninguno de los dos habló durante el trayecto. Mercer seguía mirando su teléfono, pero Max no había respondido.

—Esto no me gusta —murmuró cuando se detuvieron a un lado de la carretera, fuera del perímetro del rancho—. ¿Coordenadas?

Paps las envió al teléfono de Mercer y ambos hombres salieron del vehículo. Habían pasado la primera hilera de viñedos en el lado norte del rancho cuando les llegó un olor a humo.

—¡Da el aviso! —gritó Mercer y echó a correr.

Cuando llegó al incendio, este se había extendido hasta tal punto que ya no podía hacer nada.

—¡Un cuerpo! —gritó Paps y corrió desde la otra dirección. Señaló y Mercer también lo vio.

Paps llegó primero y lo sacó de las llamas.

—Es Max. Tiene pulso —afirmó.

—Yo me encargo —se ofreció Mercer, que lo cogió y se lo echó al hombro—. Corre delante y acerca la camioneta todo lo que puedas. —Cuando terminó la frase, Paps ya estaba fuera del alcance del oído.

Condujo a través de una puerta abierta y se encontró con Mercer y Max a mitad de camino.

—No ha recuperado la conciencia —le dijo Mercer mientras dejaba al agente en el asiento trasero.

Cuando oyeron las sirenas a lo lejos, Paps sacó la camioneta a la carretera y fueron en la dirección opuesta.

Mientras se alejaban a toda velocidad, la primera llamada que hizo Mercer fue a Laird Butler. El fuego aún estaba bastante lejos de los edificios principales del rancho, incluidas las casas, pero les dijo que evacuaran de todos modos. Mercer sabía que él y Sorcha eran los únicos que se encontraban en la propiedad; el resto de la familia estaba en Stave, la casa de Alex Avila y Peyton Wolf en Cambria, lo cual le comunicó a Laird.

—¿Hay alguien más ahí? ¿Algún trabajador de los viñedos? ¿Alguien más?

Laird dijo que no había nadie más que él supiera y que recogería a Lucia de camino a Cambria.

—¿Adónde van? —preguntó Paps cuando Mercer colgó.

—A la casa de la playa de Alex.

Paps asintió y Mercer envió otro mensaje, esta vez a Razor.

Oyeron a Max toser y balbucear en el asiento trasero.

—¿Qué coño ha pasado? —gimió.

—Te hemos encontrado desmayado cerca del incendio —le dijo Paps.

—Vatos —gimió Max—. Él lo ha provocado. Cuando he intentado apagarlo, alguien me ha golpeado por detrás. —Se frotó la cabeza.

—¿Alguien? ¿No ha sido Vatos? —preguntó Mercer.

—No. —Max se frotó la nunca. Cuando se miró la mano, vio que tenía sangre, pero no mucha.

—¿Cómo te encuentras? —preguntó Mercer cuando Max se sentó.

—Me duele la cabeza. Por lo demás, bien.

Mercer miró a Paps, que parecía tan preocupado como él. Si Calder era la persona que había golpeado a Max, entonces sabía que alguien los había estado siguiendo a él o a Vatos.

—¿Adónde vamos? —preguntó Mercer.

—A casa de Alex —respondió Paps.

—¿Por qué?

—Sorcha está allí.

Mercer odiaba tener que insistirle para sacarle la información cada vez que hablaban.

—¿Y?

—Tiene formación médica.

Eso respondía una pregunta. Si iban a casa de Alex para que Sorcha examinara las heridas de Max, eso significaba que ella sabía perfectamente por qué estaba allí el equipo de K19.

—¡Dios mío! —exclamó Lucia Avila cuando entraron.

Aunque Max era el único de los tres que estaba herido, Paps y Mercer estaban cubiertos de hollín, mugre y suciedad.

—Ven conmigo. —Sorcha Butler agarró a Max de la mano y lo llevó al cuarto de baño.

—¿Qué ha ocurrido? —preguntó Lucia.

Mercer le contó lo mínimo que pudo, mientras Paps y Laird salían.

—Voy a ver cómo va el fuego —dijo Paps cuando él y Laird volvieron.

—Ven conmigo —le dijo Laird a Mercer.

Caminaron por un pasillo y entraron en un dormitorio. Laird le contó a Mercer todo lo que Quinn y él habían hablado antes.

—Le dije que sería mejor que volviera a Nueva York, pero me dijo que aún no podía. ¿Tienes acceso a su teléfono? —preguntó Laird.

Mercer asintió.

Afirmativo.

—Que Razor eche un vistazo a lo que hay en él.

—¿En qué estás pensando? —preguntó Mercer.

—Ha vuelto con las manos vacías.

—Cierto.

31

QUINN

—¿Qué está pasando? —preguntó Quinn a Razor, quien miraba su teléfono cada pocos segundos.

—Se ha evacuado a los Butler y hay varios equipos trabajando para contener el fuego.

—No me obligues a preguntarte —dijo Quinn poco después.

—Ochenta y ocho está bien. Él y Paps están aquí.

—¿Aquí?

—Relájate, Skipper. Aquí en la ciudad.

Razor seguía mirando su teléfono.

—Sí —dijo distraídamente, sin responder a nada de lo que ella había dicho. Se levantó y le agarró la mano—. Vamos a dar una vuelta.

—¿Qué? Espera. ¿Adónde vamos?

Razor la llevó hasta la cochera.

—Súbete al asiento trasero y túmbate en el suelo —le ordenó—. ¡Ahora! —gritó cuando vio que ella dudaba.

—¿Qué está pasando? —preguntó ella cuando llevaban más de quince minutos en la carretera.

—Tengo hambre.

Quinn esperó a que Razor dijera algo más, pero no lo hizo.

—Me estoy mareando.

—Ya puedes levantarte.

Se incorporó y se agarró el estómago. Eso no iba a ayudar.

—¿Puedo sentarme ahí? —preguntó.

—Si puedes pasar por encima del asiento.

Lo hizo y se puso el cinturón.

—¿Me vas a decir de qué va todo esto?

—No.

—¿Adónde vamos?

—Al sur.

Quinn puso los ojos en blanco, pero no hizo más preguntas. Empezaba a comprender la gravedad de lo que Laird le había contado por la tarde y lo que Razor le había dicho por la noche. Estaba en peligro y ellos la mantenían a salvo. En lugar de ser una pesada, a partir de ahora se esforzaría más por hacer lo que ellos le dijeran.

—¿Puedo hacerte una pregunta? —dijo más tarde—. No es sobre adónde vamos.

—Puedes preguntar.

—Pero eso no significa que vayas a contestar, ¿verdad?

Razor sonrió por primera vez desde que recibió la llamada sobre el incendio.

—Mercer es Ochenta y ocho, ¿verdad?

—Sí.

—¿Por qué lo llamáis así?

No respondió durante tanto tiempo que Quinn dedujo que no lo haría. Giró la cabeza y miró la luz de la luna sobre el océano Pacífico. Le recordó la noche en Southampton, cuando estaba sentada junto al agua, preguntándose quién le había enviado rosas por su cumpleaños.

—Me llama preciosa —murmuró, recordando lo segura que se había sentido con él, aunque en ese momento le había resultado desconcertante.

—Doc fue el primero en llamarlo Ochenta y ocho.

Quinn se quedó callada, esperando que Razor continuara.

—¿Qué sabes del planeta Mercurio? —pregunto unos minutos más tarde.

Ella se encogió de hombros.

—No mucho que yo recuerde.

—Es el planeta más cercano al sol y el más pequeño de nuestro sistema sola.

—Es el que tiene la órbita más corta —añadió ella.

—Exacto.

—Ochenta y ocho días.

Razor asintió.

—¿Eso es todo?

—No.

Ay, Dios, iba a tener que averiguarlo ella sola.

—¿Puedo usar mi teléfono? —preguntó.

—No lo tienes.

Quinn se palpó los bolsillos y luego miró sobre el asiento y al suelo. No tenía ni su teléfono ni su bolso. Se habían marchado tan deprisa que ni siquiera se le había ocurrido cogerlo.

—No ha funcionado desde que aterrizaste del aeropuerto.

—¿Por qué no?

Razor no respondió, así que ella no hizo más preguntas, por mucho que le costara.

—¿A qué más se refiere Mercurio? —preguntó Razor después de un largo silencio.

—Al elemento.

Él asintió.

—¿Qué más?

—Al dios griego.

—Bingo.

—No sé qué relación tiene. ¿Es Mercer un dios griego? ¿Es griego?

Razor sonrió de nuevo.

—Hermes es el equivalente romano de Mercurio.

Quinn volvió a poner los ojos en blanco.

—Aunque es muy divertido, no lo entiendo, Razor.

—Hermes era considerado el mensajero de los dioses. También guiaba a las almas malvadas al inframundo.

—¿Mercer guía a las almas al inframundo?

Razor no tuvo que asentir para que Quinn supiera que tenía razón. No solo las guiaba al inframundo, sino que la protegía de esas almas malvadas.

—Doc lo eligió. Ni a Paps ni a mí. Eligió a Mercer.

—¿Para protegerme?

—Sí. Antes de partir hacia su última misión, Doc hizo prometer a Mercer que nunca dejaría que te pasara nada.

Quinn apoyó la cabeza contra la ventanilla del todoterreno mientras más lágrimas le corrían por las mejillas.

—Gracias, Razor —susurró.

Cuando salió de la autovía en Santa Bárbara, Quinn quiso preguntarle por qué, pero no lo hizo. Ya había hecho demasiadas preguntas en un solo día y eso la había agotado. En ese momento, ya no le importaba.

—Vamos —dijo él cuando entró en el aparcamiento de una tienda de comestibles. Ella salió y lo siguió.

—¿Qué quieres? —preguntó él una vez dentro.

—¿Para qué?

—Para comer, Skipper. Por Dios. Ochenta y ocho dijo que eras inteligente.

—Mantequilla de cacahuete y mermelada.

—¿En serio?

—Dios mío. —Quinn se detuvo en mitad del pasillo y puso las manos en las caderas.

—¿Qué?

Se acercó a él y le susurró:

—No me dices adónde vamos ni qué vamos a hacer. Me has preguntado qué quiero y he dicho lo primero que se me ha ocurrido. Quiero un maldito sándwich de mantequilla de cacahuete y mermelada. ¿De acuerdo?

Razor levantó las manos.

—Claro. —No le preguntó si quería algo más, pero llenó el carrito con comida suficiente para un mes.

Desde allí fueron por carreteras secundarias, aunque Quinn no habría sabido dónde estaban, independientemente de la ruta que tomaran.

Cuando se detuvo ante una verja y esperó a que se abriera, ella tuvo una extraña sensación.

—Yo vivía aquí —jadeó.

Razor asintió y siguió adelante. Las luces del todoterreno iluminaron la cochera de la casa y ella vio a un hombre de pie en la entrada, con las manos en los costados, que no le quitaba la mirada de encima. Su señor Mercer.

32
MERCER

Fue decisión de Paps alertar a Razor para que sacara a Quinn de la ciudad. El tipo que habían puesto a seguir a Calder dijo que se dirigía a la costa.

No había motivos para creer que hubiera descubierto la existencia de Quinn, pero no habían corrido riesgos con ella durante veintiún años y no empezarían a hacerlo ahora.

El temor de Doc, y también el suyo, siempre había sido lo que un psicópata como Calder podría hacer si descubría que Lena tenía una hija que había nacido diez meses después de que él la violara. También sabría que existía la posibilidad de que la niña fuera hija de Doc, lo que ponía a Quinn en el mismo peligro, o incluso mayor.

—Por cierto, Razor está llevando a Skipper a Casa Carrizo —le dijo Paps.

—No quiere saber nada de mí.

—Ve de todos modos. Se trata de protegerla, Ochenta y ocho. No pierdas eso de vista.

—Sí, señor —murmuró.

—Mantente alejado de Calder también. Si te encuentras cara a cara con él, lárgate.

Paps tenía razón. Tal y como se sentía en ese momento, si él y Rory Calder se encontraban en el mismo lugar al mismo tiempo, lo mataría sin pensarlo dos veces. Entonces, cualquier esperanza que tuviera de que él los llevara de alguna manera hasta Doc y Leech se perdería.

Una hora y media más tarde, Mercer se encontraba en la entrada de la casa donde Quinn y Lena habían vivido desde que nació hasta que decidieron que lo mejor era que fuera a un internado.

Aunque Lena llevaba años sin vivir allí, no la había vendido, a pesar de que a Maddox le había dicho que sí. Al igual que la finca de sus padres, no era suya para venderla. Pertenecía a Kade.

Cuando vio llegar al todoterreno, Mercer se preguntó si Quinn la recordaría.

La veía claramente a través del parabrisas y contuvo la respiración, esperando su reacción cuando lo viera. Aún no podía interpretar su expresión, pero el hecho de que no se hubiera dado media vuelta le daba esperanzas.

Tenía muchas cosas que contarle y, cuando terminaran, era posible que su opinión sobre él siguiera siendo la misma. Pero tenía que intentarlo. No podía estar lejos de ella y era hora de que lo aceptara como un hecho.

Se acercó al lugar donde Razor había aparcado y esperó a que Quinn abriera la puerta.

—Está abierta —dijo Razor, que estaba llevando las bolsas de la compra a la casa.

Mercer puso la mano en la puerta al mismo tiempo que Quinn la abría. Ella se deslizó, trepó y aterrizó en sus brazos. Él le acarició el pelo con una mano mientras con la otra la mantenía cerca de él. Ella apoyó la cabeza en su pecho y él pudo sentir la humedad de sus lágrimas empapando su camiseta. No sabía cuánto tiempo permanecieron allí; solo sabía que no se movería mientras ella siguiera llorando.

Alzó la vista hacia la casa y vio a Razor en el segundo piso, abriendo las ventanas y encendiendo las luces. La casa de estilo colonial español inmediatamente pareció más cálida, más acogedora.

Con el brazo aún alrededor de su cintura, Quinn se giró y la miró.

—¿La recuerdas? —susurró Mercer, temeroso de romper el hechizo que los unía.

Ella asintió.

—Tenía una bicicleta con la que solía pasear por aquí. —Quinn señaló la entrada circular hecha con adoquines mexicanos. Las macetas que antes habían contenido bonitas flores ahora estaban vacías y colocadas al borde de la entrada y a lo largo del camino.

—Al principio tenía ruedines, pero luego... —Quinn empezó a temblar.

—¿Qué pasa, preciosa?

—Me los quitó y me dijo que me sujetaría. Prometió no soltarme hasta estar seguro de que podía montar sola.

—¿Quién?

—No tengo ni idea —susurró Quinn tan bajito que Mercer apenas pudo oírla.

—¿Quieres que entremos? —preguntó y ella asintió.

Caminaron despacio por la entrada principal y entraron en una habitación con enormes vigas de madera oscura en el techo. En el extremo opuesto de la habitación había una chimenea del mismo color que el exterior de la casa.

Sobre el suelo de baldosas, parcialmente cubierto por alfombras mexicanas, descansaban sillas y sofás de cuero marrón. Pasaron de esa habitación a la cocina, al comedor y a una puerta doble que daba a un patio que parecía más grande que toda la primera planta de la casa.

A medida que exploraban, Quinn aceleró el paso. Cuando llegaron a la escalera, subió los escalones de dos en dos y se adelantó a Mercer. Él la observó mientras se dirigía a la última puerta al final del pasillo.

—Esta era mi habitación.

Antes de que él la alcanzara, ella entró en la habitación. La encontró sentada en el borde de la cama sin hacer. Al igual que en su apartamento, había bonitas obras de arte que adornaban las paredes. Había cuadros de caballos en prados y del mar.

Mercer se acercó a la ventana y saludó con la mano a Razor, que se estaba subiendo al todoterreno.

—¿Adónde va? —preguntó Quinn mientras caminaba hacia la puerta que daba al balcón.

—Se marcha —respondió Mercer.

—¿Por qué?

—Para que podamos estar solos. ¿Te parece bien?

Ella asintió.

—Nunca me dejaban salir aquí —dijo mientras cerraba la puerta del balcón y volvía a la cama. Quinn lo miró—. No me apetece hablar ahora mismo.

—No tenemos que hacerlo. —Era casi media noche y, después del día que habían tenido, Quinn estaba probablemente más agotada que él.

Se quitó los zapatos con los pies y retiró la colcha y las sábanas de la cama. Mercer se quedó junto a la ventana, esperando. Ella se desnudó, sin apartar la mirada de él, hasta que se quedó desnuda.

—No sé qué hacer, Quinn.

—Hablaremos mañana. —Ella le tendió la mano.

—¿Estás segura de esto?

—Necesito dormir, Mercer, y no puedo hacerlo si no estoy contigo.

Él puso un pie delante del otro, evaluando su estado de ánimo mientras se acercaba a ella. Ella se metió en la cama y se deslizó hacia el otro lado.

—Las sábanas están muy frías —dijo ella.

—¿Quieres que cierre las ventanas? —preguntó él.

—Es una noche preciosa. Déjalas abiertas.

Él se quitó la camiseta por la cabeza y las botas con los pies, como había hecho ella. Extendió el brazo hacia atrás y dejó la pistola en la mesita de noche que había al lado de la cama. Ella siguió cada movimiento con los ojos.

Él dudó antes de desabrocharse el cinturón, pero cuando ella asintió, se lo quitó y dejó caer los pantalones al suelo.

Ella se deslizó hacia él y apoyó la cabeza en su pecho una vez que él se acostó a su lado. En cuestión de minutos, su respiración se estabilizó y él supo que se había dormido. Solo entonces se permitió a sí mismo quedarse dormido también.

CUANDO MERCER SE DESPERTÓ, AÚN ERA DE NOCHE Y QUINN no estaba a su lado. Estaba tan sorprendido como preocupado por haber dormido tan profundamente que ella se había levantado sin despertarlo.

Entonces la vio, sentada en una silla cerca de la ventana.

—¿Todo bien, preciosa? —preguntó.

—Lo recuerdo —respondió en voz baja—. Aunque solo son fragmentos, como los ruedines de la bicicleta.

—¿Qué más recuerdas?

—A mi madre llorando mucho.

Eso le partió el corazón a Mercer.

—Él no estaba mucho por aquí. No sé cómo ni por qué lo sé, pero lo sé.

—Si es Doc a quien recuerdas, entonces él todavía estaba en servicio activo, por lo que habría estado más tiempo fuera que en casa.

—Háblame más de ellos.— Se levantó, volvió a la cama y se acurrucó junto a él.

—No puedo, y cuando digo eso, es porque no sé nada de esa parte de la vida de Doc. Todo lo que sé lo he descubierto hace poco, y la mayor parte ocurrió antes de que tú nacieras.

—Gracias por responder con sinceridad.

Solo la luz de la luna iluminaba su rostro, por lo que no podía saber si estaba enfadada o triste, o ninguna de las dos cosas.

—Lo siento. Te diría exactamente por qué, pero hay tantas cosas de las que me arrepiento.

Quinn se encogió de hombros y apoyó la cabeza en su pecho.

—No sé cómo podrías haber actuado de otra manera.

—Ojalá...

—Yo también —dijo ella cuando vio que él no terminaba su pensamiento en voz alta.

Lo que él deseaba era que ella siguiera en Nueva York y que lo único que se interpusiera entre ellos fuera una discusión, si es que se podía llamar así a lo que había sucedido antes de que se marchara.

Deseaba que ella no supiera nada de la violación de su madre o de que su padre no era Angus Sullivan. Y por mucho que le gustara tenerla en sus brazos, deseaba poder subirla a un avión de vuelta a casa más tarde ese mismo día.

—¿Puedes volver a dormirte? —preguntó él.

—No creo. ¿Y tú?

—No si tú estás despierta. ¿Qué hora es? —Mercer se incorporó y miró el teléfono. Eran casi las cinco, lo que significaba que pronto amanecería—. Tengo una idea. Quiero llevarte a un sitio.

Se pusieron la misma ropa que habían llevado el día anterior y, cuando Mercer se guardó la pistola en la cintura, se preguntó si ella diría algo al respecto.

—¿Quieres un té? —preguntó él cuando bajaron.

Quinn bostezó.

—Creo que aún no estoy lo suficientemente despierta.

—No tenemos por qué ir.

Ella lo miró fijamente y él creyó ver una leve sonrisa.

—Ahora hablas como yo. Vamos.

Abrió la cochera y se dio cuenta de que solo tenía la moto y solo un casco. Cerca del otro extremo del edificio había un vehículo, pero estaba cubierto, así que no tenía ni idea de qué era, si había alguna llave por ahí o incluso si funcionaba. Probablemente podría alquilar un coche, pero no a esa hora, y el lugar al que quería llevarla estaba demasiado lejos para ir andando.

—¿Qué es eso? —Quinn caminó hacia el coche que él había visto.

Mercer la siguió y, cuando se acercaron, retiró la cubierta de un lado. Se dio cuenta de que era un Porsche, pero no tenía ni idea de qué modelo. La pintura amarillo claro parecía en perfecto estado. Quinn tiró del otro lado y dejó al descubierto la capota negra del descapotable.

—Hay una llave dentro —dijo ella mientras miraba por la ventanilla del conductor.

—Veamos si funciona —respondió Mercer, poco optimista. Terminó de quitar la cubierta y encontró el botón para abrir la cochera.

Se subió al coche y vio que tenía caja de cambios manual. Si no la hubiera tenido y hubiera conseguido arrancarlo, le habría preguntado a Quinn se quería conducir.

Ella se subió al lado del copiloto, abrió la pequeña guantera, sacó un documento y se lo entregó a él.

—No puedo mirar —susurró ella.

Mercer sacó su teléfono y lo iluminó para descubrir que era el permiso de circulación. Había caducado hacía un año, en junio, lo que significaba que se había registrado un año antes, y el nombre del propietario era Kade Butler. Miró a Quinn.

—Eso significa que estuvo aquí.

—Es más que probable.

Mercer pisó el embrague, giró la llave y el coche arrancó enseguida. Metió la marcha atrás, salió y cambió a primera.

—¿Qué es eso? —preguntó mientras señalaba la palanca de cambios.

—Es una caja de cambios manual. Te enseñaré a conducir con ella más adelante.

—Ah —dijo y apartó la mirada.

Mercer volvió a poner el coche en punto muerto.

—Si quieres que te enseñe.

Ella no lo miró ni respondió.

—Sé que estoy fingiendo que todo sigue igual entre nosotros, pero es porque no sé qué más hacer, Quinn.

—Lo sé —respondió, pero seguía sin mirarlo—. Vámonos, ¿vale?

Mercer condujo la corta distancia desde la casa, cruzó la autovía y salió a una carretera donde sabía que solía haber tres plazas de aparcamiento público. Aún no había salido el sol, por lo que dudaba que hubiera mucha gente allí todavía. Efectivamente, cuando salieron de la curva, las tres plazas estaban vacías.

—Puede que haga frío. —Miró en el asiento de atrás y encontró una manta mexicana enrollada, luego se acercó a su lado del coche y, cuando ella salió, se la puso sobre los hombros.

—Tú no pasas frío —murmuró ella.

Él sonrió.

—En verano no.

—¿Por qué no?

Mercer se encogió de hombros.

—No lo sé. He pasado demasiado tiempo en lugares como Afganistán, donde hace un calor insoportable. Aunque mi padre también era así.

Ella bajó los párpados y él le puso las manos sobre los hombros.

—Escucha, no sé quién era Kade para ti biológicamente. Siento ser tan directo, pero es la verdad. Lo que sí sé es que se preocupaba lo suficiente por ti como para no solo mantenerte a salvo, sino también para asegurarse de que tuvieras la mejor vida que pudiera darte.

—¿Qué le ocurrió, Mercer?

—No lo sé.

Quinn lo miró a los ojos.

—¿Está muerto?

Él apartó la mirada.

—Rezo para que no lo esté.

—Pero crees que lo está.

—Se le declaró muerto en combate —respondió a sus preguntas, negándose a dejar que su conciencia le convenciera de que no debía hacerlo. No podía contárselo todo, pero merecía saber todo lo que creía que no la pondría a ella ni a Doc en más peligro del que ya estaban.

—Entiendo.

—Vamos —dijo él, mientras le ponía la mano en la parte baja de la espalda y la dirigía hacia la arena.

—Solíamos surfear aquí —le contó.

—¿Quiénes?

—Doc y yo. Era un buen hombre, Quinn. Uno de los mejores que he conocido, aparte de mi padre, Paps y Razor.

—Háblame más de él —dijo ella mientras se sentaba en la arena.

Cuando Mercer se sentó a su lado, le echó la manta por los hombros.

—Gracias —susurró él. Ella podría pensar que le daba las gracias por asegurarse de que no pasara frío, pero no era así. Se las daba por seguir preocupándose por él.

Le contó que conoció a Doc en Stanford y le habló de la primera vez que lo había llevado a esa playa. Siguió hablando, contándole muchas cosas que habían hecho a lo largo de los años y que no tenían que ver con las misiones. Le hubiera gustado contarle más cosas de Doc y su madre, pero quizá, algún día, consiguiera convencer a Razor o Paps de que lo hicieran.

—Razor me contó que Kade amaba a mi padre —dijo, como si le hubiera leído la mente.

—¿Qué más te ha contado?

—No mucho más, Ochenta y ocho. —Ambos sonrieron.

—Eso también fue cosa de Doc.

—Lo sé. Razor me lo contó cuando me hizo adivinar lo que significaba.

Mercer se rio porque ella seguía sonriendo. Parecía que ella y Razor se llevaban bien. Quería preguntarle cómo se había sentido cuando descubrió que no era el Tabon Sharp que ella conocía, pero no lo hizo.

—Hay tantas cosas que quiero preguntarte —dijo Quinn.

—Lo sé, y quizá algún día pueda responderlas.

—Mercer, cuéntame qué pasó con el hombre que violó a mi madre.

—Quinn...

—Es mi pregunta.

La que él había prometido responder con sinceridad, en la medida de sus posibilidades. Entonces le había dicho que fuera una buena pregunta, y lo había sido. Si él respondía, ella sabría lo peor de lo que no podía contarle.

—¿Es la razón por la que estoy en peligro? —preguntó.

—Él es el peligro, preciosa.

—¿Está aquí?

—Sí.

—¿Fue a la cárcel? —El informe policial que había leído solo daba detalles sobre la violación, pero no sobre lo que le ocurrió al hombre después.

Mercer no respondió.

—Vi su nombre.

—No lo digas, Quinn.

Abrió los ojos como platos y asintió.

—Tú proteges a los inocentes del mal —susurró.

—Te protejo a ti.

Se le llenaron los ojos de lágrimas, como tantas otras veces en los años que él la había cuidado.

—Estoy preocupada por mi madre.

—Está en un lugar seguro.

Flexionó las piernas y apoyó la cabeza sobre los brazos cruzados. Cuando las lágrimas se convirtieron en sollozos, Mercer la sentó en su regazo y la abrazó.

—Todavía tengo muchas preguntas.

Le puso los dedos en la barbilla y le levantó la cara para mirarla a los ojos.

—Te contaré todo lo que pueda. Todo lo que sé.

—¿Me odia? ¿Por eso nunca ha querido verme? ¿Me parezco a él? —Respiró hondo y exhaló lentamente. Mercer esperó, ya que intuía que tenía más que decir. Cuando volvió a hablar, deseó no haber esperado. Sus palabras, su dolor, lo destrozaron—. Dios, Mercer. ¿Por eso nadie me quiere?

Él se movió y le acarició la mejilla.

—Te equivocas, preciosa. No es así. Eres querida y amada.

—Pero mi madre... —lloró, ahogándose con sus propias palabras.

—Estás aquí, conmigo, gracias a tu madre. Estás a salvo, y es gracias a ella. Todo lo que tu madre ha hecho por ti ha sido por amor.

Sus sollozos se calmaron y respiró profundamente varias veces.

—Ojalá pudiera verlo así.

—Creo que lo harás. Con el tiempo.

—Razor me dijo que dejara de compadecerme de mí misma. Me dijo que tú, alguien llamado Paps y otras personas a las que no conoceré nunca habéis arriesgado vuestras vidas para protegerme.

Mercer asintió.

—¿Has arriesgado tu vida por mí, Mercer?

—Sí, y seguiré haciéndolo hasta el día de mi muerte.

El llanto le volvió a cortar la respiración.

—Lo siento mucho.

—No tienes nada que sentir, preciosa —Mercer la tranquilizó.

—¿Podemos volver a la casa?

—Claro. —Él se levantó y la ayudó a levantarse.

Cuando llegaron al coche, había varios más, con tablas de surf atadas al techo, compitiendo por su plaza de aparcamiento.

—Debe ser un buen lugar para surfear —dijo ella.

—Uno de los mejores del mundo—. Él le abrió la puerta y esperó a que se subiera.

Sus ojos se movían rápidamente entre los vehículos que esperaban y mantenía la mano derecha cerca de dónde había guardado la pistola.

—Ahora entiendo muchas cosas —dijo ella cuando él se subió al coche—. Recuerdo cuando íbamos hacia el restaurante indio. Te pregunté si eras un espía.

—Te dije que confiaras en tus instintos, Quinn.

—Quiero que me cuentes todo lo que puedas, Mercer. Si ocurre algo, quiero que me lo cuentes. Si tienes que marcharte o le ocurre algo a mi madre, o incluso si hago algo que no debería, algo que dificulte tu trabajo, quiero que me lo cuentes.

Arrancó el coche y salió marcha atrás, pero se detuvo una vez que estuvo fuera del camino y otro coche ocupó la plaza.

—Habrá razones por las que no siempre podré hacerlo, Quinn.

—Todo lo que puedas —repitió.

33
MERCER

—¿Tienes hambre? ¿Te apetece un té? —preguntó él mientras conducía por el pequeño centro de Montecito.

—Me muero de hambre. Anoche no me comí el sándwich de mantequilla de cacahuete y mermelada.

Él entrecerró los ojos.

—¿Un sándwich de mantequilla de cacahuete y mermelada? —En todo el tiempo que llevaba protegiéndola, nunca la había visto comer eso. Aunque tampoco la habría visto si se lo hubiera preparado en casa.

—Razor me estaba metiendo prisa y fue lo único que se me ocurrió, ya que estábamos en ese pasillo.

—Siento que te metiera prisa.

—No te preocupes. Sería un buen hermano mayor —dijo ella y luego añadió en voz baja—. No me dejaría salirme con la mía.

Mercer sonrió.

—También es un buen hombre.

—Sí —murmuró mientras miraba por la ventanilla—. No puedo creer todo lo que recuerdo de este lugar. No había vuelto aquí en catorce años. ¡Oh, vaya! —exclamó cuando él se detuvo frente a Jeannine's Bake Shop—. Tienen las mejores tortitas de manzana.

—Yo soy más de langosta benedictina.

Ella puso los ojos en blanco.

—Las niñas de siete años no comen langosta benedictina, Mercer.

QUINN SE COMIÓ HASTA LA ÚLTIMA MIGAJA DE SUS TORTITAS Y también parte del desayuno de Mercer.

—¿Te encuentras mejor? —le preguntó él de camino al coche.

Una vez dentro, Mercer le cerró la puerta, observó la calle, los edificios circundantes y el propio coche, pero nada le llamó la atención. Sin embargo, algo pasaba. Lo notaba.

—¿Podemos ir a casa? —preguntó ella cuando él se subió—. Me refiero a la casa.

—Sí —asintió, agradecido de que estuviera a solo un par de manzanas y bajo vigilancia constante—. Date prisa —murmuró, deseando que la puerta se abriera más rápido.

Si ella iba a pasar tiempo allí, tenían que instalar una nueva. Atravesó la puerta, se detuvo y esperó a que se cerrara antes de entrar en la cochera.

Al mismo tiempo que cerraba esa puerta, oyó el pitido de su móvil.

—Dame un segundo —le dijo a Quinn cuando lo saco para leer el mensaje.

Nos trasladamos, decía el mensaje de Paps.

Entendido.

El transporte está saliendo ahora.

—¿Ocurre algo? —preguntó Quinn cuando él volvió a abrir la puerta de la cochera en lugar de entrar en la casa.

—Nos vamos.

—¿Por qué?

—Porque sí. —Mercer atravesó la puerta y miró a los ojos a su refuerzo.

Un todoterreno se detuvo delante de ellos y otro lo siguió. Aparte de que tenían que trasladarse, Mercer no sabía más que Quinn sobre lo que estaba pasando.

—Hola, Ochenta y ocho —dijo Razor mientras salía del todoterreno—. Qué coche tan chulo te has llevado a la playa. Siempre me ha encantado ese coche. Hola, Skipper. —Saludó con la mano hacia donde ella esperaba.

Ella le devolvió el saludo, pero no dio ni un paso en su dirección.

—Ponme al corriente.

—Los de vigilancia han detectado a alguien inspeccionando la casa. Comprobamos el coche y el reconocimiento facial y no apareció nada. Ahora lo estamos siguiendo.

—Mierda —murmuró Mercer.

Razor se giró para no estar de frente a Quinn.

—Hay más. Tom y Vinnie han interceptado a alguien que entraba en vuestro edificio en Nueva York. Llegó hasta el ascensor de servicio.

Mercer lo miró a los ojos.

—¿Quién?

Razor respiró hondo.

—Un ruso.

—Joder —murmuró Mercer mientras miraba a Quinn.

—Vamos —dijo Razor.

—¿Adónde?

—La casa que tengo alquilada en Cambria para esta noche. Tenemos algo más preparado para mañana.

Mercer asintió e hizo un gesto a Quinn.

—¿Cómo estás, Skipper? —dijo Razor mientras abría la puerta trasera del pasajero.

—¿Tengo que ir en el suelo?

—Ya sabes cómo va.

—Bien. ¿Debería subirme? —señaló el todoterreno.

—Me gusta —dijo Razor—. Cada vez se le da mejor hacer lo que se le dice.

Quinn puso los ojos en blanco y cruzó los brazos con fuerza. Tenía miedo, y eso era su instinto haciendo lo que debía.

—Odio esta parte —la oyó decir Mercer. Él cerró la puerta detrás de ella y se subió al asiento delantero. Iba a preguntar si era necesario que fuera en el suelo, pero Razor nunca le habría obligado a hacerlo si no fuera necesario.

—¿Estás mareada, Skipper? —preguntó Razor cuando llevaban unos minutos en la carretera.

—¿No puedes ir por la autovía? Es más recta.

—La otra noche me dijiste que te mareaste.

—Ah, sí.

Razor sonrió, pero Mercer no. Las cosas se iban a poner feas y no quería que nada de eso afectara a Quinn.

—¿Qué pasa con el coche? —preguntó ella.

—¿Qué? —preguntó Mercer.

—El coche —repitió, más alto de lo necesario.

—Ya puedes levantarte —le dijo Razor—. Tampoco le gusta sentarse en el asiento trasero —le dijo a Mercer.

—Nos cambiaremos cuando podamos.

—Bueno, el coche —repitió.

Razor negó con la cabeza.

—No quiere saber nada más, solo qué va a pasar con el Porsche.

Hace las preguntas que puede, pensó Mercer.

—Está seguro donde está —le respondió Razor.

—¿Qué tipo de coche es?

—Un Porsche —respondió.

—Eso ya lo sé. ¿Qué tipo de Porsche?

—Un Porsche 356B T6 Twin Grille Roadster de 1962.

Mercer podía oír el cotorreo, pero su mente iba a toda velocidad para elaborar un plan. Esa noche terminaría de revisar lo que había sacado de la cabaña. Con la ayuda de Paps y Razor quizá encontraría más información sobre Calder con la que podrían hacer algo.

—Un montón de dinero —oyó decir a Razor.

No había oído lo que Quinn había preguntado.

—¿Cuánto?

—Casi medio millón.

—Ah.

—Eso la ha callado —susurró Razor a Mercer.

—¿Sabes que te oigo?

Cuando Razor se rio, Mercer volvió a desconectarse, contento de que su compañero le estuviera dando el tiempo que necesitaba para pensar.

Unos minutos más tarde, Razor se detuvo a un lado de la carretera.

—Hora de cambiar —dijo—. Tú conduces. Yo iré detrás.

Mercer salió, abrió la puerta de Quinn y le apartó el pelo de la cara cuando ella se puso delante de él.

—¿Cómo lo llevas?

—Muerta de miedo. —Su respuesta le sorprendió.

—Lo estás disimulando bien.

—Estoy aprendiendo.

Él le besó la frente.

—¿Sabes lo increíble que eres?

Ella negó con la cabeza y apartó la mirada, pero él le volvió la cara hacia él.

—Jodidamente increíble.

Razor silbó.

—Venga, vamos.

QUINN NO TARDÓ MUCHO EN QUEDARSE DORMIDA, POR LO QUE Mercer tuvo más tiempo para pensar. Necesitaba más información sobre el ruso que estaba en Nueva York. Razor había dicho que Tom y Vinnie lo interceptaron, pero ¿qué pasó después? ¿Lo estaban interrogando? ¿Habían determinado su afiliación?

Mercer miró a Quinn, que se había movido en el asiento, pero seguía dormida.

—Esperaba poder revisar el contenido de la caja hoy.

—Paps está metido de lleno. Prevé llegar al fondo al final del día.

—¿Ha encontrado algo útil?

—Negativo.

Pudo ver el mismo nivel de frustración que él sentía grabado en el rostro de Razor cuando miró por el espejo retrovisor.

—¿QUÉ COÑO? —MURMURÓ MERCER CUANDO ATRAVESÓ LA puerta de la casa de alquiler de Razor y vio el Porsche amarillo claro aparcado cerca de la cochera—. ¿Cómo lo has hecho?

—Prácticamente he hecho volar el maldito trasto hasta aquí. —Razor señaló a Quinn—. A ella le gusta.

—Te cae bien.

—Sí.

—A mí también —dijo Mercer y se inclinó para despertarla—. Ya hemos llegado —anunció mientras le acariciaba la mejilla con el dedo.

Ella se incorporó y miró a su alrededor.

—Siempre me pasa lo mismo. Lo siento. ¿Ya estamos en Cambria?

—Sí, preciosa. —Mercer vio cómo se le iluminaban los ojos cuando miró más allá de él y vio el coche.

—¡Está aquí! —Aplaudió y miró a Razor—. Gracias.

Mercer le dio un codazo.

—Oye, ¿cómo sabes que no es cosa mía?

Quinn y Razor se rieron. No pilló la broma, pero estaba demasiado contento por verla sonreír como para preocuparse. Salió, se dirigió al lado de ella y le abrió la puerta.

—Gracias —susurró.

—¿Por qué? Parece que sabes que yo no he hecho que traigan el coche —bromeó.

—No es por el coche, Mercer, es por quererme tanto como para no dejarme marchar.

—Te he enviado el código por mensaje —dijo Razor y señaló a la puerta delantera antes de entregarle las llaves del Porsche—. Vuestro equipaje ya está en la casa. Me pondré en contacto pronto. —Se subió al todoterreno y se despidió con la mano.

Una vez dentro, Quinn se dirigió directa hacia las ventanas con vistas panorámicas al mar. Mercer fue detrás de ella y le rodeó la cintura con los brazos.

—¿Te apetece una copa de vino? —preguntó.

Ella se giró entre sus brazos.

—Iba a preguntar si hay aquí, pero parece que Razor se ha encargado de ello.

Mercer miró por encima del hombro y vio una botella, dos copas, pan y un plato con fruta y diferentes tipos de embutidos y quesos. Al lado había un menú de un restaurante que se encontraba cerca de la casa.

—¿Cómo lo llevas? —preguntó él.

—Estoy bien. Mejor porque estás aquí conmigo. Me gustaría darme una ducha.

Aunque le había encantado sentir su cuerpo desnudo junto al suyo la noche anterior, tenían que hablar sobre el estado de su relación antes de autoinvitarse a acompañarla.

—¿En qué piensas? —preguntó ella.

—En ropa —respondió y señaló hacia las maletas que estaban junto a la puerta.

—Esperaba no necesitarla por ahora.

Mercer arqueó una ceja.

—Deberíamos hablar, Quinn.

—No. Y prefiero «preciosa» a «Quinn».

—Ayer me pediste que no te llamara así.

—Eso fue antes de saber cuánto me quieres.

—¿Antes no lo sabías?

—Sí, pero hoy lo he sentido de otra manera. Lo entiendo, Mercer. Es difícil porque sigo enfadada por haberme mentido, pero sé por qué lo hiciste: porque me quieres mucho.

—Así es.

—Pues demuéstramelo.

QUINN PASÓ LOS DEDOS POR EL TATUAJE DE SU PECHO MIENTRAS el agua caliente de la ducha caía sobre ellos.

—¿En qué estás pensando? —preguntó él.

Ella sonrió.

—En ti. Eres mi ángel guardián y mi protector.

—Soy más que eso. Al menos, quiero serlo.

—Me dijiste que el sexo nunca había sido tan bueno para ti. No exactamente con esas palabras, pero algo así. Algo sobre un amor tan profundo que puedes sentir a la otra persona en tu corazón. Cuando es así, nada más vuelve a ser igual.

—Lo que tenemos nunca ha sido y nunca será solo sexo. Es amor.

—Lo sé.

PASARON LA TARDE PRIMERO EN LA DUCHA Y DESPUÉS EN LA cama, tomándose su tiempo para explorar los cuerpos del otro. Cada vez que hablaban de comida, acababan deleitándose el uno al otro.

—¿Ya tienes hambre? —preguntó él mientras deslizaba los dedos por su brazo.

—En realidad, me muero de hambre.

—Antes miraste el menú del restaurante. ¿Quieres algo de ahí?

—¿Dónde está? —preguntó ella.

—Justo al final de la calle, pero entregan a domicilio.

—Podríamos...

La expresión de Mercer le indicó que lo que fuera a sugerir estaba fuera de discusión. Lo que significaba que probablemente tampoco se pudieran dar un paseo por la playa.

—¿Puedo preguntarte algo que no tiene nada que ver?

—Claro.

—¿Está mi madre a salvo dónde está?

—Sí.

—¿En un lugar donde no esté encerraba sin poder siquiera salir a dar un paseo? —Negó con la cabeza—. Ha sonado peor de lo que quería. Lo siento.

—No lo sientas. Entiendo lo difícil que esto es para ti y, créeme, quiero que salgas del peligro y seas libre para llevar una vida normal tanto o más que tú.

Esconderse, estar encerrada, no era algo que a Quinn se le diera bien. No se había pasado la vida estando siempre alerta como su madre.

Mercer le envió un mensaje a Razor para preguntarle si podía hacer los preparativos necesarios para que cenaran fuera. Respondió en segundos diciendo que se encargaría de ello.

También prepararé el transporte, añadió.

Mercer se acercó a Quinn, que estaba de pie frente a la ventana, envuelta en una manta blanca que había cogido de la cama.

—Ve a vestirte.

—¿Para qué? No podemos ir a ningún sitio, ¿no? —preguntó.

—Incorrecto. Lo he preparado todo para que podamos cenar fuera.

—¿Dónde?

—Es una sorpresa. —Le guiñó un ojo.

—¿Tenemos reserva?

—Todo está averiguado.

—Te lo preguntaré de otra forma: ¿tenemos tiempo para otra ducha?

Él sonrió y la llevó hacia el baño mientras ella se quitaba la manta de los hombros.

MERCER SE ENTERÓ DE QUE RAZOR SE HABÍA PUESTO EN contacto con el dueño del Sea Chest y lo convenció para que abriera una sala privada en la parte trasera solo para ellos. Tuvieron que entrar por la cocina, pero una vez dentro, el lugar era privado y romántico, lo que animó a Quinn.

Ella habló de la casa en Montecito y de cómo había recordado más cosas sobre ella. Él deseaba que hubieran podido quedarse más tiempo o volver antes.

Se había diseñado como una fortaleza, aunque con tecnología obsoleta. Quizá se ofrecería a supervisar una actualización de la seguridad de la propiedad para que pudieran convertirla en su base, en lugar de trasladarse a otro lugar al día siguiente.

Durante el corto trayecto en coche a la casa después de la cena, Quinn parecía inquieta.

—¿Estás bien, preciosa? —preguntó cuando estuvieron dentro.

—¿Recuperaré mi teléfono en algún momento? —preguntó.

—Claro que sí.

—¿Funcionará?

Mercer entrecerró los ojos.

—¿Por qué no funcionaría?

—Tabon me dijo que dejó de funcionar cuando aterricé en el aeropuerto de San Luis Obispo.

—Me aseguraré de que funcione y, si no, te compraremos uno nuevo.

Él observó como ella pasaba de estar inquieta a agitada.

—No quiero uno nuevo. Quiero mi teléfono.

—Lo tendrás.

Lo miró a los ojos.

—¿Me lo prometes?

Él asintió. Era una promesa fácil de cumplir. Las copias de las fotos que ella había hecho en la cabaña se habían descargado.

—Hola, Razor. ¿Adónde vamos? —preguntó Mercer cuando llamó a la mañana siguiente mientras Quinn aún dormía.

—Laird se ha encargado de todo. La propiedad se llama Happy Valley Ranch y está entre Cambria y Paso Robles. Te estoy enviando los detalles justo ahora.

—Entendido. Escucha, tengo la sensación de que las cosas se están acelerando.

—Estoy de acuerdo —dijo Razor—. La calma antes de la tormenta.

—Tendremos que ser tú, Paps o yo los que nos encarguemos de la seguridad de Quinn. No confío en nadie más.

—¿Y Burns?

Mercer no lo había tenido en cuenta, pero sin duda era una posibilidad, aunque ¿estaría dispuesto a hacerlo, tanto por voluntad como por capacidad?

—Como último recurso, ¿qué te parece? —añadió Razor—. Por cierto, Naughton ha visto a Burns en Harmony esta mañana.

—¿Es algo de lo que debamos preocuparnos?

—No estoy seguro.

—¿Alguna novedad de Calder?

—Paps ha obtenido información que indica que tiene previsto atacar otra bodega, pero no ha podido precisar qué, quién ni cuándo.

La noticia no fue una sorpresa. Mercer intuía que Calder estaba tramando algo tras los relativamente espectaculares fracasos de sus dos últimos intentos de sabotear una bodega.

El problema de bonos no había llegado a nada con Los Caballeros y, aunque el incendio de Butler Ranch había causado daños, se salvaron suficientes viñedos como para que, junto con el seguro de los destruidos, la familia no sufriera un golpe financiero demasiado grande.

Si se basaba en lo que le había contado Paps, Calder debía de estar furioso, sobre todo por lo de Butler Ranch. Una vez más, Doc le había ganado, estuviera aún vivo o no. Era el equipo de Doc, Paps y él, quien dio aviso del incendio con la suficiente antelación para que pudieran controlarlo rápidamente.

—Por cierto, Vatos está detenido.

La Oficina de Investigación de California actuó sobre una pista proporcionada por Paps y arrestó a Johnny Vatos por incendio premeditado, aunque la noticia no se haría pública hasta el día siguiente como muy pronto. Para entonces, el departamento del sheriff local sería la oficina encargada de registrar el arresto. Aunque Vatos era demasiado conocido en la zona como para que la CBI pudiera inventarse una historia que se mantuviera durante mucho tiempo, al menos durante las siguientes veinticuatro horas, se diría que el incendio lo había provocado un trabajador agrícola inmigrante.

En ese tiempo, Paps se encargaría de trasladar a Vatos a un lugar donde pudieran convencerlo de que delatara a quien lo había contratado. Es decir, esperábamos, a Rory Calder.

Cuando terminaron la llamada, Mercer abrió el informe de Razor. La propiedad a la que iban a trasladarse pertenecía a la hija adulta del heredero del imperio de William Randolph Hearst. La habían secuestrado cuando era adolescente y, años después de su rescate, había comprado el terreno y construido el complejo. Laird había participado en el diseño de los sistemas de seguridad del rancho, aunque a través de otra entidad, lo que le permitía mantener su anonimato en la comunidad, que pensaba que no era más que un propietario de viñedos.

Según lo que Mercer había leído en el informe de Razor, había kilómetros de caminos de tierra donde Quinn podría aprender a conducir un coche con cambio manual.

—Buenos días —dijo cuando Quinn, con aspecto somnoliento, salió del dormitorio.

—Buenos días —respondió y se lanzó a sus brazos abiertos—. Me he despertado y no estabas en la cama conmigo.

Él le besó la sien.

—Lo siento, preciosa. Tenía que ocuparme de algunos asuntos.

—¿Cuándo nos vamos?

—En una hora aproximadamente. ¿Quieres desayunar?

Ella negó con la cabeza, se apartó y se acercó a la ventana.

—Me gusta este lugar.

La tristeza en su voz le partió el corazón. Primero, tuvieron que marcharse de Montecito antes de lo que le hubiera gustado. Ahora, dejaban atrás una casa con vistas al mar. Solo esperaba que Happy Valley Ranch hiciera honor a su nombre para Quinn.

MERCER SALIÓ DEL DORMITORIO CUANDO OYÓ A RAZOR Y A Quinn hablando en la otra habitación.

—No puede ser tan difícil conducir un coche con cambio manual. Tú aprendiste, ¿no? —bromeó ella.

Mercer se rio entre dientes, recordando que Quinn había mencionado algo de que Razor era un buen hermano mayor. Sin duda, los dos tenían una rivalidad fraternal muy marcada.

Una vez fuera, Quinn siguió pinchando a Razor.

—¿Puedo saber adónde vamos? ¿O tengo que volver a ir en el suelo del todoterreno? Quizá deberías pensar en llevar bolsas para el mareo ahí detrás. —Se puso las manos en las caderas y frunció el ceño cuando se dio cuenta de que la plaza de parking al lado del todoterreno estaba vacía—. ¿Dónde está el Porche?

—Ya lo han trasladado. Vamos.

Mercer sugirió a Quinn que se sentara delante con Razor durante el trayecto hasta su nuevo alojamiento, así él podría trabajar un poco.

—Mercer ha dicho que me devuelvas mi teléfono —la oyó decir y vio que Razor se lo daba.

—Incluso te lo he cargado.

Quinn estaba demasiado ocupada revisando los mensajes de texto y de voz como para responder. Mercer sabía que sus amigas habían intentado ponerse en contacto con ella, porque Aine le había dejado un mensaje a él preguntándole si estaba bien.

34
MERCER

Mercer pensó en reunirse con Paps en Harmony ese día para revisar lo que Quinn había descubierto en la cabaña, pero decidió que era mejor pasar tiempo con ella.

Hasta entonces, no habían encontrado nada lo suficientemente significativo como para ser lo que Calder podría estar buscando.

—Es principalmente información que Doc no habría querido que él tuviera. Estamos buscando algo que el propio Calder no querría que se revelara —le dijo Paps sobre lo que había revisado hasta ese momento—. Hay otra posibilidad —añadió—. Y es que Doc lo haya encontrado y lo haya trasladado, lo que llevaría a Boiler a tener motivos para atacar Butler Ranch y las propiedades más cercanas a él.

Mercer sacó un mapa de Butler Ranch y las bodegas cercanas en Adelaida Trail. Las más cercanas eran Los Caballeros y Wolf Family Vintners. Aunque dudaba que Doc hubiera puesto en peligro a Peyton Wolf o su familia escondiendo algo en su propiedad, saber que había tenido algo con la mujer que ahora era la prometida de su hermano Brodie podría llevar a Calder a atacarlos a ellos a continuación. Le envió un mensaje a Paps para ver si estaba de acuerdo. Si era así, deberían considerar la posibilidad de aumentar la vigilancia.

RAZOR SE DETUVO FUERA DE LA VERJA DE HAPPY VALLEY Ranch y les entregó unas pulseras a Mercer y a Quinn.

—Ponéoslas —les dijo.

Según lo que le habían dicho a Mercer, las pulseras evitaban que se activara el sistema de seguridad cuando los residentes se movían por el rancho. También rastreaban la ubicación de cada aparato, probablemente las habían desarrollado debido al secuestro.

Observó los puntos de control de seguridad que aparecían en el mapa mientras atravesaban las puertas y se dirigían a la casa principal. Si había un lugar más seguro de lo que él consideraba necesario, era ese.

—Hoy me quedaré por aquí —le dijo Razor cuando salieron del vehículo—. Quizá empiece a darle clases de conducir.

—Te lo agradezco, pero quiero pasar el día con Quinn.

—Entendido.

—Mañana.

—De acuerdo, Ochenta y ocho.

Quinn se unió a ellos.

—¿Cuánto tiempo estaremos aquí?

—Al menos los próximos días —respondió Mercer.

—Es bonito —dijo ella, mirando a su alrededor—. ¿Eso son caballos?

—¿Sabes montar? —preguntó.

Ella asintió.

—Al igual que navegar, la tribu y yo lo aprendimos juntas.

—Puedo comprobar si están disponible para montar si te apetece.

—Quizá. —Ella miró al coche.

—Después de las clases de conducir, claro. Te gusta mucho ese coche.

—Vas a pensar que es una tontería, pero me siento conectada a él cuando estoy dentro.

No hizo falta que especificara a quién se refería con «él» y se alegró de que hubiera sacado algo bueno del descubrimiento de su certificado de nacimiento.

—El Jaguar también es suyo.

—Eso pensaba. Y me alegro de que hayas dicho «es».

Mercer le acarició la mejilla.

—Hasta que se demuestre lo contrario, Doc sigue vivo para nosotros.

Pasaron el resto del día de la forma más normal que Mercer pudo conseguir para Quinn. La primera clase de conducir en el Porsche duró casi tres horas. Cuando él le preguntó si quería montar a caballo, ella rechazó la oferta.

—Solo quiero estar contigo. Cerca de ti.

—Yo me siento igual, preciosa.

Hicieron el amor, cocinaron y volvieron a hacer el amor antes de encontrar una biblioteca llena de libros y sentarse en el porche delantero a leer hasta que se puso el sol.

—Gracias por hoy —dijo Quinn cuando se metieron en la cama, ambos agotados.

—Gracias, Quinn.

—Mañana no será como hoy, ¿verdad?

—No te preocupes por eso esta noche, preciosa.

Ella asintió, apoyó la cabeza en su pecho y se quedó dormida. En cuanto él estuvo seguro de que lo estaba, él se durmió también.

—Razor se quedará aquí contigo hoy —le dijo a la mañana siguiente.

—Vale. —Quinn le apretó la mano.

—Estás a salvo con él.

Ella asintió.

—Lo sé. Es solo que...

Él sonrió, esperando a que terminara.

—Me siento mejor cuando estoy contigo.

—Yo también me siento mejor cuando estás conmigo, pero si no puedo ser yo...

—¿Crees que querrá darme una clase de conducir?

—Sé que lo hará. También predigo que estarás lista para dejarlo antes que él.

—¿Te acuerdas de Burns? —preguntó Paps cuando Mercer llegó a la casa de Harmony.

—Claro que sí, Gunner. Hemos hablado varias veces.

Mercer se alegraba de verlo allí. Tenía pensado buscar la manera de plantearle la posibilidad de que se uniera al equipo de seguridad de Quinn.

Los tres hombres hablaron de cuál sería la siguiente bodega que Calder podría atacar y tanto Paps como Burns coincidieron en que Wolf Family Vintners era la opción más lógica. Su producción era bastante baja, lo que significaba que no haría falta mucho para comprometer su estabilidad financiera. Sin embargo, Jamison y August Wolf habían pagado el terreno y recuperado su inversión de capital hacía varios años, por lo que era poco probable que se vieran obligados a vender.

—¿Qué más hay? —preguntó Mercer a Burns.

—Inventario.

—¿Sería peor en cuando a pérdidas?

—Mucho peor. Cada año de inventario almacenado representa varios años de ingresos, ya que las bodegas espacian sus lanzamientos.

—¿Te dijo Razor que Naughton vio a Burns en Harmony? —preguntó Paps.

—Me dijo que no estaba seguro de si era algo de lo que deberíamos preocuparnos. ¿Es así?

Burns asintió.

—Naughton tiende a especular e investigar más que Maddox. Preveo que habrá preguntas.

—¿Estás preparado para responderlas?

Burns no respondió pero alzó la vista hacia Mercer.

—Me gustaría hablar también de Quinn —continuó—. Razor

sugirió que podrías considerar la posibilidad de ayudar con su seguridad.

Burns asintió.

—¿Llevas arma?

—Siempre.

—Ochenta y ocho —interrumpió Paps, pero Burns levantó la mano para callarlo.

—Preveía el interrogatorio, Gunner. Déjalo terminar.

—Estás jubilado —afirmó Mercer.

—Del mismo modo que tú podrías estarlo algún día.

La jubilación no ponía fin al estilo de vida ni al pensamiento intuitivo que se arraigaba cada vez más cuanto más tiempo permanecía activo alguien en su línea de trabajo.

—Úsame cuando lo necesites —ofreció Burns.

—Gracias, señor —dijo Mercer—. Cambiando de tema. ¿qué crees que está buscando Calder?

—Su póliza de seguro —respondió Paps.

Mercer estuvo de acuerdo en que tenía sentido. Calder tenía algo sobre los rusos que les impediría volverse en su contra. No ser capaz de localizarlo, fuera lo que fuera, le haría estar cada vez más desesperado por encontrarlo.

—Hemos hablado de la posibilidad de que Doc lo descubriera —añadió Laird.

La única razón por la que Mercer dudaba de esa teoría era la falta de cualquier indicio por parte de Doc de que lo hubiera hecho. El hombre tenía planeado lo que sucedería después de su muerte hasta el más mínimo detalle, así que ¿por qué no habría dejado alguna pista que les permitiera neutralizar a Calder?

—Leech —dijo Mercer en voz alta—. Doc no. Lo encontró Leech.

—Quizá había también algo que hizo creer a Leech que podía localizar a Calder —añadió Paps.

—¿Lo habría movido Leech? ¿Quizá lo habría escondido en otro lugar? —preguntó Mercer.

Esa era la pregunta del millón. ¿Había capturado Calder a Leech y luego lo había interrogado? Si era así, una vez que encontrara lo que había escondido hacía veintiún años, Leech sería prescindible.

También existía la posibilidad de que los rusos los tuvieran a él y a Doc, creyendo que cualquiera de los dos podría llevarlos a la información comprometedora que Calder había recopilado.

Era la primera teoría que se le había ocurrido a Mercer y que le daba esperanzas de que encontraran a los dos hombres con vida. Eso significaba que tenían que encontrar primero la «póliza de seguro» o impedir que Calder lo hiciera.

Capturarlo no serviría de nada. Mercer sospechaba que no había pruebas suficientes para procesarlo por espionaje, o lo habrían arrestado hacía años. Recientemente se había eliminado la prescripción de la violación en el estado de California, pero meterlo en la cárcel por ese delito descarrilaría su búsqueda de Doc y Leech.

35
QUINN

Quinn cambió de opinión una docena de veces sobre si debía hablarle a Mercer del único documento que se había llevado de la cabaña.

Por un lado, entendía que él, Razor y las demás personas con las que trabajaban estaban protegiéndola. Por otro lado, la carta que había encontrado era muy específica sobre con quién podía hablar de ello y con quién no. Como tenía unos minutos a solas, la sacó del bolsillo de su pantalón corto y deslizó los dedos por las palabras manuscritas.

Querida Quinn:

Las circunstancias en las que lees esta carta significan que eres consciente de otras cosas que han sucedido en tu vida. Estoy seguro de que estás confundida, incluso enfadada, por los secretos que se te han ocultado.

También estoy seguro de que tienes muchas preguntas sobre quién soy para ti y por qué te escribo esta carta.

Supongo que te sentirás frustrada por lo poco que tengo que decir. Sin embargo, es importante que prestes atención al resto de esta carta.

He creado un fondo fiduciario para ti, independiente del fideicomiso de la familia de tu madre. Se te notificará tu herencia cuando se confirme mi fallecimiento y, al mismo tiempo, también se lo notificarán a tu fideicomisario.

Ese fideicomisario es mi hermano Naughton, que desconoce tanto su participación como tu existencia.

Cuando leas esta carta, ponte en contacto con él y comunícale su contenido.

Aparte de mi padre, Laird Butler, nadie más debe saber lo que te he contado. Asegúrate de que Naughton comprenda la importancia de que esto quede entre vosotros dos. Esto incluye a otros miembros de la familia.

Pase lo que pase en tu vida, ten esto claro, Quinn Analise: tu madre y yo te queremos más de lo que puedas imaginar.

La carta no estaba firmada, pero sabía que era de Kade. También sabía que, de alguna manera, tenía que ponerse en contacto con Naughton sin que nadie más lo supiera.

Guardó la carta en el bolsillo de unos pantalones que llevaba en la maleta, contenta de no tener que llevarla consigo, y se tumbó en la cama, deseando que Mercer estuviera allí. Sabía que era mejor no preguntar cuándo volvería.

Cuando abrió los ojos de nuevo y miró la hora en su teléfono, no podía creer que hubiera dormido tres horas. Mercer no debía de haber vuelto; de lo contrario, probablemente estaría en la cama junto a ella.

—Hola —dijo Razor cuando ella bajó las escaleras—. ¿Has dormido bien?

—Estaba más cansada de lo que pensaba.

—Es lo que tiene el estrés.

Ella se sentó a la mesa, frente al lugar donde él estaba trabajando.

—Ojalá no tuvieras que hacer de niñera conmigo.

—Ojalá. —Él sonrió.

Su sonrisa se convirtió rápidamente en un ceño fruncido y se levantó.

—Disculpa —murmuró y salió. Quinn lo observó mientras hablaba por teléfono. La expresión de su rostro era la misma que cuando recibió la noticia del incendio en Butler Ranch.

—¿Qué ocurre? —preguntó ella cuando regresó y se sentó a la mesa. En realidad no esperaba que respondiera, pero lo hizo.

—Sospechamos que la misma persona que provocó el incendio en Butler Ranch está a punto de volver a actuar. —Se frotó la cara—. Ochenta y ocho y yo somo necesarios sobre el terreno, así que tenemos que irnos.

—¿Tenemos?

—Sí. Nos reuniremos con Burns en Old Creek Road.

—¿Tengo que llevar algo conmigo?

—No. Volverás directamente aquí. Burns te necesita para acceder. —Razor le entregó una pulsera como la que ella llevaba—. Dale esto.

Quinn intentó contener las lágrimas que amenazaban con brotar, pero no antes de que Razor se diera cuenta.

—No pasa nada, Skipper. Es nuestro trabajo.

—Tened cuidado —susurró.

Él sonrió.

—Siempre. Ahora vuelvo.

Salió de unos de los dormitorios de la planta baja con un arnés en el que llevaba una pistola. Se sentó en la misma silla en la que había estado antes y se ató otra pistola a la pierna izquierda.

Mientras más veía y descubría Quinn, más deseaba no haber subido a ese avión y estar sentada en su apartamento, aburrida como una ostra y preguntándose cuándo volvería a casa Mercer.

Veinte minutos más tarde, Quinn salió del bosque de donde vivía su abuelo y se subió a una vieja camioneta con Laird Butler.

—Hola, Quinn. ¿Cómo estás? —preguntó.

—Bien, gracias —murmuró—. ¿Y tú?

—Bien también, pero tengo hambre. —Señaló un envase. Sorcha ha enviado sopa, pan recién horneado y una tarta.

Ninguno de los dos habló durante el resto del trayecto a Happy Valley Ranch, salvo cuando Quinn le dio la pulsera de seguridad y le explicó para qué era.

—¿Te llaman Burns? —preguntó ella cuando llegaron y entraron la comida.

—Sí.

Quinn buscó cuencos y cubiertos mientras Laird buscaba una olla para calentar la sopa.

—¿Quién es Sorcha?

—Mi mujer.

—Encontré una carta —soltó de repente.

Laird dejó la olla y la cuchara que había estado usando sobre la encimera y la miró.

—Adelante.

—Es sobre un fideicomiso...

—Ya veo. ¿Dónde está la carta ahora?

—Arriba.

—¿Puedo leerla?

Quinn asintió y fue a por ella. Teniendo en cuenta que en la carta decía que Laird era la única persona, aparte de Naughton, con quien podía hablar sobre ello, no veía ninguna razón por la que él no debiera leerla. Cuando la sacó del bolsillo donde la había escondido, la sacó del sobre, la miró de nuevo y pasó los dedos por la tinta seca. La dobló con reverencia antes de bajar y entregársela.

Él se tomó su tiempo para desplegar el papel, luego cerró los ojos y respiró hondo.

—Lo siento —murmuró ella. Quinn no había pensado que eso pudiera ser duro para él.

Él negó con la cabeza y la leyó lentamente, luego dejó el papel sobre la mesa y se sentó en una de las sillas. Suspiró más profundamente que antes de empezar a leer.

—Aún es pronto —fue todo lo que dijo.

—La carta es específica —respondió Quinn.

—Sí, pero es demasiado pronto.

Ella miró por la ventana, tentada de preguntar si Kade era su padre, pero temerosa de que Laird le confirmara que no lo era. Sin embargo, ¿por qué habría creado un fideicomiso para ella si no lo era? ¿Por qué le importaba lo que le sucediera, o incluso le decía que la quería mucho?

—Te pido que esperes; sin embargo, la decisión es tuya, Quinn.

Ella asintió, sin saber qué pensar. La carta decía que se pusiera en contacto con Naughton cuando la hubiera leído. No había otras condiciones, salvo las palabras «muerte confirmada».

—No crees que esté muerto, ¿verdad? —preguntó.

Laird volvió a suspirar y giró su silla para quedar frente a ella.

—No lo sé.

—Entonces, ¿por qué quieres que espere?

—Te lo pido porque hay cosas en juego en este momento que pueden comprometer tanto tu seguridad como la de Naughton.

—¿Me lo pides, no me lo dices?

—Así es. Eres una persona adulta, Quinn, y lo único que puedo hacer es pedirte que consideres mi opinión.

—¿Quién es Analise?

Laird sonrió.

—Mi madre.

—¿Y Quinn?

—No conozco a nadie más que a ti con ese nombre.

Ella asintió.

—Lo pensaré. Por cierto, eso huele muy bien. —Estaba de pie junto a la cocina, removiendo la sopa.

—¿Recuerdas haber probado alguna vez la sopa *Cock-a-leekie*?

Quinn se preguntó por qué había formulado la pregunta de esa manera. No le había preguntado si la había probado, sino si la recordaba.

—No.

Él le explicó que era una receta escocesa hecha con puerros, pollo y arroz. Añadió que, para que fuera auténtica, se adorna con ciruelas pasas. Sin embargo, ni a él ni a Sorcha les gustaban.

—Gracias —murmuró ella.

—Le transmitiré tu agradecimiento a Sorcha.

Quinn abrió los ojos como platos.

—Pero...

—Recuerda que ella y yo pasamos mucho tiempo contigo cuando eras pequeña.

—¿Sabe que estoy aquí ahora? —Si lo sabía, ¿por qué no estaba allí? ¿Por qué la carta no decía que podía hablar con Sorcha además de con Laird? ¿Sorcha no quería verla? Los ojos se le llenaron de lágrimas al pensarlo.

—Lo sabe, y está deseando volver a verte. Pero...

—No es seguro.

—Para ti, Quinn. No es seguro para ti.

—Tú estás aquí.

Laird no respondió, pero ella conocía la diferencia.

—¿Por qué has vuelto? —preguntó Quinn cuando Razor entró en la casa.

—Burns tiene una reunión —dijo.

—Creía que te necesitaban.

—Me necesitaban, y me necesitan, pero por ahora esta reunión es más importante.

Quinn se puso la mano en la cintura.

—Aunque crees que va a pasar algo malo, sigues aquí conmigo.

Razor asintió.

—Odio esto. —Quinn se alejó y subió las escaleras. Se sentó junto a la ventana. ¿Había sido así toda su vida? ¿Mercer, Razor y los demás se habían visto obligados a vivir sus vidas en torno a ella? Ella no era más importante que cualquier otra persona. ¿Por qué su seguridad era lo primero cuando había alguien provocando incendios y Dios sabe qué más?

—¿Skipper? —oyó decir a Razor desde el otro lado de la puerta. Su primera reacción fue decirle que la dejara en paz, pero, por Dios, ese hombre no tenía vida por su culpa. Lo menos que podía hacer era ser amable con él.

—Adelante —le dijo—. Lo siento —añadió cuando él se apoyó en el marco de la puerta.

Se acercó y se sentó en la silla junto a ella, se inclinó hacia delante y apoyó los codos en las rodillas.

—Háblame —le dijo.

—Me siento culpable.

—Lo entiendo, pero, una vez más, no estás viendo el panorama general.

Quinn odiaba que él supiera exactamente cómo hacerla sentir peor.

—No estoy sintiendo lástima por mí misma. Me siento culpable —repitió.

—¿Porque eres la princesa de la torre, custodiada por todos los hombres del rey?

—Básicamente. Esos hombres deberían estar protegiendo a otras personas, luchando en guerras o quizá viviendo sus propias vidas. ¿Tú tienes una vida, Razor? —Ella negó con la cabeza—. Ha sonado peor de lo que pretendía.

Él sonrió.

—Sé lo que querías decir, y no siempre ha sido así.

—¿Por qué es así ahora?

—Porque Doc ha desaparecido.

Quinn bajó la cabeza. Una vez más, estaba centrando todo en ella.

—Lo siento —repitió—. Siento que lo digo mucho. Especialmente a ti.

—Eso es porque yo te digo las cosas como son.

—Y lo agradezco.

—Piénsalo un momento. Supongamos que creemos que Doc sigue vivo, al igual que Leech. ¿Quiénes crees que son las dos personas por las que ambos darían la vida?

—Oh, Dios —gimió ella, con lágrimas brotando de sus ojos.

—Así es, Skipper. Tú y Barbie. Mientras vosotras dos estéis a salvo, no tenemos que preocuparnos de que los malos os utilicen para empeorar las cosas.

Quinn se secó las lágrimas.

—Debes de pensar que soy una llorona.

Razor se levantó y le revolvió el pelo.

—No, solo un gran grano en el culo.

Se dirigió a la puerta del dormitorio.

Descansa un poco.

Dos horas más tarde, Quinn bajó las escaleras y encontró a Razor mirando el teléfono.

—¿Qué pasa ahora? —preguntó.

—Burns está de camino y tiene una sorpresa para ti.

Quinn siguió a Razor a la cocina y miró por la ventana. Laird llegaba en su camioneta con alguien en el asiento del copiloto.

—Es un regalo enorme, Skipper —murmuró.

—Oh, mi dulce y preciosa niña —lloró Sorcha cuando entró—. Ven aquí y déjame abrazarte.

—No podemos quedarnos mucho tiempo —susurró Laird, poniendo la mano en la espalda de cada una de ellas.

—*Na gabh dragh orm* —oyó que le decía Sorcha a él. Aunque no entendió nada, el tono lo decía todo.

—Es lo que habíamos acordado.

Sorcha se apartó lo suficiente como para poder mirar a Quinn a los ojos.

—Pronto, hija, todo esto habrá terminado y Dios por fin responderá a mis plegarias.

—Tenemos que irnos —repitió Razor.

Sorcha la abrazó por los hombros.

—¿Sabes que te quiero, Quinn?

Ella asintió.

—Yo también te quiero —dijo sin siquiera pensarlo.

36

MERCER

Mercer se ofreció voluntario para segur a Maddox y Naughton Butler cuando fueron a una cata de vinos esa tarde. Todos habían estado haciendo su turno de vigilancia, que podía ser superaburrido.

Los siguió a Pear Valley, entró en la sala de catas y se sentó en una silla cerca del fondo del bar, que estaba abarrotado. Desde ahí podía ver el exterior, donde estaban sentados Maddox y Naughton con Alex y Bradley. Momentos después, Mercer recibió un mensaje de texto de uno de los agentes de K19 al mismo tiempo que los dos hermanos entraban.

Calder entrando, decía.

Cuando Calder entró en la sala de catas poco después y se dirigió directamente hacia Naughton, Mercer se preparó para intervenir si fuera necesario.

En cuestión de segundos, oyó a Calder decirles a los Butler que tenían al enemigo en casa y luego vio a Naughton lanzar un puñetazo que impactó con fuerza. Mercer se hubiera reído, pero tenía demasiada prisa por interponerse entre ellos antes de que las cosas se agravaran. Antes de que pudiera hacerlo, tres ayudantes del sheriff entraron corriendo y escoltaron a Calder fuera del local.

—¿Qué ha pasado con Calder y Naughton? —preguntó Paps cuando Mercer regresó a la casa de Harmony.

—Los agentes llegaron antes de que la cosa se pusiera fea, pero, joder, se podía palpar la tensión entre ellos dos.

—Como entre Calder y Doc. Fue inmediato. Se odiaron nada más verse, aunque ambos fingieron lo contrario durante un tiempo. ¿Listo para salir?

—Sí. —Se dirigían a Wolf Family Vintners, al norte de Butler Ranch, y podrían estar allí durante horas.

—¿Aburrido? —preguntó Mercer cuando Razor lo llamó una hora más tarde.

—Por supuesto. Sin embargo, acaba de pasar algo interesante. La nueva enóloga de Butler Ranch acaba de salir de la casa de su tío con Trey Deveux.

—¿Adónde van?

—No lo sé, pero los estoy siguiendo.

—¿Necesitas refuerzos?

—Te avisaré si las cosas se tuercen. Si no, es importante que te quedes donde estás. Tengo el presentimiento de que algo siniestro está a punto de suceder.

Mercer y Paps pensaban lo mismo.

—¿Has hablado con Skipper? —preguntó Razor.

—Un poco. No estaba muy habladora.

—No es propio de ella, ¿verdad?

Mercer estuvo de acuerdo.

—¿Adónde quieres llegar?

—Ha tenido visita.

—¿Quién?

—Sorcha Butler.

—Dios —dijo Mercer—. ¿Hablas en serio?

—Ya sabes cómo es Burns.

En realidad, no lo sabía.

—No te lo vas a creer —dijo Razor cuando volvió a llamar—. Calder ha aparecido donde están Deveux y la enóloga.

—¿Qué está pasando?

—No estoy seguro, pero sea lo que sea, pronto lo sabremos. La cesta del pan tiene micrófonos. Comprueba la transmisión. Ahora mismo, la mujer se está levantando de la mesa. Preveo que Deveux y Calder conectarán mientras ella no está.

Paps tocó su teléfono y puso la transmisión de audio en el altavoz.

Calder estaba hablando.

—El terreno vale la pena, siempre lo ha valido, especialmente si podemos añadir más a lo largo de Adelaida Trail. ¿Te ha perdonado?

—Creo que sí, pero tengo que decirte algo, Ror. Los últimos cuatro años han sido muy duros.

—No pierdas de vista el premio, hermano. Y ella no lo es.

—Te entiendo —dijo Trey.

—Las cosas se van a resolver pronto en Jenson. La semana que viene, pasaremos al plan B para Los Cab y Butler Ranch.

—¿Estás seguro de esto?

—¿Por qué lo preguntas? ¿Te estás echando atrás, Trey?

—Joder, no, Ror. Solo digo que ahora mismo estamos bajo mucha presión.

—Presión, pero sin pruebas. Escucha, si no estás al cien por cien en esto, tu padre se enterará.

—¿Qué demonios? —oyeron jadear a Trey.

—¿Qué?

—Creo que Bradley ha oído nuestra conversación.

—¿Qué coño? ¿Cómo?

El teléfono crujió.

—Joder —espetó Calder—. Eres un puto idiota. ¿Dónde está?

—No lo sé.

—Pues no te quedes ahí sentado. Encuéntrala.

—Mierda —gimió Mercer y envió un mensaje a Razor. *Enóloga comprometida. Necesita refuerzos.*

Ya estoy en ello. Está a salvo.

Paps arrancó la camioneta y se lanzó a toda velocidad por la carretera, en dirección a Jenson. Ese lugar ni siquiera está en su radar y debería haberlo estado, sobre todo teniendo en cuenta la conexión entre Calder, Deveux y la enóloga.

CORRIERON POR LOS VIÑEDOS Y OYERON RUIDOS QUE provenían de la bodega.

—Yo iré detrás —le dijo Mercer a Paps.

—El sheriff está de camino —le respondió Paps.

—Entendido.

Con la pistola desenfundada, Mercer se coló por la puerta trasera y vio vino saliendo de hileras de tinas. Justo cuando estaba a punto de empezar a cerrar los grifos, se oyó más alboroto procedente de la puerta principal.

—Dios mío —oyó gritar a una voz masculina.

—¿Quién ha hecho eso? Dios mío. Se ha perdido todo —lloró una voz femenina.

—¡La bodega! —gritó otra voz.

—¡Vamos! —respondió la primera voz masculina.

Mercer volvió a salir. Estaba demasiado oscuro para ver quien corría hacia la bodega, pero los siguió. Justo cuando llegaron a la entrada, vio a dos personas salir corriendo y alejarse en direcciones diferentes.

—¿Qué está pasando? —le dijo a Paps a través de los comunicadores.

—¿Las autoridades están aquí? ¿Y ahí?

Con la luna oculta tras una espesa capa de nubes, no había suficiente luz para ver. Se maldijo a sí mismo por no haber cogido sus gafas de visión nocturna.

—Dos sospechosos han huido hacia los viñedos. Está demasiado oscuro para identificarlos o incluso seguirlos, a menos que conozcas bien el terreno.

Mercer regresó furioso a la camioneta, enfadado consigo mismo por haber permitido que eso ocurriera bajo su vigilancia. Habían calculado mal y, como consecuencia, otra bodega había sufrido pérdidas enormes.

Al menos ahora sabían que Calder estaba listo para atacar de nuevo Los Caballeros y Butler Ranch. Lo que fuera que tuviera planeado no iba a suceder, aunque tuvieran que traer al ejército para impedirlo.

—Hola, preciosa. Siento haberte despertado. —Mercer se inclinó y le besó la frente al ver que tenía los ojos abiertos—. Voy a darme una ducha rápida.

—¿Estás bien?

Él sonrió y se sentó en la cama junto a ella.

—Estoy sucio y sudado y quiero darme una ducha antes de meterme en la cama contigo. —Le volvió a besar la frente antes de entrar en el cuarto de baño, quitarse la ropa, que probablemente tendría que tirar, y abrir el grifo de la ducha.

—Me encantaría acostumbrarme a esto —dijo cuando se abrió la puerta y una Quinn desnuda se unió a él.

Ella sonrió, pero tenía los ojos entrecerrados.

—¿Qué pasa? —preguntó él y la giró para que lo mirara.

—Estaba preocupada.

Mercer la abrazó con fuerza.

—No sé qué decir.

Ella asintió.

—Le dije a Razor que tuvierais cuidado y él respondió que es vuestro trabajo. Lo entiendo, pero...

—Adelante, Quinn.

—Antes de saber todo esto... me preocupaba cuando te ibas, pero no de la misma manera. Me preocupaba que no volvieras conmigo porque hubieras decidido que no querías, no porque no pudieras.

—Entiendo.

—No hay nada que podamos hacer para cambiarlo, ¿verdad?

—Para ser sincero, no estoy seguro. —Mercer cerró el grifo de la ducha, cogió una toalla y se la envolvió alrededor del cuerpo antes de coger otra para él—. Hablemos —añadió.

Se dijo a sí mismo que estaba preparado para esta conversación, pero ahora que estaba sucediendo, encontrar las palabras adecuadas para contarle a Quinn lo que había estado pensando durante los últimos dos meses era más difícil de lo que había creído.

—Me comprometí —empezó, pero se detuvo cuando los ojos de ella se llenaron de lágrimas—. Déjame terminar, preciosa. Creo que lo que voy a decirte te facilitará las cosas. Al menos un poco.

Ella asintió y se secó las lágrimas.

—Lo siento. Siento que lo único que hago es llorar.

—Nosotros, Razor, Paps y yo, estamos en medio de una misión. Doc está desaparecido, Quinn, y tenemos que encontrarlo. No es solo Doc; tu abuelo también está desaparecido.

—¿Leech?

Mercer asintió, preguntándose cómo conocía su nombre en clave.

—Como comprenderás, no puedo dejar esto así.

—Lo sé.

—Cuando todo esto acabe, espero varias cosas. Primero, que encontremos a Doc y tu abuelo con vida. Segundo, que quede neutralizada la amenaza contra ti y tu madre, así podréis vivir el resto de vuestras vidas sabiendo que ya no estáis en peligro. —Mercer respiró hondo y exhaló lentamente—. Y, por último, mi plan es retirarme después de asegurarme de que eso suceda.

—¿Cuándo crees que será eso? —susurró.

—No hay forma de saberlo.

—No sé si puedo...

Mercer la silenció con los labios. Sabía que, en las próximas semanas o meses, el estrés al que se vería sometida Quinn parecería insoportable, pero no había alternativa. Sabía demasiado y, aunque no fuera así, la amenaza en Nueva York haría imposible que Mercer le permitiera volver allí.

Ella le rodeó el cuello con los brazos y lo atrajo hacia la cama.

—Te necesito, Mercer —susurró.

—Y yo a ti, preciosa.

Dejó que ella le empujara los hombros hacia atrás y la guio mientras se subía encima de él.

—¿Estás preparada para mí? —murmuró y ella asintió.

Mientras se hundía en su dureza, los ojos de Mercer no se apartaron de los de ella. Ella aún no había pronunciado las palabras, pero sabía que lo amaba tanto como él la amaba a ella.

. . .

Quinn dormía, pero Mercer tenía demasiadas cosas en la cabeza como para conciliar el sueño.

Antes de que ella se quedara dormida, él le había preguntado cómo sabía el nombre en clave de su abuelo y ella le explico que Razor le había dicho que alguien con ese nombre había desaparecido junto con Doc. A partir de ahí, ella había atado cabos cuando él le habló de su abuelo.

Eso, junto con el hecho de que Laird hubiera llevado a Sorcha a ver a Quinn, le preocupaba.

La otra cosa que le preocupaba era algo que Trey le había dicho a Calder. «*Tengo que decírtelo, Ror. Los últimos cuatro años han sido muy duros*».

¿Cuatro años? ¿Tanto tiempo hacía que había vuelto Calder? No tenía sentido. Habría aparecido antes de que Leech se fuera a buscarlo. ¿Estaba involucrado de alguna manera en el negocio vinícola de su familia desde la distancia? Quizá había empezado a sentar las bases entonces, convenciendo a su familia de que necesitaban expandirse a la costa central. Hacerlo le permitiría investigar propiedades en venta sin levantar sospechas.

Por lo que respecta a Deveux, parecía que creía que su objetivo era el terreno, independientemente de la forma en que lo consiguieran. Sin embargo, tampoco parecía seguro sobre los métodos de Calder. Hablaría de la posibilidad de convertir a Deveux la próxima vez que hablara con Paps.

Su teléfono vibró en la mesita de noche y Mercer lo cogió.

Calder ha desaparecido, decía el mensaje de Paps. Tres simples palabras y Mercer supo que podrían pasar días antes de que volviera a dormir.

. . .

Cinco minutos más tarde, Mercer recibió otro mensaje de Paps.

Deveux está en movimiento. Parece que se dirige a Adelaida Trail.

Entendido, respondió.

Salió de la cama, se aseguró de que Quinn siguiera dormida, cogió la ropa, la pistola y el teléfono y, tan silenciosamente como pudo, salió del dormitorio y bajó las escaleras.

—¿Has recibido el mensaje de Paps? —preguntó a Razor, que estaba en la cocina, jugando con la cafetera.

—Sí. Ha dicho que ibas tú, pero puedo ir yo.

—Yo me encargo. Quédate con Skipper.

—Entendido. —Razor dejó la cafetera sobre la encimera.

Happy Valley Ranch estaba más cerca de Butler Ranch que la casa de Harmony. Llegó en menos de cinco minutos. Las puertas del rancho se habían quedado abiertas desde el incendio, así que si Deveux aparecía por allí, ambos podrían acceder a la propiedad.

—¿Cuál es la posición de Deveux? —preguntó a través del comunicador.

Antes de que Paps pudiera responder, Mercer vio llegar el Alfa Romeo rojo.

—Lo tengo. —Se colocó a cubierto bajo los árboles más cercanos a las cabañas.

Deveux se detuvo y apagó el motor al mismo tiempo que Naughton y Bradley salían por la puerta principal de una de ellas.

—Estás violando una propiedad privada —oyó decir Mercer a Naughton.

—Tengo que hablar con Bradley —respondió Trey.

—Sal de nuestra propiedad o llamaré al sheriff.

—Dame un momento...

—Llamaré al sheriff.

Mercer vio como Trey le quitaba el teléfono de las manos a Naughton. Metió la mano en la funda de la pistola, preparado por si la situación se agravaba.

—¿Qué está pasando aquí? —preguntó una voz en la oscuridad. Se parecía tanto a la de Doc que Mercer esperó verlo aparecer en lugar de Maddox.

Los dos hermanos Butler discutieron con Deveux, que también se metió con Bradley, hasta que Naughton le pidió que entrara. Con el sheriff de camino, la despedida de Trey, «Me voy, pero esto no ha terminado», no pareció perturbar a nadie.

Mercer soltó un suspiro de alivio cuando Deveux subió al coche y se marchó.

—Va hacia ti —le dijo a Paps, que estaba apostado fuera del perímetro del rancho.

Bradley había vuelto a salir y los tres hablaban de Deveux. Mercer no oyó mucho hasta que Naughton se volvió hacia él.

—No tienes que tenerle miedo, cariño. Tenemos ojos y oídos en todas partes —dijo.

Tenía más razón de la que creía.

—¿Alguna señal de Calder? —preguntó Mercer a Paps.

—Negativo. Una vez que salió del restaurante anoche, logró despistar a sus perseguidores al interferir el rastreador que le habíamos colocado. Tardé cinco minutos en darme cuenta de lo que había hecho.

No estaban tratando con un civil. Calder tenía la misma formación que ellos. No solo eso, sino que llevaba décadas trabajando con los rusos.

—Mierda. Sabe que vamos tras él.

—Entendido —añadió Paps.

—¿Y ahora qué?

—Nos reagrupamos.

—¿Dónde?

—En Harmony.

Mercer envió un mensaje a Laird y Razor para ponerlos al corriente. Laird dijo que estaría en Happy Valley Ranch en quince minutos y Razor confirmó que saldría en cuanto Laird llegara.

Eran poco más de las cuatro de la madrugada. Con un poco de suerte, Mercer estaría de vuelta en el rancho y en la cama con Quinn antes de que se despertara. En cambio, cuando regresó, eran casi las seis.

—¿Dónde estabas? —preguntó Quinn cuando Mercer se metió en la cama.

—He tenido que salir un momento.

Ella aún no se había dado la vuelta para mirarlo.

—Esa no era mi pregunta.

—Quinn...

Ella salió de la cama.

—¿Adónde vas? —preguntó él cuando ella se dirigió a la puerta del dormitorio en lugar de al baño.

—Necesito estar sola, Mercer.

MERCER OBSERVÓ SUS MOVIMIENTOS EN LA PANTALLA DEL ordenador durante más de una hora.

—¿Qué está haciendo? —preguntó Razor al mirar por encima de su hombro.

—Conducir.

—Ah.

—Se levantó y yo no estaba.

—Está enfadada —dijo Razor.

—No puedo hacer nada al respecto. Especialmente ahora, con Calder desaparecido.

—Quiere espacio. Dale espacio. —Razor se alejaba cuando Mercer lo oyó murmurar—. A veces es igual que Barbie.

Tenía razón. Durante los últimos veintidós años, Lena se había visto obligada a vivir como una convicta que había salido de prisión pero tenía que llevar un monitor en el tobillo. No podía hacer ningún movimiento sin que al menos uno de ellos lo supiera. No tenía privacidad real, al menos en lo que respecta a sus idas y venidas. Despreciaba a los únicos hombres con los que se relacionaba habitualmente.

A Mercer no se le había ocurrido hasta ahora que la mujer no podría haber tenido una relación aunque hubiera querido, lo que significaba que tenía cuarenta años y llevaba más tiempo sin amor en su vida del que Mercer quería pensar. No tenía ni idea de cuánto tiempo había durado lo de ella con Doc, pero era obvio que habían terminado antes de que él empezara con Peyton Wolf.

Quinn lo tenía a él, pero no tenía otra opción. Si se enfada con él, si ya no quería estar con él, seguiría formando parte de su vida. Había hecho una promesa y la cumpliría sin importar lo que pasara.

Ella estaba fuera, dando vueltas en coche, sin ningún otro sitio al que ir, y él respetaría eso.

Mercer llamó a la puerta de Razor.

—Voy a descansar un poco —dijo cuando le abrió.

—Entendido. La vigilaré.

CUANDO SE DESPERTÓ UNAS HORAS MÁS TARDE Y BAJÓ LAS escaleras, Quinn estaba en la biblioteca, leyendo.

—¿Qué tal ha ido el día? —preguntó él, sin saber qué otra cosa decir.

—Bien.

—¿Te traigo algo?

—No.

—¿Quinn?

—Déjame en paz, Mercer.

—Entendido.

La dejó sola hasta medianoche, cuando la encontró durmiendo en la biblioteca.

—Vamos preciosa —dijo—. Te llevaré a la cama.

Ella lo siguió de buen grado, pero Mercer tuvo la impresión de que era solo porque estaba medio dormida. Cuando se metió en la cama a su lado, ella le dio la espalda.

37
QUINN

Cuando Quinn se despertó, Mercer no estaba en la cama con ella, otra vez. Bajó las escaleras y Razor estaba sentado a la mesa.

—Buenos días, Skipper —dijo, sin apenas levantar la vista de su portátil—. Ochenta y ocho me ha pedido que te diga que volverá lo antes posible.

Ella no se molestó en responder.

El día anterior, se había pasado todo el día pensando en su vida. Estaba harta de sentirse impotente. Era una mujer adulta que había recibido una carta con instrucciones muy específicas y no las había seguido porque los hombres de su alrededor no dejaban de decirle que no estaba a salvo. No es que Mercer ni Razor supieran nada de la carta, pero aun así. No podía hacer nada sin que uno de ellos supiera dónde estaba, con quién estaba e incluso qué estaba pensando. Sacó su teléfono. Ese día iba a ser diferente. Ese día viviría su vida según sus propias condiciones.

—Hola, Quinn —respondió Laird.

—Me dijiste que te llamara si necesitaba algo —le dijo.

—Sí.

Quinn oyó a Sorcha de fondo preguntando con quién estaba hablando.

—¿Qué necesitas? —preguntó Laird.

Respiró hondo. No era propio de ella ser grosera o exigente, pero en ese caso tenía que serlo.

—Dile a Razor que necesitas verme. Dile que me lleve a la finca de mi abuelo y nos vemos allí.

—¿De qué se trata? —preguntó.

—Creo que ya lo sabes. —Ella colgó, sacó sus vaqueros de la maleta, comprobó que la carta seguía en el bolsillo y se vistió.

Kade, Doc, quienquiera que fuera, le había dicho que se pusiera en contacto con Naughton cuando recibiera la carta, y eso era lo que iba a hacer. Si hubiera querido que pidiera permiso primero, se lo habría dicho.

—¿Qué pasa? —preguntó Razor cuando él bajó las escaleras—. ¿Por qué tengo que llevarte a ver a Burns?

—¿No te lo ha dicho? —respondió.

—No, Skipper. No me lo ha dicho y lo sabes. ¿Qué pasa?

Quinn se puso las manos en las caderas.

—No puedo contártelo.

—Habla en serio.

—Estoy hablando en serio. Vamos.

Razor estaba enfadado. Ella podía sentir cómo la ira se apoderaba de él. Si Laird no hubiera sido el que le había llamado para pedirle que la llevara para reunirse con él, nada de eso estaría pasando. Quinn lo sabía. Y en cuanto a que él estuviera enfadado, ella también lo estaba.

—Esto no me gusta —dijo Razor cuando se bajaron del todoterreno.

—A mí hay muchas cosas que no me gustan. —Se adentró en el bosque, igual que la última vez que se había reunido con Laird allí.

—Quinn —dijo Laird al bajarse de la camioneta.

—Quiero ver a Naughton. Ahora.

—Puedes ver a Naughton, pero no ahora —respondió.

—Necesito verlo.

—Está en plena cosecha, Quinn. Es imposible que te lleve a verlo ahora mismo.

—Me da igual en qué esté ocupado. La carta decía que me pusiera en contacto con él cuando la leyera. Es lo que Kade me dijo que hiciera.

Laird suspiró, lo que para Quinn significaba que sabía que al menos parte de lo que había dicho era cierto. Kade le había dado instrucciones de ponerse en contacto con él de inmediato por una razón. Se daba cuenta de que Laird pensaba lo mismo.

—Lo entiendo y lo organizaré todo para que os reunáis, pero no ahora. No puede detener la cosecha sin levantar sospechas. Te prometo que lo haré, pero no puede ser antes de que termine. Deja de pedirme que ponga en peligro tu seguridad y la de mi hijo.

El tono de voz de Laird la convenció de que no estaba poniendo excusas. Por ahora, lo aceptaría, pero si pasaba mucho más tiempo, lo resolvería por su cuenta.

Ella asintió.

—Venga. Vamos —dijo él.

—¿Adónde vamos? —preguntó cuando llegaron a la autovía y Laird giró a la izquierda en lugar de a la derecha.

—A casa.

—Pero es en la otra dirección.

—A mi casa, Butler Ranch.

—¿Por qué? —¿Había cambiado de opinión? ¿La llevaba a ver a Naughton después de todo?

—Quiero que veas algo.

CUANDO ATRAVESARON LAS PUERTAS DE BUTLER RANCH UNOS minutos más tarde, Quinn se sintió abrumada.

—Es precioso —dijo.

—Los rayos de sol brillaban sobre los viñedos cubiertos por una capa de niebla. Cuando se acercaron, vio que las vides estaban cargadas de fruta.

—¿Dónde está? —preguntó.

—Si te refieres a Naughton, ya te he dicho que está con la cosecha. No estás aquí por eso.

—Entonces, ¿por qué?

—Ya lo verás.

. . .

—Este era el apartamento de Kade —le contó Laird mientras la guiaba por una estrecha escalera—. Que yo sepa, nadie ha entrado aquí desde que se marchó.

Estaban de pie en el umbral de la puerta mientras Laird tenía la mano en el pomo.

—¿Estás bien? —preguntó Quinn, apoyando la mano en su brazo —. No tenemos por qué hacerlo.

—Yo no voy a hacer nada —respondió—. Tú lo harás. Escríbeme cuando hayas terminado.

Quinn se echó a reír después de superar la sorpresa que le causó que él abriera la puerta del apartamento de Kade y le dijera que echara un vistazo.

El hombre era un fanático del orden. No había ni una sola cosa fuera de su sitio, pero iba más allá. Los libros estaban organizados por ficción o no ficción y luego por subcategorías de ambas. Cada estantería estaba ordenada por altura y los libros estaban colocados hacia delante, hasta el borde.

La cocina estaba organizada de manera similar. Abrió un cajón y encontró utensilios de madera, mientras que el cajón de arriba contenía utensilios de metal. En otro, encontró especias en un estante, colocadas en orden alfabético.

Abrió el frigorífico y, como era de esperar, lo encontró vacío, igual que el congelador.

El dormitorio estaba igualmente ordenado y organizado, pero no había ni rastro de él. Podría haber sido la habitación de cualquiera. Al final del pasillo, encontró otra puerta, pero estaba cerrada con llave.

Estaba a punto de escribir a Laird para decirle que había terminado, pero cambió de opinión. Había una razón por la que esa puerta estaba cerrada con llave y quería saber cuál era. Miró a su alrededor, preguntándose dónde un hombre como Kade escondería una llave de repuesto.

Buscó en los lugares que le parecieron más obvios, al menos para ella, y luego se sentó a la mesa cuando se quedó sin ideas. Algo que no había notado antes en las estanterías le llamó la atención. Una tortuga de madera sostenía una fila parcial de libros, pero, debido a su forma, no parecía un simple sujetalibros.

Se acercó, lo cogió y lo giró entre sus manos. La base era de madera sólida y, al examinar la parte superior y los laterales, no vio nada que pareciera abrirse. Estaba a punto de volver a colocarlo en la estantería cuando su dedo rozó la cola y esta se movió. Quinn la agarró con el pulgar y el índice y se movió aún más. Tiró de ella y salió una bandeja con una sola llave.

Volvió a la puerta cerrada para probarla, con la esperanza de que se abriera. Cuando lo hizo, se quedó sin aliento. Nada podría haberla preparado para lo que encontró al entrar.

En lugar de ordenadores o cualquier otra cosa que ella pensaba que alguien con el trabajo de Kade tendría detrás de una puerta cerrada, había fotos de ella por todas partes.

En algunas estaba con su madre. En otras, sola, y en algunas, con Kade. Parecía que todas se habían tomado antes de que cumpliera los siete y la enviaran al internado.

Había otras en las que aparecía sola, tomadas en todas las etapas de su vida, y la mayoría, a excepción de las fotos escolares, eran espontáneas. Las habían hecho sin que ella lo supiera.

Sin duda, había algo inquietante en ello, pero también una sensación de seguridad que era diferente a la que sentía al saber que él había dispuesto que la protegieran toda su vida. Nadie guardaba tantas fotos de una persona a la que solo protegía. Todas las fotos estaban enmarcadas y parecían haber sido colocadas deliberadamente.

Había una escondida detrás de otra y se acercó para verla más de cerca. Era la única que había visto en la que aparecía con Laird y Sorcha.

La habían hecho en la casa de Montecito. Quizá no la habría reconocido si no la hubiera visitado recientemente.

Quinn se sentó en la silla del escritorio de Kade y la analizó, junto con otras dos fotos, durante tanto rato que perdió la noción del tiempo.

Algo le llamó la atención desde la ventana. Era Laird, que se dirigía hacia ella. En lugar de esperarlo, cerró con llave y bajó a su encuentro.

Si algo había sacado en claro de ese descubrimiento, era que estaba más decidida que nunca a hablar con Naughton.

—Te había pedido que me esperaras arriba —le recriminó Laird.

Su tono de voz la sorprendió.

—No, no lo has hecho. Me has dicho que te enviara un mensaje.

—No debería haber aceptado traerte aquí.

El modo en que la agarraba del brazo mientras la llevaba a la camioneta le dolía, pero no tanto como la punzada de dolor que borró la felicidad de encontrar las fotos. Volvió a sentirse rechazada, no deseada e indigna.

Quinn se cruzó de brazos.

—Ya no voy a esperar más, Laird.

—Tienes que esperar hasta que termine la cosecha.

—Dijiste que era mi decisión. Me pediste que esperara, pero no puedo. Tiene que saberlo y me niego a irme hasta que lo vea.

—Eso no va a pasar, preciosa —le susurró Mercer al oído—. Vamos.

Quinn se sobresaltó. No lo había oído acercarse. Cuando intentó zafarse, él no la soltó.

—Nos vamos, de una forma u otra. Te sacaré a rastras si tengo que hacerlo.

Ella miró con ira a Laird mientras Mercer la acompañaba fuera, añadiendo la traición a todas las demás cosas que le había hecho sentir en los últimos minutos.

Mercer abrió la puerta del copiloto del todoterreno y le dijo que se subiera. Sin decir nada más, la cerró tras ella y no habló hasta que llegaron a la puerta de Happy Valley Ranch.

—Hablaremos esta tarde —empezó él.

—¿Para qué molestarse? Puedo recitar cada palabra que vas a decir sin necesidad de escucharlas.

—Esto no es una broma, Quinn.

—Tienes razón, Mercer. Es mi vida. No la tuya. A ti te han contratado para protegerme. Estoy segura de que Kade nunca esperó que interpretaras eso como que debías entrometerte en mi vida.

Las palabras le dolían tanto a ella como sabía que le dolían a él.

—Creía que ya habíamos superado esto —murmuró él.

—¿Superado? ¿Cómo que me has apaciguado con la menor información posible, esperando que, a partir de entonces, simplemente siguiera las reglas y aceptara que no era más que un pájaro bonito encerrado en la jaula de alguien?

—No es así.

—¿No? —insistió Quinn.

—No —respondió él, negando con la cabeza—. ¿Por qué estabas en Butler Ranch?

—No es asunto tuyo.

—¿Qué querías decir con «tiene que saberlo y me niego a irme hasta que lo vea»?

—Como he dicho, no es asunto tuyo.

—Todo lo que tiene que ver contigo es asunto mío —dijo alzando la voz más de lo necesario.

—Ya no —le espetó ella.

Él no respondió, pero apretó el volante con más fuerza.

—Déjame preguntarte algo, Ochenta y ocho. ¿Fuiste tú quien me hizo todas esas fotos? Ya sabes, las que adornan el despacho de tu jefe. ¿No te sentías como un acosador, o quizá incluso un pedófilo, haciendo fotos a una niñita inocente?

Cuando Mercer se giró y la miró a los ojos, ella se arrepintió inmediatamente de sus palabras, pero no podía retractarse y no iba a disculparse. No se arrepentía de la mayor parte de lo que había dicho, solo de la última frase.

Mercer no redujo la velocidad para girar hacia Happy Valley Ranch.

—¿Adónde me llevas?

No respondió, así que preguntó de nuevo, esta vez alzando la voz. Él siguió sin responder. Era como si no la hubiera oído.

—Te odio —dijo ella en voz baja—. Os odio a todos.

—Suenas igual que Barbie.

ALGUIEN A QUIEN ELLA NO RECONOCIÓ SE ACERCÓ A SU PUERTA cuando Mercer salió y se alejó en una moto sin decir ni una palabra.

—Hola, Quinn —dijo con una voz que le recordó la forma en que Hannibal Lecter hablaba a Clarice Starling—. Entremos.

—¿Quién eres?

—Mi nombre es Gunner Gador, pero todos me llaman Paps.

Ella lo siguió adentro y él le señaló una silla en la cocina.

—Siéntate —le dijo y después salió de la habitación.

—Vamos a tener una charla —dijo cuando volvió—. Lo quieras o no.

38
MERCER

Antes de ir a Butler Ranch, le dijo a Paps que necesitaba un descanso. Alejarse de Quinn era lo más difícil que Mercer había hecho nunca, pero era necesario. No solo para él, sino también para ella.

Que la conversación de camino a Happy Valley Ranch se hubiera intensificado hasta el punto de que ella le dijera que lo odiaba reforzó su decisión.

Las palabras que Paps le había dicho en junio lo atormentaban. *Si muere, no habrá vuelta atrás. Deja que se enfade contigo. Joder, deja que te odie si eso la mantiene a salvo.*

Esa era la vida que tenía que vivir, con Quinn odiándolo, hasta que Calder ya no caminara libremente sobre la faz de la tierra y hasta que supiera, de una forma u otra, si Doc y Leech estaban vivos o muertos.

Al estar completamente fuera del equipo de seguridad de Quinn por el momento, él era el primero en responder a cualquier cosa que surgiera. Esa noche le esperaba una reunión de emergencia en la Cooperativa Vitivinícola del Oeste, convocada por Alex Avila.

—Yo te cubriré —le dijo Razor—. Mi instinto me dice que Calder planea aparecer. Si lo hace, la cosa se pondrá fea.

Razor dijo que pasaría por la casa de Harmony para coger equipo adicional y luego pasaría a recogerlo. Le sugirió a Mercer que también trajera el suyo. En cambio, se lo puso. Hacía años que no se ponía el equipo táctico completo, especialmente con el calor del final del verano.

Eso lo transportó directamente a Afganistán y al infierno opresivo que siempre había sentido allí. Por eso nunca tenía frío, como le había dicho a Quinn. Después de estar más de veinticuatro horas seguidas fuera, Mercer había jurado que nunca volvería a quejarse de tener frío, sin importar cuánto tiempo viviera.

Cuando llegó al lugar de reunión, Mercer se colocó cerca de la entrada trasera de la bodega, mientras que Razor se quedó cerca de la entrada principal.

Unos minutos más tarde, oyó a Alex comenzar la reunión.

—Estoy segura de que todos estáis al tanto de lo que ocurrió en Jenson Vineyard el lunes por la noche —la oyó decir. A continuación, informó a los asistentes de que las autoridades creían que estaba relacionado con el incendio provocado en Butler Ranch, así como con lo ocurrido con la Oficina de Impuestos sobre el Alcohol y las Bebidas Alcohólicas en Los Cab.

—También creemos que existe una amenaza inminente para Los Cab, Butler Ranch y otros viñedos y bodegas de la zona oeste. Esa es la razón por la que he convocado la reunión de esta noche —añadió.

Alex explicó que un miembro colaborador había escuchado una conversación entre Rory Calder y Trey Deveux y las cosas concretas que se habían dicho.

—¿Por qué no los han detenido? Si alguien los escuchó mencionar Jenson, ¿no es eso prueba suficiente? —oyó Mercer que preguntaba alguien.

—Sabes que no, Bob. Por mucho que quisiéramos que lo fuera.

—¿Quién era ese? —preguntó Mercer a Razor.

—Maddox.

La conversación continuó, pero Mercer solo escuchaba a medias, ya que estaba inspeccionado el perímetro del edificio en busca de cualquier cosa sospechosa.

Su atención se centró de nuevo en la conversación cuando oyó a alguien decir:

—La familia Deveux y los Calder están más que conectados. Están emparentados. Por matrimonio.

—Algunos dicen que fue un matrimonio concertado. Uno de los hermanos de Rory se casó con una de las hermanas de Deveux.

No era necesario mantener la noticia en secreto, pero esperaba que el grupo se abstuviera de hacer más especulaciones.

—Algo está pasando —dijo Razor unos segundos más tarde.

—Entendido.

Se dirigía hacia la parte delantera del edificio cuando vio un todoterreno negro alejarse de la acera.

—Raze, ¿cuál es tu posición? —dijo, mientras veía a Maddox detenerse en otro vehículo y gritar a Naughton que subiera.

Momentos después, Razor se detuvo junto a Mercer con la puerta del copiloto abierta.

—¿Qué coño te ha pasado? —preguntó Mercer al ver sangre en la frente de Razor.

—El cabrón me ha dado tan fuerte que he visto las estrellas durante un minuto.

—¿Quién?

—El hombre que acaba de secuestrar a Bradley St. John.

—¿Ha sido Calder? ¿Deveux? ¿Qué coño ha pasado? —preguntó Mercer cuando Razor siguió a Maddox.

—No era ninguno de los dos, pero quienquiera que fuera se parecía tanto a Calder que me ha llamado la atención. Por desgracia, yo también he llamado su atención y entonces ha sido cuando me ha golpeado con la pistola.

—¿Qué llevaba? ¿Sabrías decirlo?

—Una Beretta Bobcat —respondió Razor, tratando de mantener la vista en la carretera mientras la sangre brotaba de la herida de su cabeza. Aparte de la sangre, Razor parecía estar bien, y no tenían tiempo para detenerse y cambiar de conductor.

Cuando Maddox pareció decidir que iba a tomar la autovía hacia el este, Mercer hizo una llamada.

—No lo sigas. Dirígete a Tablas Creek.

—Me has leído la mente —dijo y giró en lo que parecían dos ruedas.

Cuando se acercaron, el número de vehículos que había delante les indicó que habían acertado.

—Déjame salir —pidió Mercer y saltó cuando Razor casi se había detenido.

Se mantuvo agachado, abriéndose paso entre los árboles, tratando de averiguar qué estaba pasado. Solo necesitó oír las palabras «Tiene un arma» para actuar.

—El sheriff y el SWAT están llegando —dijo Razor a través del comunicador.

—Entendido. —Mercer se acercó sigilosamente al edificio y escuchó.

—Me ha reconocido. ¿Qué coño se supone que debía hacer? —oyó gritar a alguien—. Trae tu culo aquí y ayúdame a arreglar este desastre.

Sin pensarlo dos veces, Mercer cerró de un portazo la puerta más cercana y apuntó con su arma al hombre que hablaba por teléfono, que se giró y lo apuntó a él.

—Tírala o dispararé, y nunca fallo —advirtió.

Fue un movimiento fugaz, pero Mercer lo vio y disparó primero y alcanzó al hombre en el pecho y en el brazo.

—¡Fuera, fuera! —dijo Razor.

—Entendido —Mercer salió por donde había entrado y corrió a través del bosque hacia las coordenadas que Razor le había enviado al móvil.

Se subió de un salto al todoterreno y se alejaron a toda velocidad.

—Está muerto. Creo que, fuera quien fuera, estaba hablando por teléfono con Calder cuando le disparé.

—Afirmativo —dijo Razor.

—¿Tienes micrófonos?

—Sí. En Naughton. La persona secuestrada era Bradley St. John. El tipo al que has disparado era el hermano de Calder.

Mercer se frotó la cara.

—Joder.

Siguieron escuchando hasta que tuvieron la certeza de que la situación era segura y después regresaron a la casa de Harmony.

—La habría matado —dijo Mercer cuando entraron en la cochera.

Razor asintió.

—Lo he oído, y si hubiera sido yo quien hubiera estado en tu lugar, no me habría molestado en advertirle antes de eliminarlo.

Mercer llamó a Paps.

—Vas a desaparecer durante un tiempo, Ochenta y ocho.

Era exactamente lo que esperaba que dijera Paps. Había matado al hermano de su objetivo principal. Tenía que desaparecer antes de que Calder descubriera la conexión y ofreciera un millón de dólares por su cabeza.

Lo peor era que no podía arriesgarse a despedirse de Quinn antes de pasar a la clandestinidad.

39
QUINN

Las cosas habían cambiado drásticamente para Quinn desde el día en que Paps la sentó y le dijo cómo estaban las cosas. Si antes se sentía como un pájaro enjaulado, ahora se sentía como uno al que le habían cortado las alas. Aunque escapara, no podría volar.

La mayoría de los días solo veía a Razor y a Paps. De vez en cuando, Laird estaba en la casa, pero no hablaba mucho. Ella tampoco, y no lo había hecho desde el día en que le dijo que nunca debería haberla llevado a Butler Ranch.

Habían pasado casi dos meses desde la última vez que había oído a alguien mencionar a Mercer, y ella no había preguntado por él. Paps le había quitado el teléfono y le había dicho que se había informado a sus amigas de que estaba a salvo, pero que no estaría localizable durante las próximas semanas, tal y como le había dicho su madre. Sabía que nadie más la estaría buscando.

Una mañana, después de creer haber oído a alguien marcharse, se aventuró a entrar en la cocina con la esperanza de encontrar a Razor solo. En su lugar, Laird estaba en la mesa.

—Buenos días, Quinn —dijo.

—Buenos días —murmuró. Se dirigía hacia las escaleras cuando le oyó pedirle que se esperara.

Tenía la mano en la barandilla, esperando a que continuara, pero se negaba a darse la vuelta.

—Te hice una promesa y tengo intención de cumplirla.

—¿Cuál es? —preguntó aún sin girarse para mirarlo.

—Es hora de que hables con Naughton.

Se giró lentamente, casi temerosa de mirarle a los ojos. La última vez que lo había hecho, él la había herido tanto con sus palabras como si la hubiera abofeteado.

—Lo siento, Quinn.

—¿Por qué?

—No quería decir lo que entendiste.

—Sí, entiendo que alguien pudiera malinterpretar las palabras «Nunca debí traerte aquí».

—No tiene sentido discutir. Te he pedido perdón y ahora voy a cumplir la promesa que te hice.

Quinn se cruzó de brazos.

—¿Cómo va a funcionar esto?

—Vas a subir, te vas a vestir y vas a coger la carta que recibiste de mi hijo.

—No tengo el certificado de nacimiento.

—Yo sí.

. . .

—ESPERA AHÍ DENTRO —LE DIJO LAIRD, SEÑALANDO LA entrada a la sala de catas.

Cuando ella dudó, él le dijo:

—Ve, muchacha. Es la hora.

—¿Dónde estarás tú?

—Cerca. Estás a salvo.

—¿No quieres venir conmigo?

—Esto es entre Naughton y tú.

—¿QUIÉN ERES? —PREGUNTÓ EL HOMBRE UNOS MINUTOS MÁS tarde—. Aún no hemos abierto.

—Tu debes de ser Naughton —dijo ella.

—No he preguntado quién soy; he preguntado quién eres tú.

Ella dio un paso adelante y le tendió la mano.

—Soy Quinn.

Naughton se cruzó de brazos.

—¿Qué Quinn?

—Mi apellido es Hess, aunque hace poco descubrí que en mi certificado de nacimiento pone que es Butler.

—¿Quién coño eres?

Quinn odió sus palabras casi tanto como su tono de voz.

—Soy el secreto de tu hermano mayor y tengo muchas cosas que contarte, tío Naughton —le espetó.

¿Él tampoco creía que ella perteneciera a ese lugar? Bueno, tal vez descubrir que era su sobrina le haría cambiar de opinión. Aunque ella no estaba segura de serlo.

—Siéntate —dijo él con un tono más suave señalando un taburete en la barra.

—No ha sido fácil conseguir hablar contigo.

—Ahora estás aquí. Empieza a hablar, Quinn.

—No sé muy bien por dónde empezar...

—Antes de que empieces, tengo que hacer una llamada —dijo Naughton cuando se abrió una puerta.

Quinn asintió y esperó, con la esperanza de que Laird hubiera interceptado a quienquiera que estuviera a punto de entrar.

Cuando le pareció oír que la puerta se abría de nuevo, Quinn alzó la vista. Esa vez estaba segura y se dio la vuelta. Un hombre y una mujer se acercaron. *Mierda, mierda, mierda*, maldijo en silencio. *¿Y ahora qué?*

—¿Quién es esta? —preguntó el hombre, acercándose a ella.

—Soy Quinn.

—¿Sí? ¿Qué Quinn? —preguntó el hombre.

—Como le estaba diciendo a tu hermano...

—Hess —respondió Naughton antes de que ella pudiera decir nada más.

—Interesante. —Maddox la observó—. ¿Alguna relación con la familia Hess que conocemos?

—Lena Hess es mi madre.

—Soy Bradley. La prometida de Naughton.

Quinn le estrechó la mano a la mujer, esperando que Naughton les pidiera que se marcharan para que pudieran hablar.

—Encantado de conocerte, Quinn —dijo Maddox—. No conocemos muy bien a tu madre y no sabíamos que tenía una hija.

No estaba preparada para eso. Solo había planeado lo que le iba a decir a Naughton, e incluso eso no había salido como esperaba.

—He estado fuera... hasta hace poco. Primero, en un internado, luego en la universidad.

—¿Las vacaciones de otoño? —preguntó Maddox.

—Algo así.

—No hemos visto a tu madre desde... ¿Cuánto hace que no vemos a Lena, Naught?

—Finales de junio o principios de julio, por lo que recuerdo.

—Por eso estoy aquí... por mi madre. —Parecía una excusa tan buena como cualquier otra, ya que ellos habían sacado el tema—. Pero veo que no es un buen momento.

—Tienes razón. Bradley y yo tenemos una cita esta tarde —dijo Naughton.

—Quizá yo pueda ayudarte —se ofreció Maddox.

—Gracias, pero... yo... me pondré en contacto contigo. —Cogió su bolso de donde estaba sobre la barra y se dio la vuelta para marcharse.

—Espera —dijo Maddox—. ¿Cómo nos ponemos en contacto contigo?

Ella miró a Naughton.

—No lo hagáis. Yo me pondré en contacto con vosotros.

Cuando salió por la puerta trasera, Laird la estaba esperando donde le había dicho que estaría.

—Un completo desastre —murmuró ella.

—Lo siento. No me ha dado tiempo de detenerlos. Lo has manejado bien.

—No ha sido muy amable —dijo ella en voz baja.

—No se lo esperaba.

Quinn miró por la ventanilla mientras Laird conducía por los viñedos.

Dada la actitud de Naughton, quizá debería replantearse su plan de hablar con él sobre la carta de Kade. ¿Para qué molestarse? No necesitaba su confianza. Es más, no la quería. Estaría bien por su cuenta.

—Habrá otra ocasión —dijo Laird.

—No. No me interesa volver a hablar con él. —Hasta entonces, Sorcha había sido amable con ella, pero solo se habían visto dos minutos. Laird lo había sido al principio, pero en ese momento se mostraba distante. Paps también. Razor seguía intentando hablar con ella, pero era ella quien cortaba las conversaciones.

—Entiendo.

Cuando se detuvo frente a la casa en Happy Valley Ranch, Quinn se bajó, entró y subió directamente las escaleras. Si Razor pensaba que estaba sintiendo lástima pro sí misma otra vez, tenía razón. Si alguien tenía derecho a hacerlo, era ella. Su vida era una mierda.

. . .

TRES SEMANAS DESPUÉS, QUINN ESTABA SENTADA EN SU dormitorio, donde pasaba la mayor parte del tiempo mirando por la ventana. Acababa de terminar otro libro, lo único que podía hacer en su *confinamiento*, pero aún no había elegido el siguiente de la pila para empezar.

Razor llamó a la puerta.

—La cena está lista.

—No tengo hambre. —Nunca tenía hambre. Solo comía cuando se escabullía a la cocina por la noche y cogía suficiente fruta y pan para pasar el día siguiente. A veces, Razor le traía la comida y la dejaba fuera de la puerta. Ella siempre se la comía. No era tan estúpida como para matarse de hambre, solo lo suficientemente terca como para no estar dispuesta a pasar tiempo con ellos.

—Es Acción de Gracias, Skipper.

—Gracias por recordármelo —logró decir antes de romper a llorar. La última vez que habló con su madre le dijo que esperaba volver para Acción de Gracias.

—Por favor, déjame entrar —suplicó Razor.

Tenía la puerta cerrada con llave, aunque eso no impediría que ninguno de ellos entrara si querían. Era una de esas cerraduras sencillas que se podía abrir con una horquilla.

—Necesito hablar contigo.

Se secó las lágrimas, se dirigió a la puerta y la abrió antes de volver a su lugar junto a la ventana. Le oyó acercarse y cerró los ojos con fuerza.

—He pensado que deberías tener esto —dijo y le dio su teléfono cuando ella abrió los ojos.

—¿Por qué?

—Porque no hay ninguna razón para que no lo tengas.

—Gracias, pero el alcaide me lo quitará más tarde.

—Ya basta. No eres una prisionera, Quinn. Eres tú quién ha decidido comportarse como tal.

—No le entregué mi teléfono voluntariamente. Me lo quitó.

—Paps hizo lo que creyó que era mejor en ese momento. Te lo habría devuelto hace semanas si me hubieras contado lo que pasó.

Ella se encogió de hombros.

—Eso lo dices ahora.

—Mírame.

Como no lo hizo, Razor agarró los reposabrazos de la silla y la giró para que ella lo mirara.

—Pregúntame lo que quieras saber y te lo diré. Háblanos. Pero deja de esconderte aquí arriba y de salir solo por la noche, como un murciélago. Oye, ese nombre te pegaría más que Skipper. Voy a empezar a llamarte Batgirl.

Quinn se negó a sonreír, aunque sabía que él estaba intentando derribar la barrera que ella había erigido a su alrededor. Encendió su teléfono, agradecida de ver que lo había cargado.

—No hay noticias de mi madre, ¿verdad? —Las lágrimas de Quinn volvieron con fuerza.

Razor la levantó como si fuera una muñeca de trapo, se sentó en la silla y la sostuvo en su regazo, acariciándole el cabello.

—Déjalo salir, Skipper. Llora todo lo que necesites.

—Lo siento —dijo ella cuando pudo hablar.

—No lo sientas. Ya era hora —dijo él cuando ella se zafó de su regazo.

—Dijo que esperaba haber vuelto ya.

Razor asintió.

—Sé que es lo que ella quería. Y nosotros también.

—¿No ha cambiado nada?

—No, de hecho, las cosas están peor.

—¿Por qué?

—¿Seguro que quieres saberlo?

Quinn asintió.

—Ochenta y ocho mató al hermano de Calder.

Se llevó las manos a la boca y sintió que iba a vomitar.

—Dios mío... ¿Está? —Los sollozos la invadieron de nuevo y se sentó en la cama, agarró una almohada y hundió la cabeza en ella.

Razor se la quitó de los brazos.

—Está bien. Ha tenido que pasar un tiempo en la clandestinidad. Te lo habría dicho si me hubieras preguntado.

Al menos sabía por qué no había estado allí, además del hecho de que le había dicho que lo odiaba.

—¿Hablas con él? —preguntó.

—Sí.

—¿Puedes decirle que no lo odio?

—Claro, podría, o podrías decírselo tú.

Quinn miró su teléfono. Quizá por eso Razor se lo había devuelto, para que pudiera llamarlo.

—Gracias.

—De nada. Ahora, vamos a comer.

—Lo siento, pero de verdad que no...

—¿Cómo vas a decírselo tú misma si ni siquiera bajas a verlo?

Quinn saltó de la cama y corrió escaleras abajo, donde Mercer estaba esperando con los brazos abiertos.

—Lo siento. Lo siento. Lo siento —repitió ella, rodeándole el cuello con los brazos.

—Soy yo quien lo siente, preciosa.

—No te odio. En absoluto.

Él la miró a los ojos y sonrió.

—Lo sé.

—Estaba enfadada contigo, entonces...

—Siento haber desaparecido sin avisar. No tuve elección —dijo Mercer.

—Razor me ha contado lo que ocurrió.

—¿En serio? —Mercer miró a su alrededor y lo fulminó con la mirada.

—Alguien tenía que hacerlo —dijo Razor, levantando las manos.

—En realidad, no —añadió Paps, pero estaba sonriendo también —. Vamos a comer. Me muero de hambre.

Mercer le puso las manos a ambos lados de la cintura.

—Has adelgazado. Me dijeron que no estabas comiendo.

Quinn miró al suelo, pero Mercer le levantó la barbilla para poder mirarla a los ojos.

—Hablaremos después de la cena.

Ella asintió y se sentó en la silla que él le había acercado. Hacía tanto tiempo que no se sentaba a la mesa a comer que no estaba segura de que su estómago pudiera soportarlo, sobre todo con Mercer tan cerca.

DESPUÉS DE TERMINAR SU PLATO Y REPETIR, ÉL SE VOLVIÓ HACIA ella.

—¿Damos un paseo? —preguntó.

—Claro. —Quinn se levantó.

—Necesitará una chaqueta. Hace frío fuera —dijo Razor.

Ella no pudo evitar sonreír.

—Gracias. Cogeré una.

—Unos zapatos también estarían bien —le gritó por detrás.

Una vez abajo, siguió a Mercer al exterior y se quedó sin aliento cuando él se giró, le puso las manos debajo del trasero y la levantó del suelo.

—Pon las piernas alrededor de mí —le dijo, llevándola hasta que su espalda quedó apoyada contra la casa y la besó.

Le sujetó el trasero con una mano y le agarró la cara con la otra.

—No podía soportar estar un minuto más sin tenerte en mis brazos. Te echaba tanto de menos, joder.

—Yo también te echaba de menos. —Quinn lo besó de nuevo, sin querer que sus labios se despegaran de los de él y con su cuerpo envuelto alrededor del suyo.

—No nos hagáis caso —oyó decir a Razor antes de que él y Paps se subieran al todoterreno—. Hasta mañana, Batgirl.

—¿Batgirl? —preguntó Mercer.

—Es el nuevo nombre que me ha puesto.

—Entremos —dijo, ayudándola a ponerse de pie.

—No quiero hablar, Mercer.

—Yo tampoco, preciosa.

40

MERCER

La tetera silbó y Mercer se acercó a la cocina para apagar el fuego. Cuando se dio la vuelta, Quinn estaba delante de él, desnuda, tal y como a él le gustaba.

Las últimas tres semanas habían sido como estar en el paraíso. Mercer tenía a Quinn solo para él. Lo único por lo que Paps o Razor dijeron que se pondrían en contacto con él era si aparecían Calder, Doc o Leech.

Mercer tomó su cuerpo de todas las formas que había imaginado mientras estuvo lejos de ella. Algunos días, no salían en ningún momento. Otros días, ni siquiera se molestaban en vestirse.

—No quiero que salgas de la cama sin avisarme —dijo ella haciendo un puchero—. Odio despertarme y no encontrarte ahí.

Mercer le rodeó la cintura con un brazo.

—Ven aquí, preciosa. —Con la otra mano, barrió todo lo que había sobre la mesa del comedor, sin importarle si caía al suelo, y luego la levantó a ella—. Túmbate.

—Mercer. —Ella entrelazó los dedos entre su cabello.

Él recorrió con la lengua el interior de su rodilla, subió por el muslo, hasta que se acercó lo suficiente a su sexo como para poder respirar su aroma.

—Quédate quieta —murmuró.

Todos los días habían sido así desde Acción de Gracias. Quinn era suya, en cuerpo y alma, y él se lo había demostrado una y otra vez. La llevaba al éxtasis del placer, la dejaba descansar en sus brazos y luego empezaba de nuevo. Anhelaba sus gemidos de éxtasis tanto como sus suspiros de felicidad.

—Dime lo que quieres, preciosa —le exigió, necesitado de oírla decir esas palabras.

—Te quiero dentro de mí.

—Mi lengua ya está dentro de ti.

La llevó al límite y luego se detuvo hasta que ella por fin dijo las palabras que él quería oír.

—Quiero más —suplicó—. Ya sabes lo que quiero, Mercer.

—Me encanta como me lo pides —respondió, empujando dentro de ella y dándole lo que había pedido.

A veces, como ahora, el placer era tan intenso que él habría jurado que ella ponía los ojos en blanco. Otras veces, se le saltaban las lágrimas.

Más tarde ese día, tendría que decirle que su estancia en Happy Valley Ranch estaba llegando a su fin. La familia propietaria les había permitido amablemente quedarse una semana más, pero al día siguiente llegarían para las vacaciones de Navidad.

Lo había preparado todo para quedarse en la casa de la playa, pero no sería lo mismo.

—¿En qué piensas? —preguntó ella, incorporándose y rodeándole la cintura con las piernas—. Sea lo que sea, no pareces feliz. —Se deslizó hacia delante para que su humedad rozara la piel de él—. Y ahora mismo, deberías estar muy feliz.

—Lo estoy, preciosa.

Ella apretó las piernas con más fuerza.

—Cuéntamelo o te torturaré hasta que me lo cuentes.

—Esta tarde nos mudamos a la playa.

—Eso no es tan malo. —Desenredó las piernas y se bajó de la mesa—. Pero es volver a la realidad, ¿no?

—Me temo que sí.

—¿Cuándo nos vamos? —preguntó.

—Cuando estés lista.

—¿Podemos irnos ya? Quiero decir, después de hacer las maletas y limpiar.

—Claro. ¿Por qué tienes tanta prisa? —preguntó.

—Hay algo que quiero hacer de camino.

—¿Y me lo vas a contar?

—Quiero comprar un árbol de Navidad.

Mercer sonrió.

—Me parece buena idea.

Había muchos sitios en el extremo oeste de Cambria, donde se celebraba el mercado de agricultores en verano, que vendía árboles. Quinn tardó treinta minutos en decidir cuál quería, pero a él no le importó. Era lo más parecido a la normalidad que podía imaginar en la vida y no quería que acabara nunca.

CUANDO LLEGÓ LA LLAMADA DE PAPS EL 23 DE DICIEMBRE, Quinn estaba en la cama junto a Mercer. Por la expresión de su rostro, sabía que ella entendía lo que eso significaba.

—No pasa nada —dijo antes de que él hablara—. Supongo que te tienes que marchar. ¿Cuándo?

—Mañana, preciosa. Lo siento. —Esperó, pero ella no reaccionó, salvo por apretar y aflojar el puño.

—Entonces celebraremos la Navidad esta noche —dijo ella, esbozando una falsa sonrisa.

Fueron al Sea Chest, donde cenaron en la sala privada por segunda vez. Había habido una fiesta de Navidad la noche anterior, así que todo estaba lleno de adornos y cientos de luces blancas centelleantes.

—¿Es esto cosa tuya? —preguntó ella.

—Ojalá pudiera atribuirme el mérito, pero no. —Le explicó lo de la fiesta.

POR MUCHO QUE MERCER INTENTARA CONCENTRARSE EN QUINN, todo lo que tenía que hacer antes de marcharse le rondaba por la cabeza. Quedaba un paquete más por entregar en nombre de Kade antes de Navidad y ya le había pedido a Laird que se encargara de ello.

K19 había dispuesto que tres de sus contratistas se encargaran de la seguridad de Quinn, ya que él, Paps y Razor iban a salir del país por la mañana. Había dirigido misiones con todos ellos y se sentía cómodo dejándola a su cuidado. El único que hubiera preferido que no estuviera cerca de ella era Max.

Paps lo había sugerido para cubrir a Laird cuando este no estuviera disponible. Mercer había cedido al saber que su función sería limitada.

Las noticias que había recibido a través de un agente del MI6 en Moscú les daban buenas razones para creer que Doc o Leech, o ambos, seguían con vida.

La fuente era alguien en quien confiaban y que había trabajado en varias operaciones con Doc. Cuando se puso en contacto para decirles que la organización rusa en la que se había infiltrado otro agente del MI6 tenía al menos a un prisionero cautivo, supieron que tenían que actuar de inmediato.

—Estás distraído —dijo Quinn y levantó su copa de vino.

Él la rellenó.

—Lo siento, preciosa.

—¿Sabes qué? He tenido toda tu atención durante un mes entero. ¿Te das cuenta? Hoy hace un mes. Así que no voy a quejarme ni preocuparme. Solo voy a disfrutar cada minuto que pueda contigo.

—¿Sabes cuánto te quiero? —No solía decir esas palabras a menudo, pero era importante que las repitiera esta noche. Durante mucho tiempo, las cosas habían sido inciertas entre ellos, como si su amor estuviera en suspenso hasta que terminara la misión.

—Yo también te quiero, Mercer.

Se levantó y la atrajo hacia él.

—Baila conmigo.

Mercer la abrazó con fuerza mientras se balanceaban al ritmo de la música navideña que sonaba por los altavoces de la sala.

—Dilo otra vez —susurró.

—Te quiero, Mercer.

Más que nada, quería arrodillarse y rogarle que se casara con él, pero no podía, no hasta que pudiera decirle también que se retiraba y que nunca más tendría que marcharse para otra misión.

QUINN LO ABRAZÓ CON FUERZA A LA MAÑANA SIGUIENTE, cuando Laird llegó a la casa y supieron que era hora de despedirse.

—Volveré lo antes posible. Mientras esté fuera, haz lo que te pida Laird, preciosa.

—Lo haré, Mercer. Lo prometo.

—Buena chica.

Se subió al todoterreno que lo esperaba y, cuando arrancó, se giró para mirarla una vez más, pero ella y Laird habían entrado en la casa. Le invadió una sensación que nunca antes había experimentado. Era un miedo que le helaba todo el cuerpo. En ese momento, Mercer se preguntó si volvería a verla.

41
QUINN

En el pasado, la Nochevieja había sido la noche del año favorita de Quinn. Sin embargo, ese año no era así, ya que se encontraba en el lado equivocado del país y sola, como en Navidad.

Estaba de pie en la cocina de la casa de alquiler, contemplando el océano oscuro, lúgubre y gélido, deseando más que nada que Mercer estuviera allí con ella, aunque entendía por qué no podía estarlo.

Como eso era tan inútil como esperar tener noticias de su madre, decidió salir a correr. Quizá se sentiría mejor. Y si no mejor, al menos no tan patética.

Quinn se cambió de ropa y fue en busca de uno de los guardaespaldas que estaba de servicio ese día para informarle de sus planes. Se llamaba Monk y solo hablaba cuando era absolutamente necesario. Sin embargo, ella sabía que estaba allí, al igual que Max, que se quedó fuera.

Ambos hombres la siguieron a poca distancia después de que ella hiciera estiramientos y comenzara a trotar despacio. Una vez que calentó y cogió el ritmo, aceleró el paso. Normalmente, se detenía en el parque, pero ese día le apetecía ir más lejos. Bajó los escalones de madera del paseo marítimo hasta la arena y continuó corriendo.

La playa estaba más concurrida de lo que había esperado, teniendo en cuenta que hacía un frío que pelaba.

Cuando llegó a los acantilados al final de la playa, se detuvo y miró su teléfono, sin esperar realmente un mensaje de Mercer, pero eso no significaba que pudiera evitar mirar.

Quinn se dio la vuelta para correr en la dirección opuesta y chocó con una mujer que acababa de salir de detrás de una de las grandes rocas.

—Mierda. Lo siento. No miraba por dónde iba —balbuceó Quinn.

—No pasa nada. Probablemente sea culpa mía. Yo tampoco miraba —respondió la mujer.

Había algo en ella que le hacía pensar que se conocían de antes.

—Me resultas familiar —dijo la mujer y Quinn se echó a reír.

—Justo estaba pensando lo mismo.

—¿En serio? Qué curioso. ¿Vives en Cambria?

—No, solo estoy de visita.

—Soy Ainsley Butler. Encantada de conocerte...

¿Qué probabilidades había de que se encontrara con una Butler precisamente ese día?

—Y tú eres...

—Oh, lo siento... Soy Quinn. Quinn Hess.

Ainsley le cogió la mano, pero no la soltó.

—Hola, Ains. ¿Qué pasa? — preguntó un hombre increíblemente atractivo—. ¿Quién es esta? —añadió, al darse cuenta de que Ainsley aún sostenía la mano de Quinn.

—Cris, ella es...

—Soy Quinn —respondió.

—Cris Avila, encantado de conocerte... Espera un momento. ¿Quinn? —Miró a Ainsley, que les había cogido del brazo.

—Quinn, puede que esto te parezca una locura, pero hay una familia que quiero que conozcas.

Coger del brazo a una persona que acababa de conocer probablemente no era lo más educado que Quinn había hecho nunca, pero fue un acto reflejo. Estaba tan acostumbrada a que la mantuvieran en secreto que el hecho de que alguien supiera quién era la dejó tan atónita que se sintió mareada.

—Lo siento, no quería dejarte marcas de uñas en el brazo. —Quinn soltó su mano, sacudió la cabeza y miró al océano—. ¿Cómo lo sabías?

—Mi hermano Naughton me dijo que lo visitaste.

—¿En serio?

Ainsley le apretó la mano.

—También me dijo que eres la hija de mi hermano mayor, Kade.

—¿Has dicho *hija*? —Quinn se sintió mareada.

—Lo siento. Pensaba que lo sabías.

—Lo sabía. Quiero decir, su nombre aparece en mi certificado de nacimiento.

—¿Qué estás haciendo ahora?

—No mucho. —Se contuvo para no decir que era como cualquier otro día de su vida.

—Hay una carta que quiero enseñarte.

—¿De Kade? —preguntó Quinn.

—Eso creo. Es decir, me envió una, pero tengo otra que creo que es tuya. La recibí en Navidad.

En ese momento Quinn estaba confundida.

—Eh, necesito darme una ducha. ¿Qué tenías en mente?

Ainsley escribió una dirección en un trozo de papel.

—No estamos lejos de aquí. Nos alojamos en casa de la hermana de Cris, a una manzana de la playa.

Quinn miró de nuevo a Cris, que estaba sentado en una roca, esperando pacientemente a que Ainsley terminara su conversación, al igual que sus dos guardaespaldas.

Le recordó a Mercer.

—¿Dónde te alojas?

—Justo al otro lado del parque —respondió Quinn. —¿Me das una hora? A menos que quieras que nos reunamos más tarde.

—Una hora es perfecto —dijo Ainsley mientras se alejaba con su novio—. ¡Hasta luego!

Quinn volvió corriendo a la casa, se duchó y esperó a que Monk entrara para darle la dirección de Aisnley. Como no aparecía, le envió un mensaje, pero no respondió. Miró dentro y fuera, pero no lo vio ni a él ni a Max. Volvió a la cocina para llamar a Laird cuando vio una nota en la encimera.

Tengo que irme. Max te cubre.

Era extraño. No había dicho nada de irse antes de que ella saliera a correr.

Se cambió y fue a la puerta trasera, con la esperanza de encontrar a Max. Respiró aliviada cuando vio el todoterreno aparcado al otro lado de la calle. La ventanilla estaba bajada y ella saludó con la mano.

—Hola, Max —dijo, mientras caminaba hacia él. Normalmente salían del vehículo cuando ella se acercaba, pero no le importó que él no lo hiciera.

—Señorita Sullivan, ¿adónde quiere ir?

Ella entrecerró los ojos. Hacía meses que nadie la llamaba Sullivan.

—Eh, es Hess. No me llamo Sullivan desde... Da igual, es Hess. Y voy aquí. —Le entregó el papel.

Max salió y le abrió la puerta trasera del pasajero.

—Oh, no hace falta. Me mareo en los coche. Me sentaré delante. No está muy lejos.

—El señor Butler dejó instrucciones explícitas sobre cómo debía transportarla. En la parte trasera, en el suelo.

¿El señor Butler? ¿No Monk? La conversación se estaba volviendo cada vez más extraña.

—Seguro que no es necesario. Eso fue cuando...

Quinn vio cómo levantaba la mano y el paño blanco que estaba a punto de cubrirle la nariz y la boca, y entonces todo se volvió negro.

42
MERCER

El vuelo de Moscú a Los Ángeles había durado casi trece horas, y Mercer aún tenía otra hora por delante antes de aterrizar en San Luis Obispo y luego otra más para llegar a la casa en Cambria.

Su emoción por ver a Quinn en solo un par de horas se vio atenuada por la devastadora decepción que él, Paps y Razor habían sentido cuando llegaron al lugar donde su fuente les había dicho que los rusos mantenían cautivos y encontraron a su contacto muerto en un charco de sangre y sin ningún otro indicio de que hubiera alguien en el edificio.

Todos habían acordado que Mercer debía regresar a Estados Unidos por el momento, mientras que Paps y Razor se quedarían en Rusia para buscar más pistas que les ayudaran a encontrar a Doc y Leech.

Veinticuatro horas más tarde, estaba tan cerca que prácticamente podía sentir a Quinn a su lado, pero al mismo tiempo, seguía sintiéndose a casi diez mil kilómetros de distancia.

Había estado intentando ponerse en contacto con Quinn desde que aterrizó el avión, pero saltaba directamente el buzón de voz. Lo mismo ocurrió cuando llamó a Laird y después a Monk, que sabía que estaba dirigiendo el equipo de seguridad ese día.

Viajaba en un vuelo comercial y había retrasado el embarque todo lo que pudo, pero cuando oyó el último aviso, no tuvo más remedio que subir al avión.

Una vez sentado, les envió mensajes a ella, a Laird y a Monk, pero siguió sin obtener respuesta. Cuando aterrizó una hora más tarde, volvió a intentar ponerse en contacto con los tres y luego llamó a Max. Cuando saltó también el buzón de voz, la inquietud que sentía Mercer se intensificó. Algo iba mal. Muy mal.

—Sorcha, soy Ochenta y ocho —dijo cuando ella contestó.

—¿En qué puedo ayudarte? —preguntó con su tono de voz habitual, pragmático.

—¿Está Burns por ahí?

—No. Lleva toda la mañana con Quinn.

—No he conseguido ponerme en contacto con él.

—Maldita sea —murmuró ella.

—¿Y Maddox o Naughton? ¿Están por ahí?

—Sí. Los enviaré a la playa —dijo antes de colgar.

CUANDO EL AVIÓN ATERRIZÓ, VOLVIÓ A LLAMARLA.

—Hemos rastreado a Laird y Max hasta Tablas Creek —dijo—. Dos de tus chicos, Mantis y Dutch, están en camino. Te enviarán las coordenadas.

Después de darle las gracias, salió corriendo de la terminal, se subió en su moto y se dirigió a toda velocidad por carreteras secundarias hacia Tablas Creek. Conocía bien la distribución del lugar desde que el hermano de Calder había secuestrado a Bradley St. John.

Se salió de la carretera y, segundos después, llegó Mantis y le contó lo que Dutch había descubierto.

—Por lo que hemos podido averiguar, Max trajo a Skipper aquí, pero una vez que llegó, su rastro se perdió.

—Quería que supiéramos que estaba aquí —murmuró Mercer—. Por si acaso. —Quizá Max, el idiota, no era tan inútil como había supuesto.

—Afirmativo, señor.

—¿Qué más? —preguntó mientras se ponía el equipo táctico que Mantis le había llevado.

—El doppler ha detectado cinco personas dentro del edificio.

—¿Cuántas están vivas?

—Cuatro. —Mantis le entregó un equipo de comunicaciones.

Le llevaría aproximadamente tres minutos llegar desde donde estaba al edificio donde temía que mantuvieran retenida a Quinn. Esto no saldría como con el hermano de Calder. Esta vez, la persona que estaba dentro sabía que él iba a llegar, y alguien ya estaba muerto.

Mercer y Mantis se acercaron sigilosamente a una de las puertas laterales en lugar de a la trasera.

—Espera hasta que dé la orden.

—Entendido, señor —respondieron él y Dutch.

Entró en el edificio y vio que había elegido la entrada correcta, ya que estaba llena de barriles. De esa manera, podría abrirse paso sin ser visto.

—Ochenta y ocho, sé que estás aquí —oyó decir a una voz—. Y tengo a tu preciosa conmigo.

—No le harás daños, Calder. Sabes quién es.

—¡No significa nada para mí! —gritó.

—Lo supiste en cuanto la viste. —Mercer mantuvo la voz firme y rodeó los barriles apilados hasta que pudo ver a Quinn. Estaba amordazada, con las manos atadas a la espalda y la pistola de Calder apuntándole a la sien.

Desde donde estaba, no podía disparar con precisión sin poner en peligro la vida de ella, así que dio la vuelta y se acercó desde otra dirección.

Desde allí pudo ver a Laird, a unos tres metros de donde Calder retenía a Quinn. Estaba desplomado en la silla a la que estaba atado, pero respiraba. Otro cuerpo, que Mercer supuso que era Max, yacía justo en la puerta principal del edificio; le habían disparado varias veces por la espalda. El tercer hombre, Monk, también estaba atado a una silla, pero tenía los ojos abiertos.

—Tienes hasta que cuente cinco para salir o la mataré antes de matar a Burns.

—Es tu hija, sangre de tu sangre, Rory. No puedes matarla.

—¡No significa nada para mí! —gritó de nuevo.

—¿Qué quieres, Boiler? —espetó el nombre en clave de Calder.

—Ya sabes lo que quiero.

Mercer tenía una línea de visión clara y un tiro limpio. Justo antes de apretar el gatillo, Calder se giró y apuntó con la pistola que sostenía en la otra mano directamente hacia él. El cañón de la primera seguía presionando la sien de Quinn.

—Quiero los archivos, y sé que los tienes.

—No los tengo. No conseguimos encontrarlos. —Mercer cambió de ángulo y fijó su mirada en Calder.

—Dame los putos archivos o la mato.

—No conseguimos encontrarlos —repitió.

Mercer apuntó con su arma, sin estar seguro de si el disparo sería lo suficientemente limpio. ¿Quién dispararía primero? Esta demasiado cerca. Ella estaba demasiado cerca.

En la fracción de segundo que tardó en decidirse, se oyó otro disparo.

—¡No! —gritó, saliendo disparado de entre los barriles y observando con incredulidad cómo Calder caía al suelo en lugar de Quinn.

Cortó la cuerda que le ataba las manos y llamó a Mantis y Dutch.

—Traed vuestro culo aquí y ayudadme. —Más tarde, pensaría en por qué quien había disparado no había esperado su señal. En ese momento, solo le importaba que Quinn estuviera viva y en sus brazos.

—Madre mía, Mercer —lloró cuando le quitó la mordaza de la boca.

—Estoy aquí, preciosa —dijo, abrazando su cuerpo tembloroso antes de besar sus labios, sus mejillas, sus ojos y su nariz—. Estaba tan asustado —susurró—. Te quiero mucho.

—Yo también te quiero... —Cuando ella soltó un grito ahogado, Mercer miró detrás de él y soltó otro.

—Aclaremos una cosa, Ochenta y ocho —oyó decir a una voz familiar mientras el hombre, vestido con un equipo táctico completo, se acercaba a ellos—. Nunca ha sido su hija. Siempre ha sido mía.

Mercer soltó a Quinn y Doc se acercó para acariciarle la mejilla.

—Hola, cariño.

Mercer parpadeó entre lágrimas mientras veía a Quinn caer en los brazos de su padre.

Sigue leyendo para conocer un avance del próximo libro de la* serie Butler Ranch, *El retorno de Kade

En el letal mundo de la inteligencia global, el deseo y el deber chocan a medida que se desvelan agendas ocultas. ¿Podrá el vínculo entre Kade y Merrigan resistir el explosivo pasado que lo amenazaba todo?

KADE

He pasado mi vida en las sombras, pero Merrigan Shaw me sacó a la luz. Cuando me rescató del cautiverio, nunca pensé que me enamoraría de ella. Ahora, mientras nos apresuramos para descubrir la identidad del traidor, me encuentro atrapado entre el deber y el deseo. Merrigan despierta sentimientos que creía enterrados hace mucho tiempo. Pero ¿puedo confiar en mi corazón cuando cada momento puede traer un nuevo peligro? Con amenazas que se ciernen por todos lados, estoy decidido a proteger a mis seres queridos. Sin embargo, a medida que se revelan las verdades, me pregunto: ¿podrá nuestro amor soportar el peso de mi oscuro pasado?

MERRIGAN

Creía que conocía los riesgos de enamorarme de un compañero agente, pero Kade Butler desafía todas mis expectativas. Lo que empezó como una misión de rescate se ha convertido en mucho más. Mientras navegamos por un laberinto de engaños y traiciones, me siento atraída por él de una forma que nunca hubiera imaginado. Con enemigos ocultos y lealtades cambiantes,

¿puedo confiar en la innegable conexión que compartimos? En medio de un mundo de secretos y mentiras, debo decidir si nuestro amor es lo suficientemente fuerte como para sobrevivir a la tormenta de revelaciones que amenaza con separarnos.

EL RETORNO DE KADE

Llevaba más de veinte años esperando el momento oportuno para matar al hombre que había destrozado la vida de la mujer que Kade había amado. Por fin pudo vengar los horrores que ella había sufrido el día en que Rory Calder la violó y la dio por muerta. Estuvo a punto de matarlo entonces, pero Leech Hess, el padre de la mujer, lo detuvo. Se preguntaba si Leech también lamentaba que Kade no hubiera disparado.

Al salir de las sombras, se encontró cara a cara con una mujer diferente. La última vez que había hablado con ella en persona, era una niña pequeña. Entre entonces y ahora, solo la había observado desde lejos, aunque no había pasado un solo día sin pensar en ella, preocuparse por ella o rezar para haber hecho lo correcto por ella.

—Dejemos una cosa clara, Ochenta y ocho —le dijo Kade al hombre a quien había confiado su seguridad, Mercer Bryant—. Ella nunca fue su hija. Siempre ha sido mía.

Kade se acercó y le acarició la mejilla con la palma de la mano.

—Hola, Quinn —dijo.

Mercer la soltó y Kade la abrazó por primera vez en catorce años.

—Hola —murmuró ella, hundiendo el rostro en su hombro—. Te recuerdo —susurró.

—Me alegro mucho.

—¿De verdad eres mi padre?

Él entendió por qué lo preguntaba. Cuando se coló por la puerta trasera del edificio donde la retenían con una pistola apuntándole a la cabeza, Kade oyó a Mercer decirle a Calder, el hombre que amenazaba con matarla, que no lo haría, porque Quinn era sangre de su sangre. Unos instantes después, Kade lo contradijo diciendo que era su hija.

—Bienvenido a casa, hijo —dijo su padre, a quien Mercer había desatado y ayudado a ponerse en pie.

Kade soltó a Quinn y se acercó para abrazar a su padre, cuyos ojos se llenaron de lágrimas.

Dio un paso atrás y lo miró de arriba abajo.

—¿Qué te ha hecho Calder? —preguntó Kade.

—Me ha noqueado con algo. No recuerdo mucho —respondió su padre.

Laird Butler, agente de inteligencia retirado, nombre en clave Burns, siempre había sido el héroe de su hijo mayor, hoy más que nunca. A sus setenta años, seguía estando tan en forma y fuerte como hombres que tenían la mitad de su edad.

Mostrar emociones era algo que se les había enseñado a evitar a las personas que se dedicaban a su trabajo, pero Kade no podía negar los sentimientos que le provocaba ver a su padre, al igual que Laird tampoco podía hacerlo.

—Deberíamos examinar a Burns, Quinn y Monk —sugirió Mercer.

—Buena idea, Ochenta y ocho. —Kade miró al otro lado del edificio, donde Mantis y Dutch habían desatado a Monk. Otro hombre yacía boca abajo en un charco de sangre—. ¿Quién es ese?

—Max Lista —respondió Mercer—. Era nuestro empleado, pero, evidentemente, trabajaba con Calder de alguna manera.

Más tarde, Kade hablaría de la brecha con él y con sus otros dos socios de K19 Security Solutions, Paps y Razor. Miró a Quinn, que estaba de pie con el brazo de Mercer alrededor de sus hombros. Ella lo estaba estudiando.

—Ahora estás a salvo —dijo, acercándose a ella. Kade sabía que ella estaba esperando una respuesta a su pregunta sobre si él era su padre o no, y pronto se la daría. Pero no allí, rodeados de muerte y maldad—. Vamos a sacarte de aquí —dijo en su lugar—. Haré que Mercer te lleve a ver a mi madre —añadió—. Papá, ve con ellos.

Aunque Kade era asistente médico titulado, tenía que lidiar con las consecuencias de lo ocurrido y no se sentiría cómodo examinando a Quinn o a su padre en ese entorno.

Mantis y Dutch, ambos agentes de K19, supervisarían al resto del equipo que se adentraba en el edificio para eliminar todo rastro de lo que había ocurrido en la última hora. También necesitarían un equipo de limpieza lo antes posible.

—¿Nos lo llevamos, doctor? —preguntó Dutch, señalando el cadáver de Max Lista.

Kade asintió. Era el cadáver de Calder lo que más le preocupaba. Había hecho un trato que tenía intención de cumplir.

—Reuniré a la familia —dijo Laird.

—Hoy no, papá. —Kade señaló en dirección a Quinn—. Necesito algo de tiempo.

—Sorcha se reunirá con nosotros en la casa de Harmony —les dijo Mercer.

En lo que respecta a sus hermanos, el día siguiente sería un buen momento para que Kade viera a los chicos. El día de después, vería a las dos chicas, Skye y Ainsley.

Se frotó el pecho, consciente de que el dolor que sus hermanos habían experimentado los dos últimos años, al creer que estaba muerto, sería difícil de superar. Conocer la verdadera naturaleza de la profesión de Kade también sería una sorpresa para sus hermanos. Para que entendieran por qué se le había dado por muerto, necesitarían conocer toda la historia, y eso significaba hablarles de K19 Security Solutions.

Los cuatro socios fundadores, incluido él mismo, eran antiguos agentes que habían trabajado para la División de Actividades Especiales de la Agencia Nacional Clandestina (NCS) de la CIA. Hacía tres años, habían dejado colectivamente el empleo público y fundado su empresa de inteligencia y seguridad privada. Irónicamente, casi el cien por cien de sus encargos procedían del NCS. Sin embargo, ganaban mucho más dinero llevándolos a cabo que antes.

—Bienvenido de nuevo, Doc —dijo Mercer, abrazándolo antes de acompañar a Quinn hasta el vehículo que los llevaría a un refugio seguro en Harmony.

—Me alegro de estar de vuelta.

—¿Cómo está Leech? —preguntó Mercer.

—Lo hemos trasladado en avión a Ramstein. En unos días estará listo para viajar.

—¿Hay algo que pueda hacer?

—Paps y Razor siguen allí. Saquémoslos de allí lo antes posible.

—Ya están fuera, señor. Alguien llamado Fatale ha organizado el transporte.

Merrigan Shaw, o Fatale, como la había llamado Mercer, era una agente del MI6 que le había informado del regreso de Calder a Estados Unidos.

UNA VEZ QUE MERCER SE HUBO MARCHADO, KADE INSPECCIONÓ el edificio una última vez.

—Nos vamos, señor —informó Dutch.

—Iré con vosotros. —Kade tenía intención de transportar personalmente los dos cadáveres al campamento Roberts.

Él y Leech habían acabado con el resto de la facción Maskhadov cuando habían intentado escapar tras dos años de cautiverio.

Según la información de Kade, Calder era el único miembro superviviente de la organización responsable de la muerte de innumerables agentes estadounidenses. La única razón por la que había permanecido con vida hasta entonces era porque había regresado a Estados Unidos poco después de que los Maskhadovs capturaran a Leech.

Para poder salir del país y vengarse, Kade se había visto obligado a hacer un trato con los aliados más improbables, Rusia Unida, la única organización que deseaba la muerte de los Maskhadovs más que la CIA. Como parte del trato, Kade había aceptado entregar a Calder a Rusia Unida, vivo o muerto.

No tenía intención de abandonar el cuerpo de Calder hasta que estuviera completamente seguro de que estaba en poder de Rusia Unida. Solo entonces sabría que la pesadilla que comenzó hacía veintidós años habría terminado por fin.

Acerca de la autora

Heather Slade, autora del top 15 de los más vendidos de *USA Today* y Amazon, escribe novelas románticas de suspense descaradamente sensuales y que te mantendrán en vilo.

Un año, se regaló a sí misma escribir un libro por su cumpleaños. Más de sesenta libros después (y sumando), está disfrutando como nunca.

Las mujeres que Slade describe son seguras de sí mismas, fuertes, con voluntad propia y corazones tan grandes como el cielo de Colorado. Los hombres son alfas sublimemente sensuales y seductores que aceptan el reto de conquistar el dulce corazón de una mujer a la que mantendrán en la palma de su mano para siempre. Añádele un par de giros y vueltas que te dejarán boquiabierto, un misterio que te mantendrá en vilo y un final feliz digno de desmayarse y tendrás uno de sus libros en tus manos.

Le encanta saber de sus lectores. Puedes ponerte en contacto con ella en heather@heatherslade.com.

Para estar al día de sus últimas noticias y publicaciones, visita su página web www.heatherslade.com y suscríbete a su boletín de noticias.

SIN TÍTULO

K19 SECURITY SOLUTIONS TEAM TWO

Striker's Choice

Monk's Fire

Halo's Oath

Tackle's Honor

Onyx's Awakening

K19 SHADOW OPERATIONS - TEAM ONE

Code Name: Ranger

Code Name: Diesel

Code Name: Wasp

Code Name: Cowboy

Code Name: Mayhem

K19 ALLIED INTELLIGENCE - TEAM ONE

Code Name: Ares

Code Name: Cayman

Code Name: Poseidon

Code Name: Zeppelin

Code Name: Magnet

K19 ALLIED INTELLIGENCE - TEAM TWO

Code Name: Puck

Code Name: Michelangelo

Code Name: Typhon

¡Próximamente!

Code Name: Hornet

Code Name: Reaper

THE ROYAL AGENTS OF MI6

Make Me Shiver

Drive Me Wilder

Feel My Pinch

Chase My Shadow

Find My Angel

PROTECTORS UNDERCOVER TEAM ONE

Undercover Agent

Undercover Emissary

¡Próximamente!

Undercover Savior

Undercover Infidel

Undercover Assassin

THE INVINCIBLES TEAM ONE

Code Name: Deck

Code Name: Edge

Code Name: Grinder

Code Name: Rile

Code Name: Smoke

THE INVINCIBLES TEAM TWO

Code Name: Buck

Code Name: Irish

Code Name: Saint

Code Name: Hammer

Code Name: Rip

THE UNSTOPPABLES TEAM ONE

Code Name: Fury

Code Name: Merried

¡Próximamente!

Code Name: Vex

Code Name: Steel

Code Name: Jagger

COWBOYS OF CRESTED BUTTE

A Cowboy Falls

A Cowboy's Dance

A Cowboy's Kiss

A Cowboy Stays

A Cowboy Wins

www.ingramcontent.com/pod-product-compliance
Lightning Source LLC
LaVergne TN
LVHW020523100826
845148LV00010B/1322

* 9 7 9 8 8 8 6 4 9 3 0 2 3 *